W0290410

EMMA DANS LA NUIT

DU MÊME AUTEUR
CHEZ SONATINE ÉDITIONS

Tout n'est pas perdu, traduit de l'anglais (États-Unis) par Fabrice Pointeau, 2016.

Wendy Walker

EMMA DANS LA NUIT

Traduit de l'anglais (États-Unis)
par Karine Lalechère

SONATINE ÉDITIONS

Directeurs de collection : Arnaud Hofmarcher
et Marie Misandeau
Coordination éditoriale : Anne-Claire Andrault

Titre original : *Emma in the night*
Éditeur original : St. Martin's Press
© Wendy Walker, 2017

© Sonatine Éditions, 2018, pour la traduction française
Sonatine Éditions
32, rue Washington
75008 Paris
www.sonatine-editions.fr

Ouvrage réalisé par Cursives à Paris

ISBN 978-2-35584-525-3
N° d'édition : 525 – Dépôt légal : février 2018

À mes sœurs Becky, Cheryl et Jennifer et à mon frère Grant

Dans la mythologie grecque, Narcisse était un chasseur d'une grande beauté, mais il était aussi très fier. Si fier qu'il éconduisait tous ceux qui s'éprenaient de lui. Némésis, la déesse de la vengeance, décida de le punir. Elle l'attira jusqu'à un étang où il vit son reflet et en tomba éperdument amoureux. Incapable de s'en détacher, il se laissa dépérir et finit par en mourir.

1
Cassandra Tanner

Le premier jour de mon retour

Les gens croient ce qu'ils ont envie de croire. Les gens croient ce qu'ils ont besoin de croire. Peut-être n'y a-t-il aucune différence entre les deux. Une chose est sûre, la vérité peut nous échapper, se dissimuler dans notre angle mort, être masquée par nos préjugés, ignorée par nos cœurs affamés qui aspirent à la paix. Pourtant, elle est là : il suffit d'ouvrir les yeux et de regarder. Encore faut-il faire l'effort de regarder.

Il y a trois ans, lorsque nous avons disparu, ma sœur et moi, personne n'a rien vu.

On a retrouvé la voiture d'Emma à la plage. Son sac à main était à l'intérieur, sur le siège côté conducteur. Ses clés étaient dans le sac. On a repêché ses chaussures dans l'eau, ballottées par le ressac. Certains ont cru qu'elle avait rendez-vous avec une ou plusieurs personnes qui n'étaient jamais venues. Elle était allée se baigner et s'était noyée. Peut-être était-ce un accident. Peut-être un suicide.

En tout cas, pour eux, Emma était morte.

Mais pour moi, ce n'était pas si simple.

J'avais 15 ans au moment de notre disparition. Jamais Emma n'aurait accepté que je l'accompagne. Elle entrait en terminale et n'avait pas besoin d'un pot de colle. Mon sac à main était dans la cuisine. Rien n'indiquait que j'étais allée à la plage. Tous mes vêtements étaient à leur place dans mon armoire. C'était ma mère qui l'affirmait, et les mères savent ce genre de choses. Non ?

Mais on a retrouvé des cheveux à moi dans la voiture et certaines personnes se sont raccrochées à ça, même si j'avais eu un tas d'occasions d'en laisser là. Ils s'y sont raccrochés parce que, si je n'étais pas avec Emma et si je ne m'étais pas noyée cette nuit-là, peut-être en essayant de la sauver, alors où étais-je ? Ces gens-là préféraient me croire morte, parce que c'était trop dur de se poser cette question.

D'autres étaient moins catégoriques. Ceux-là ne rejetaient pas l'éventualité d'une étrange coïncidence : une sœur noyée à la plage, l'autre fugueuse ou enlevée. Mais... quand on fugue, on prend au moins un sac et quelques affaires. Ce qui signifiait que j'avais été enlevée. Mais... ce genre de drame n'arrive généralement pas aux gens comme nous.

Il y avait eu une scène, ce soir-là, ce qui alimentait les théories privilégiant la coïncidence. Ma mère avait une façon de raconter l'histoire qui captivait son auditoire et inspirait suffisamment de compassion pour étancher sa soif d'attention. C'était là, dans son regard, lorsqu'elle passait sur les chaînes d'information et dans les talk-shows. Elle décrivait la dispute entre Emma et moi, nos cris perçants et nos pleurs d'adolescentes. Puis le silence. Puis la voiture quittant la maison après l'heure du coucher. Elle avait vu les phares de la fenêtre de sa chambre. Arrivée à ce point de son récit, elle était en larmes, et un soupir ému parcourait le studio.

On décortiquait nos vies dans l'espoir de trouver une réponse. Les réseaux sociaux, les amis, les SMS, les journaux intimes. Rien n'était épargné. Nous nous étions disputées au sujet d'un pendentif, expliquait-elle. *Je l'avais acheté à Emma pour la rentrée des classes. Sa dernière année de lycée ! Ce n'était pas rien. Cass était jalouse. Elle était toujours jalouse de sa grande sœur.*

Des larmes, encore.

La plage se trouve dans le détroit de Long Island. Il n'y a pas beaucoup de courant à cet endroit. À marée basse, il faut marcher longtemps pour avoir de l'eau aux genoux. À marée haute, l'océan est si paisible qu'on sent à peine le clapotis contre ses chevilles. On n'a pas les pieds qui s'enfoncent dans le sable chaque fois qu'une vague se brise sur le rivage, comme au nord, là où la côte donne directement sur l'Atlantique. On ne se noie pas facilement, chez nous.

Je regardais ma mère à la télé, j'écoutais les mots qui sortaient de sa bouche et je voyais les larmes qui coulaient sur ses joues. Elle avait acheté des vêtements neufs pour l'occasion, un tailleur gris foncé et des chaussures d'un créateur italien dont elle nous avait parlé. *Le meilleur*, affirmait-elle. *Un signe de notre statut social.* Leur coupe était typique de la marque. Nous avions été dûment éduquées sur la question. Cela dit, je ne pense pas que c'était à cause de ses chaussures que tout le monde avait envie de la croire. Car ils la croyaient. Ça se sentait à travers l'écran.

Peut-être la pression de l'école privée que nous fréquentions était-elle trop forte. Peut-être était-ce un genre de pacte, un suicide collectif. Les poches remplies de cailloux, nous nous étions lentement enfoncées dans notre tombeau aquatique, comme Virginia Woolf.

Mais, dans ce cas, où étaient les corps ?

Au bout de six semaines et quatre jours, l'histoire a cessé de faire l'ouverture des journaux télévisés. Et ma mère, qui avait acquis une petite célébrité, est redevenue Judy Martin, ou Mme Jonathan Martin, puisqu'elle préférait qu'on l'appelle ainsi, anciennement Mme Owen Tanner, et encore avant Judith Luanne York. Ce n'est pas aussi compliqué que ça en a l'air : York était son nom de jeune fille, Tanner celui de son premier époux et Martin celui du second. Deux maris, ce n'est pas énorme, de nos jours.

Emma et moi sommes les filles d'Owen Tanner. On a baptisé ma sœur d'après la mère de notre père, emportée par une maladie cardiaque lorsqu'il avait 17 ans. Mon prénom, Cassandra (ou Cass) vient d'un livre pour enfants que ma mère avait, petite. À ses yeux, il évoquait une femme importante. Admirée. Enviée. En ce qui me concerne, ça reste à prouver. Mais je me souviens qu'elle brossait mes longs cheveux devant la glace de sa salle de bains et qu'elle me contemplait avec un sourire satisfait.

Regarde-toi, Cassandra ! Tu devrais toujours avoir un miroir qui te rappelle à quel point tu es belle.

Notre mère ne disait jamais à Emma qu'elle était belle. Elles se ressemblaient trop. Vanter les mérites de quelqu'un qui vous ressemble, qui a les mêmes attitudes et porte les mêmes vêtements que vous, c'est un peu comme s'adresser des compliments à soi-même. Sauf que, si on y réfléchit bien, c'est une arnaque. D'une certaine manière, l'autre vous pique des compliments qui vous étaient destinés. Et notre mère n'aurait jamais laissé Emma lui dérober quelque chose d'aussi précieux.

Mais avec moi, elle ne risquait rien. Selon elle, j'avais hérité des meilleurs gènes de chaque parent. Et elle s'y connaissait en gènes : pourquoi les enfants avaient les yeux bleus ou marron, la bosse des maths ou le don de la musique... elle était intarissable sur la question.

Quand tu auras des enfants, Cassandra, tu auras peut-être la possibilité de choisir chacun de leurs traits ! Tu imagines ? Ah ! ma vie aurait été bien différente si ces chercheurs avaient travaillé un peu plus vite ! [Soupir.]

J'ignorais de quoi elle parlait. J'avais à peine 7 ans. Mais, lorsqu'elle me brossait les cheveux, lorsqu'elle me confiait ses pensées les plus secrètes, j'étais suspendue à ses lèvres et mon cœur débordait de joie. Je voulais que ça ne s'arrête jamais.

Bien sûr, ça finissait toujours par s'arrêter. Ma mère savait se faire désirer.

Quand nous étions petites, elle nous demandait si elle était jolie, la plus jolie fille du monde, si elle était intelligente, la femme la plus intelligente du monde, et puis :

Est-ce que je suis une bonne mère ? La meilleure maman du monde ?

Elle avait un grand sourire et des yeux immenses. Oui, nous écriions-nous en chœur, et nous étions sincères, quand nous étions petites. Alors, elle poussait une exclamation, secouait la tête et nous serrait de toutes ses forces contre sa poitrine, comme si se savoir merveilleuse était un sentiment trop fort pour être contenu, comme si elle devait en évacuer une partie par une dépense physique. Après l'étreinte venait un long soupir qui la laissait apaisée, satisfaite. Et son souffle tiède emplissait la pièce.

Parfois, si elle était triste ou fâchée parce que le monde s'était montré cruel et n'avait pas reconnu son caractère exceptionnel, c'était à nous de prononcer la formule magique qui chasserait les ténèbres :

Tu es la meilleure maman de l'univers !

Et nous le croyions vraiment, Emma et moi, quand nous étions petites.

De ces moments, il ne me reste que des bribes de souvenirs, des morceaux qui ne s'emboîtent plus, comme des bris de verre usés, leur tranchant émoussé. Des bras forts qui me serrent, l'odeur de sa peau. Elle portait le N° 5 de Chanel, un parfum très cher, nous prévenait-elle. Il était interdit de toucher au flacon, mais parfois elle le tenait devant nous et nous laissait humer la flagrance qui flottait autour du vaporisateur.

J'entends encore résonner ses cris quand elle s'agitait sur son lit, mouillant ses draps de larmes. Je me cachais derrière Emma, qui la regardait calmement et la jaugeait. Notre mère avait ses jours d'euphorie et ses jours de désespoir. J'ai aussi le souvenir d'une angoisse diffuse, qui n'est pas rattachée à un moment précis. C'est juste l'écho d'un sentiment. L'angoisse de ne pas savoir ce que je découvrirais à mon réveil. Est-ce qu'elle allait nous serrer dans ses bras ? Est-ce qu'elle allait me brosser les cheveux ? Ou est-ce qu'elle allait pleurer au fond de son lit ? Chaque matin, j'avais l'impression de devoir décider comment j'allais m'habiller sans savoir si dehors c'était l'hiver ou l'été.

Emma avait 10 ans et moi 8 lorsque l'éclat de notre mère a commencé à pâlir à la lumière du monde extérieur : le monde réel, où elle n'était pas si belle et intelligente, pas une si bonne mère. C'est Emma bien sûr qui s'en est aperçue la première et elle m'en parlait quand elle était d'humeur.

Ce qu'elle a dit, ce n'est pas vrai. Ce pouvait être une remarque au sujet d'une autre mère de l'école, un fait concernant George Washington ou la race du chien qui venait de traverser la route, peu importe. Chaque fois qu'elle se trompait, nous étions un peu moins sincères lorsqu'elle posait sa question.

Est-ce que je ne suis pas une bonne mère ? La meilleure maman qu'on puisse désirer ?

Nous n'avons jamais cessé de donner la réponse attendue. Nous n'avons jamais cessé de dire oui. Mais l'année où Emma a eu 10 ans et moi 8, elle a compris que nous mentions.

Ce jour-là, nous nous trouvions dans la cuisine. Elle était furieuse contre notre père. Je ne sais plus pourquoi.

Il ne se rend pas compte de sa chance ! Je pourrais avoir tous les hommes que je veux. Vous, les filles, vous le savez ! Mes petites filles le savent.

Elle faisait la vaisselle. Elle ouvrait le robinet. Le refermait. Le torchon est tombé par terre. Elle s'est baissée pour le ramasser. Je me tenais à côté de ma sœur, les épaules rentrées, prête à disparaître derrière elle si nécessaire. Elle me semblait si forte, en ce temps-là, quand nous ignorions quelle saison nous trouverions à notre réveil, quand nous ne savions jamais si c'était l'été ou l'hiver.

Notre mère s'est mise à pleurer. Elle s'est tournée vers nous.

Qu'est-ce que vous avez dit ?

Oui ! nous sommes-nous écriées, comme d'habitude.

Puis nous nous sommes approchées pour recevoir l'étreinte, le sourire et le soupir rituels. Mais elle nous a repoussées toutes les deux, une main sur ma poitrine, l'autre sur celle d'Emma. Elle a étudié nos visages d'un air incrédule. Puis elle a pris une brusque inspiration, et l'air est resté bloqué à l'intérieur au lieu de répandre sur nous sa douce chaleur.

Montez dans vos chambres. Tout de suite !

Nous avons obéi. Dans l'escalier, j'ai interrogé Emma. *Qu'est-ce qu'on a fait ?* ai-je demandé, trottinant derrière elle et la tirant par le bras. Mais ma sœur ne parlait que quand elle en avait envie, quand elle avait quelque chose à dire. C'était elle et elle seule, l'historiographe de notre mère. Elle s'est dégagée et m'a ordonné de la fermer.

Il n'y a pas eu de dîner, ce soir-là. Pas de câlins. Pas de baiser pour s'endormir. Le prix de toutes ces choses, le prix de l'affection de notre mère a grimpé d'un coup, et il n'a pas cessé de monter au cours des années suivantes. Il fallait en dire et en faire toujours plus pour la convaincre de notre admiration, et ses attentes changeaient constamment, si bien que son amour est devenu une denrée rare.

Lorsque j'ai eu 11 ans, j'ai vu mon prénom mentionné dans un livre de mythologie et j'ai fait des recherches pour en savoir plus. Chez les Grecs, Cassandre est la fille du roi Priam et de la reine Hécube de Troie : « Cassandre a le don de prophétie, mais elle est condamnée à ne jamais être crue. » Je suis restée bouche bée devant l'écran de mon ordinateur. J'étais partie très loin. Soudain tout s'expliquait. Le monde se réorganisait dans mon esprit et je me trouvais au centre. Même si c'était ma mère qui m'avait baptisée ainsi, en réalité, c'était le destin. Le destin, Dieu, ou appelez-le comme vous voulez. Il savait ce qui allait se passer. Il savait que je prédirais l'avenir et que personne ne me croirait. Les enfants aiment se raconter des histoires. Aujourd'hui, je suis consciente que ce qui est arrivé est le résultat d'un malheureux concours de circonstances sans aucun rapport avec mon prénom. Mais, à l'époque, je me sentais responsable de tout.

C'était l'année du divorce. L'année où j'ai essayé de les prévenir. J'ai dit à tout le monde qu'il ne fallait pas qu'on aille vivre chez notre mère, avec son nouveau mari, M. Martin, et Hunter, le fils unique de ce dernier.

Je n'ai pas été surprise quand nos parents se sont séparés. Emma prétendait qu'elle non plus, mais je ne la croyais pas. Elle pleurait trop pour ça. Elle n'était pas aussi dure que les gens le pensaient. Ils se figuraient que rien ne la touchait, parce qu'elle pouvait afficher une insensibilité déconcertante dans certaines situations. Elle avait les cheveux bruns, comme notre mère, et sa peau était douce et pâle. À l'adolescence, elle a découvert le gloss rouge et le fard à paupières charbonneux. Son maquillage était une façade derrière laquelle elle se cachait. Elle portait des jupes courtes et des pulls moulants, principalement des cols roulés noirs. Je ne peux pas la décrire en un mot. Elle était belle, sévère, torturée, vulnérable, désespérée, impitoyable. Je l'admirais, je l'enviais et je chérissais chaque instant passé en sa compagnie, quand elle voulait bien m'accorder un peu d'elle-même.

La plupart du temps, elle ne me jetait que des miettes en pâture. Et souvent, c'était intéressé : elle cherchait à me blesser, à m'exclure ou à marquer des points auprès de notre mère. Mais, de temps en temps, quand celle-ci dormait et que la maison était silencieuse, Emma venait me retrouver et se glissait dans mon lit. Elle s'allongeait tout près de moi sous la couverture, et, parfois, elle me prenait dans ses bras et pressait sa joue contre mon épaule. C'est dans ces moments-là qu'elle me disait des choses qui me nourrissaient, me réchauffaient et me rassuraient, même si je savais qu'à mon réveil je risquais de trouver ma mère dans une de ses humeurs hivernales. *Un jour, il n'y aura que nous deux, Cass. Toi, moi, et personne d'autre.* Je me souviens de son odeur, de son haleine tiède, de ses bras forts. *Nous irons où nous voudrons et il n'y aura pas de place pour elle. Et ça ne nous fera plus rien.* Je l'entends encore, la voix de ma sœur qui murmurait dans la nuit. *Je t'aime, Cass.* Quand elle parlait ainsi, j'avais l'impression que rien ne pouvait nous atteindre.

Je l'ai laissée me convaincre de trahir notre mère au moment du divorce. Elle anticipait les coups de tous les joueurs sur l'échiquier. Elle était capable de les obliger à modifier leur trajectoire en changeant la sienne. Elle était réactive et adaptable. Peu lui importait l'issue. Seul l'instinct de préservation l'animait.

Cass, il faut qu'on aille vivre chez papa. Tu ne le vois pas ? Il sera trop triste sans nous. Maman a M. Martin. Papa n'a que nous. Il faut faire quelque chose et il faut le faire maintenant ! Après, il sera trop tard !

Elle n'avait pas besoin de me faire un dessin. Je comprenais parfaitement la situation. L'amant de notre mère, M. Martin, s'était installé à la maison du jour où notre père était parti. Son fils, Hunter, était en pension, mais il venait chez nous pendant les vacances et quand il rentrait le week-end, autrement dit souvent. L'ex-femme de M. Martin avait déménagé en Californie bien avant qu'on fasse leur connaissance. M. Martin était en « semi-retraite », ce qui signifiait qu'il avait gagné un tas d'argent et qu'il jouait beaucoup au golf.

J'étais consciente que notre mère n'avait jamais aimé notre père, Owen Tanner. Elle l'ignorait de manière si éclatante, son indifférence était tellement flagrante que c'était douloureux de le regarder. Il irradiait la souffrance. Donc, oui, je voyais bien que notre père était triste.

Mais je voyais autre chose, et ça, je ne l'ai pas dit à Emma. Je voyais comment le fils de M. Martin la regardait quand il rentrait le week-end ; je voyais comment M. Martin regardait son fils regarder Emma, et comment notre mère regardait M. Martin quand il les regardait. Et je me rendais compte que ça n'augurait rien de bon.

Mais à quoi sert de connaître l'avenir si on n'a pas le pouvoir de le changer ?

Au moment du procès, lorsque la dame du tribunal m'a demandé ce que je voulais, j'ai répondu que je préférais aller chez mon père. J'ai déclaré que ça allait causer des problèmes si on vivait à la maison avec M. Martin et son fils. Je pense qu'Emma a été surprise par mon courage, ou déconcertée par ce qu'elle a interprété comme le résultat de son influence sur moi. Quoi qu'il en soit, quand j'ai avancé mon pion, elle a infléchi sa trajectoire et s'est rangée du côté de notre mère, scellant définitivement sa position de fille préférée. Et tout le monde a choisi de la croire, parce que je n'avais que 11 ans, alors qu'elle en avait 13. Et parce qu'Emma était Emma et que j'étais moi.

Notre mère m'en a terriblement voulu, car, à cause de moi, le tribunal aurait pu décider de lui retirer notre garde. Comment pouvait-elle être la meilleure des mamans si on lui enlevait ses enfants ? Je n'ai compris à quel point elle était en colère que lorsqu'elle a gagné.

Après tout ce que j'ai fait pour toi ! Tu ne m'as jamais aimée, je le savais !

Elle avait tort. Je l'aimais. Mais après ça, elle a cessé de me brosser les cheveux.

Et ne m'appelle plus jamais « maman » ! Désormais, ce sera « Mme Martin » !

Une fois la poussière du divorce retombée, la vie a repris son cours. Emma et notre mère dansaient dans la cuisine en faisant un gâteau au chocolat. Elles piquaient des fous rires devant des vidéos YouTube de chats jouant du piano ou de tout-petits se cognant à un mur en apprenant à marcher. Elles allaient acheter des chaussures le samedi, regardaient leur émission de télé-réalité le dimanche. Et elles se disputaient presque tous les jours, hurlant et se traitant de tous les noms, des scènes d'une telle violence que, chaque fois, je croyais que c'était irrévocable. Pourtant, le lendemain, voire le jour même, je les prenais à rire ensemble comme si de rien n'était. Il n'était jamais question de s'excuser. Ni de s'expliquer afin d'éviter que ça se reproduise. Ni d'établir des limites. Elles continuaient à se disputer et à se réconcilier.

J'ai mis longtemps à comprendre la nature de leur relation. J'étais toujours prête à payer le prix pour l'amour de ma mère, aussi élevé soit-il. Pas Emma, parce qu'elle savait une chose que j'ignorais. Elle savait que notre mère avait besoin de notre amour au moins autant que nous avions besoin du sien, voire plus. Et si on menaçait de l'en priver, si on lui rationnait notre affection, alors elle acceptait de faire des concessions. Entre elles, c'était toujours d'âpres négociations dont les termes étaient revus quotidiennement. Une lutte de pouvoir constante.

Je suis devenue une spectatrice. J'étais peut-être belle, mais à la façon d'une poupée sans vie sur laquelle les gens posaient un instant le regard avant de passer leur chemin. Emma et ma mère avaient quelque chose qui retenait l'attention. Au sein de ce club dont j'étais exclue régnait une compétition féroce. Chacune cherchait à obtenir l'amour de l'autre et de leur entourage par tous les moyens. J'assistais aux combats de loin. Mais je pouvais me rendre compte qu'il y avait une escalade. C'était un bras de fer perpétuel entre deux États-nations qui s'efforçaient sans relâche d'élargir leur sphère d'influence. Ce n'était pas viable. Pourtant, cette guerre s'est poursuivie jusqu'au soir de notre disparition.

Je me souviens de ce que j'ai ressenti le jour de mon retour. Lorsque je suis arrivée devant chez Mme Martin – devant chez moi, je suppose, même si après tout ce temps je n'avais plus du tout l'impression que c'était chez moi –, par un dimanche matin de juillet, je me suis immobilisée à l'orée du bois. Trois ans que je pensais à mon retour. La nuit, mes rêves étaient peuplés de souvenirs. Le savon à la lavande et la menthe fraîche dans le thé glacé. Le N° 5 de Chanel. Les cigares de M. Martin. L'odeur du gazon tondu et les feuilles d'automne. Les bras de mon père. Mais il y avait aussi une appréhension. Tout le monde voudrait savoir où j'avais été et pourquoi j'étais partie. Et on m'interrogerait au sujet d'Emma.

La nuit de notre disparition me hantait. Chaque détail joué et rejoué à l'infini. Les regrets vivaient en moi ; ils me dévoraient de l'intérieur. J'avais réfléchi à la manière dont je raconterais ce qui s'était passé, comment je l'expliquerais. J'avais eu le temps, trop de temps, pour construire mon récit de manière à le rendre compréhensible. Je l'avais composé et décomposé, puis recomposé. Le doute et le dégoût de moi-même effaçaient et réécrivaient sans cesse le scénario. Une histoire n'est pas seulement une succession d'événements. Ils en définissent les contours. Mais ce sont les couleurs, le paysage, le support et la main de l'artiste qui lui donnent sa forme finale.

Je devais être à la hauteur. Je devais me surpasser si je voulais que mon récit soit crédible. Je devais mettre de côté les sentiments que m'inspirait le passé. Les sentiments que m'inspiraient les relations entre ma mère et Emma. Entre Mme et M. Martin. Entre Emma et moi. J'aimais ma mère et ma sœur en dépit de mon égoïsme et de ma mesquinerie. Mais les gens ne pouvaient pas comprendre ça. Je ne pouvais pas me permettre d'être égoïste et de dire des bêtises. Je devais être la personne qu'ils voulaient que je sois. Je n'avais rien, hormis les vêtements que je portais. Aucune crédibilité. Aucune preuve, hormis le fait que j'étais en vie.

J'étais immobile à l'orée du bois, terrifiée à l'idée d'échouer. L'enjeu était trop grand. Il fallait qu'ils me croient. Il fallait qu'ils retrouvent Emma. Et pour cela, il fallait qu'ils la cherchent. Tout dépendait de moi.

Il fallait que je les convainque qu'Emma était bien vivante, elle aussi.

2
Abigail Winter
Psychologue médico-légale – FBI

Allongée sur son lit, Abby contemplait le plafond et songeait à l'ampleur de sa défaite. Il était 6 heures du matin, un dimanche de mi-juillet. La lumière du soleil inondait déjà la chambre à travers les rideaux trop fins. Les vêtements dont elle s'était débarrassée dans l'espoir que la chaleur moite serait plus supportable gisaient épars au sol. Le climatiseur avait recommencé à cliqueter, et elle avait sacrifié la fraîcheur pour un peu de silence. Mais, à présent, le simple contact des draps sur sa peau l'irritait.

Son cœur cognait dans sa poitrine. Elle avait la bouche sèche. Les relents de scotch qui montaient du verre vide sur la table de chevet lui donnaient la nausée. Si les deux whiskys qu'elle avait bus à minuit étaient parvenus à apaiser son esprit en ébullition et lui avaient offert quelques heures de répit, il semblait qu'ils lui avaient également laissé une gueule de bois carabinée.

Au pied du lit, son chien gémit et leva la tête.

« Ne me regarde pas comme ça. Ça en valait la peine. »

Avec trois heures de sommeil, elle pourrait rattraper la paperasse en retard. Elle avait deux rapports à faire et des corrections à apporter à une déposition qui datait de février. Comme si elle avait le moindre souvenir de ce qu'elle avait pu dire cinq mois plus tôt.

Mais c'était une bien mince victoire sur son cerveau fiévreux, qui refusait de la laisser dormir et semblait parfois décidé à la détruire.

La sonnerie de son téléphone portable interrompit sa réflexion.

Elle tendit la main vers la table de chevet. Le numéro ne lui disait rien.

« Allô ? »

Elle s'assit, remontant le drap entortillé pour se couvrir.

« Salut, jeune fille.

– Leo ? »

Elle se redressa encore. Tira le drap un peu plus haut. Elle avait 32 ans et personne ne l'appelait « jeune fille » à part Leo. L'agent spécial Leo Strauss. Ils n'avaient pas travaillé ensemble depuis plus d'un an. Depuis qu'il avait demandé son transfert à New York pour se rapprocher de ses petits-enfants. Et ça faisait presque aussi longtemps qu'ils ne s'étaient pas parlé. Pourtant, elle sentit quelque chose remuer en elle. Elle éprouvait une affection presque filiale pour lui.

« Tiens-toi bien, parce que c'est énorme.

– Qu'est-ce qui se passe ? fit Abby, se crispant malgré elle.

– Cassandra Tanner est rentrée. »

Abby était déjà debout, en train de chercher des vêtements propres.

« Quand ?

– Il y a une demi-heure, peut-être moins. Elle est réapparue ce matin. »

Le téléphone coincé entre l'épaule et l'oreille, Abby enfilait une chemise et un jean.

« Où ?

– Chez les Martin.

– Hein ? Chez sa mère ?

– Oui, je ne sais pas ce qu'il faut en conclure...

– Emma ?

– Elle était seule. »

Abby boutonna sa chemise et se dirigea vers la salle de bains. La nouvelle lui avait causé un tel choc qu'elle avait les jambes flageolantes.

« Je me mets en route... Je n'arrive pas à y croire... »

Il y eut un silence. Elle reprit le téléphone à la main et s'accrocha au rebord du lavabo le temps de se ressaisir.

« Leo ? »

Abby n'avait pas oublié les sœurs Tanner. Pas un jour, pas un instant. Ce n'était pas qu'elle y pensait constamment, mais les éléments de l'enquête étaient là, en sommeil dans un coin de son esprit. Ça n'avait rien à voir avec l'oubli. Ils faisaient toujours partie de sa vie, même si elle ne travaillait plus dessus depuis un an. Elle les sentait dans ses os. Dans sa chair. Dans l'air qu'elle respirait. Les sœurs disparues. Et la théorie à laquelle personne n'avait voulu croire. Un appel, et la digue était rompue. Tous les détails de l'affaire remontaient, une lame de fond qui l'emportait.

« Leo ? Tu es où ?

– Je suis sur place.

– On t'a fait venir de New York ?

– Oui. Tu vas recevoir un coup de téléphone du bureau de New Haven. Je voulais juste m'assurer que tu étais partante. »

Abby leva les yeux vers le miroir, ne sachant comment formuler sa réponse. Ça ne s'était pas très bien passé la dernière fois, lorsqu'il avait fallu admettre qu'ils n'avaient aucune piste.

« Je travaille sur cette affaire, Leo...

– OK... je ne savais pas où tu en étais, c'est tout. J'ai appris que tu avais vu un psy... »

Merde. Abby baissa la tête. C'était toujours là, la colère, ou peut-être la frustration, la déception. Quel que soit le sentiment qu'elle éprouvait, elle sentait que l'inquiétude dans la voix de Leo ne faisait que l'exacerber.

Le Bureau lui avait proposé un suivi psychologique et elle l'avait accepté. « C'est normal que ça vous affecte », lui avait-on dit. Et Abby avait acquiescé. *Oui*, avait-elle pensé à l'époque. Elle savait que c'était normal. *Il y a des affaires qu'on prend trop à cœur.*

Tous s'accordaient à dire que c'était une histoire à rendre fou n'importe qui. On ne savait même pas comment la qualifier :

meurtre, enlèvement, accident ? On avait également envisagé une fugue qui aurait mal tourné : prédateur sexuel, recruteur de terroristes, pervers traquant ses victimes en ligne. Aucune piste n'avait été négligée. La voiture à la plage, les chaussures d'une seule des deux sœurs sur le rivage. Rien n'autorisait à penser que la cadette se trouvait avec l'aînée, hormis quelques cheveux dans la voiture qu'elle avait pu perdre n'importe quand. Rien ne laissait croire qu'elles avaient décidé de fuir ensemble. Et rien n'indiquait que l'une ou l'autre avait été assassinée ou kidnappée. Pas de corps, pas de suspect, pas de mobile, pas d'inconnu parmi leurs contacts sur les réseaux sociaux, ni dans le journal de leurs appels, ni dans leurs SMS, ni dans leurs e-mails. Pas de changement notable dans leur vie au cours des deux ou trois dernières années. En fait, ils auraient aussi bien pu faire appel à la NASA et décider qu'elles avaient été enlevées par des extraterrestres.

Mais ce n'était pas pour ça qu'Abby avait consulté un psy. Elle faisait ce travail depuis qu'elle avait obtenu son doctorat, six ans plus tôt. Ce n'était pas sa première enquête difficile. Il n'y avait qu'à choisir : la prostituée tabassée à mort, l'exécution d'un petit dealer de quartier, le chien pendu à un arbre… La liste était longue : des affaires qui n'avaient jamais été résolues ou n'étaient pas allées jusqu'au tribunal, les familles des victimes, et parfois les survivants, laissés seuls face à l'injustice.

Parler à une consœur l'avait soulagée. Ce n'est pas parce que Abby n'était pas thérapeute pratiquante – « Je ne suis pas assez patiente pour supporter les patients », plaisantait-elle – qu'elle n'était pas croyante. Parler permettait de prendre du recul. Parler permettait d'émousser le tranchant de la lame. Mais ce n'était pas suffisant. Un an qu'elle parlait – qu'elle parlait jusqu'à la nausée –, et l'affaire Tanner était toujours là qui ne la lâchait pas. Même si elle l'affectait moins profondément, ça ne l'aidait pas à lutter contre les démons qui l'assaillaient à la nuit tombée.

Et si en plus le fait d'avoir consulté se retournait contre elle…

« Je suis sur l'enquête, Leo !

– OK, OK…

– Qu'est-ce qu'on a ? Elle a dit quelque chose ? »

Abby entendit un bref soupir tandis qu'elle se détournait du miroir pour se mettre en quête de chaussures.

« Rien. Elle a pris une douche. Elle a mangé. Et maintenant elle se repose en nous attendant.

– Une douche ? Tu plaisantes ?

– C'est sa mère. Elle n'a pas réfléchi. Elle a presque lancé une machine…

– Avec les vêtements de Cass ? Putain, non ! Pas avant qu'on ait pu effectuer des prélèvements !

– Je sais… Allez, grouille-toi. Tu me rappelleras de la voiture. »

Il y eut un silence. Cette fois, il avait raccroché.

Le cœur battant, elle laça ses chaussures. Le chien la suivit jusqu'à la cuisine de son petit pavillon où elle lui donna à manger. Elle lui gratta le cou et ouvrit la porte de derrière pour qu'il puisse sortir dans le jardin.

« Clés, clés… », psalmodiait-elle, retournant le salon. Elle était impatiente de franchir le seuil, de monter dans la voiture, de voir Cassandra Tanner.

Elle avait la tête qui tournait et la vision qui se brouillait. Un effet du manque de sommeil chronique. Elle s'appuya un instant au dossier d'une chaise.

Personne n'avait cru à sa théorie trois ans plus tôt, pas même Leo, qui avait toujours été un père pour elle. C'était une chose de se retrouver dans une impasse. C'en était une autre de ne pas explorer toutes les pistes.

La psy du FBI l'avait écoutée, mais elle ne l'avait pas entendue. Elle répétait des phrases comme : « Je comprends que vous ressentiez cela. » Validation des sentiments, classique. Le genre de truc qu'on apprend en première année. Elle lui demandait ce qu'ils avaient négligé. Elle laissait Abby discourir en long, en large et en travers sur la famille, la mère Judy, le divorce, le beau-père Jonathan. Et le frère par alliance Hunter. Ensemble, elles avaient décortiqué chaque élément de l'enquête dans le seul but de rassurer Abby.

La psy : « Vous avez fait tout ce qui était humainement possible. »

Abby entendait la conviction dans sa voix. Elle voyait la sincérité sur son visage en ce moment même, alors qu'elle fermait les yeux pour faire cesser ses vertiges. Elle prit une longue inspiration et expira à fond, la main serrant le dossier en bois de la chaise.

Leur analyse de l'enquête était devenue la bible d'Abby, les versets qui guidaient ses divagations désespérées vers la voie du salut.

Verset numéro un. La normalité constatée par l'entourage éloigné : amis, professeurs, conseillère d'orientation. Cass était jalouse de sa grande sœur. Emma la trouvait insupportable. Cass était calme, mais déterminée. Emma était l'esprit rebelle de la famille. « Indisciplinée », disait-on. Cependant, elle s'était renseignée sur les universités, avait rempli des dossiers de candidature. Tout indiquait qu'elle attendait tranquillement l'heure de quitter le nid.

La psy : « Je ne vois là rien d'anormal, Abby. Elles allaient en classe. Dans une école privée prestigieuse. L'académie Soundview. Elles passaient l'été dans des camps de vacances coûteux, parfois en Europe. Elles faisaient du sport. Avaient des amis… »

Abby avait failli l'envoyer balader.

Verset numéro deux. Abby pensait que, s'il leur était arrivé quelque chose, c'était que les sœurs Tanner étaient vulnérables. Et cette vulnérabilité trouvait son origine dans l'environnement familial. C'était toujours le cas. En dépit de ce qu'on racontait aux informations, les adolescents ne disparaissaient pas par hasard. Il y avait généralement un traumatisme grave en arrière-plan. Négligence chronique, maltraitance, instabilité, dysfonctionnement. Le trou noir du manque. C'était pour ça qu'ils étaient des proies faciles pour les prédateurs sexuels, les groupes terroristes, les fanatiques religieux ou les extrémistes anarchistes. Le chasseur trouvait un moyen d'assouvir ce besoin chez sa victime, de lui donner ce à quoi elle aspirait ardemment. Le prédateur devenait une drogue et l'adolescent un toxico.

Une fois l'agitation initiale retombée, lorsqu'on s'était rendu compte que les deux sœurs avaient bel et bien disparu et que, pour les retrouver, il faudrait décortiquer patiemment et méthodiquement leurs vies, Abby s'était concentrée sur la famille.

Quand elle rouvrit les yeux, la pièce avait cessé de tourner. Les clés étaient là, sur la table à côté de la chaise. Elle les prit et poussa la porte, laissant entrer la lumière aveuglante et l'air lourd du dehors.

Personne n'avait émis d'objection, à ce moment-là. En fait, l'enquête tout entière s'était recentrée sur la famille, et le foyer des Martin en particulier. On avait passé la maison au peigne fin. Épluché les comptes bancaires, les relevés de cartes de crédit et la liste des appels téléphoniques. Interrogé les amis et les voisins.

Abby se souvenait très bien des conversations, au début : « Oui, oui, ce sont des informations pertinentes. Tout est pertinent. » Des adolescentes avaient disparu. Il n'y a pas de fumée sans feu. Ils avaient donc cherché les braises à proximité de la maison.

Le père, Owen Tanner, était heureux en ménage avec sa première épouse avant de rencontrer la future mère des filles. Il avait un petit garçon, Witt. Une belle villa, de l'argent. Il travaillait à New York, dans une société d'import qui appartenait à sa famille. L'entreprise vendait des produits gastronomiques, sa passion. Il touchait une rente confortable et n'avait pas besoin d'un salaire, mais son ex-femme pensait que c'était mieux pour lui de travailler. Ironie du sort, c'est au bureau qu'il avait rencontré Judy York, la brune sexy à la poitrine plantureuse et au magnétisme irrésistible. Owen l'avait embauchée comme secrétaire de direction.

Après le divorce et le remariage, Judy et Owen avaient eu les deux filles en l'espace de quatre ans. Selon le père, Judy était loin d'être une mère idéale. Elle était capable de s'occuper de ses enfants, mais ça ne l'intéressait pas. Elle dormait douze heures par nuit, puis regardait des émissions de télé-réalité et faisait du shopping toute la journée. À 17 heures, elle débouchait une bouteille de vin, qu'elle avait vidée à 22 heures quand elle allait se coucher, la voix pâteuse, son magnétisme envolé. Elle lui aurait déclaré un jour qu'elle avait rempli sa part du boulot en accouchant.

Ce témoignage avait été la première sonnette d'alarme.

À présent qu'elle avait ouvert sa bible, les versets se bousculaient dans sa tête. Abby se hâta vers la voiture, comme si elle espérait les semer. De toute façon, rien de tout cela n'avait plus d'importance, maintenant que Cassandra Tanner était rentrée. Bientôt, elle saurait la vérité. Elle saurait si elle avait eu tort ou raison. Et elle saurait si elle aurait pu faire quelque chose.

L'agent Leo Strauss dirigeait l'enquête. Ce n'était pas la première fois qu'ils faisaient équipe et ils s'entendaient bien. Il avait été son mentor, au travail et dans la vie. Sa famille l'invitait à dîner pour les fêtes. Sa femme Susan lui faisait toujours un gâteau pour son anniversaire. Leur relation était telle qu'Abby avait eu du mal à dissimuler ce qu'elle pensait de Judy, et de la manière dont elle avait séduit Owen Tanner, négligé ses filles, eu une liaison avec un homme de leur country club et mené une guerre sans merci à son ex-mari pour la garde des enfants. Et surtout, elle ne lui avait pas caché ce qu'elle pensait du foyer toxique que Judy avait bâti avec Jonathan Martin et son fils, Hunter.

Abby avait cru que l'enquête s'engouffrerait dans cette voie lorsqu'elle avait pris connaissance du dossier de divorce, et notamment du rapport de la représentante légale nommée par le juge pour veiller aux intérêts des filles. Tout était là, dans un compte rendu indépendant : la voix de Cassandra Tanner, quatre ans avant la disparition. Leur disant que quelque chose ne tournait pas rond dans cette maison. Quelque chose qui se jouait entre Emma, Jonathan et Hunter. Pour Abby, c'était un fantôme du passé qui leur indiquait où chercher.

Ce rapport avait été la deuxième sonnette d'alarme. Mais l'équipe technique et scientifique n'avait trouvé aucun indice matériel appuyant sa théorie.

Verset numéro trois.

La psy : « Qu'est-ce que vous imaginiez qu'ils feraient de ce rapport ? L'enquête criminalistique avait mis la famille hors de cause. La maison, les relevés téléphoniques et bancaires, tout avait été vérifié. On n'a retrouvé qu'un cadre photo cassé, je me trompe ? Qui, selon la mère, était le résultat d'une dispute entre les filles au sujet d'un pendentif. »

Elle pensait qu'on allait ordonner des évaluations psychiatriques. Elle pensait qu'on allait mener des interrogatoires plus musclés. Elle pensait que tout le monde verrait ce qui lui semblait évident.

La psy : « La femme qui a écrit le rapport pendant le divorce, la représentante des filles, elle a estimé que les inquiétudes de Cass au sujet des Martin étaient infondées, non ? »

Oui, bien sûr. Mais elle était incompétente. Elle avait écarté les peurs d'une fillette de 11 ans et préféré croire la mère, sous prétexte que l'enfant mentait pour aider son père.

La psy : « Parce qu'il ne se remettait pas de la liaison de sa femme et du divorce. C'est ce que font les parents, quand ils se disputent la garde. Ils se servent des enfants... »

Oui, c'est vrai. En même temps, il avait accepté un accord à l'amiable pour épargner les enfants. Quand on avait travaillé dans ce domaine, on savait que c'est souvent celui qui se souciait le plus du bien-être des enfants qui se retrouvait perdant. Et Owen avait perdu. Rien n'indiquait qu'il avait poussé sa fille à mentir.

Puis il y avait eu le pendentif.

Verset numéro quatre.

La psy : « Quand avez-vous réclamé des évaluations psychiatriques ? Quand vous avez appris l'histoire du collier ? »

Judy Martin avait raconté l'histoire à la presse. Elle avait offert un pendentif à Emma, un ange aux ailes déployées au bout d'une chaîne en argent, provoquant la jalousie de Cass. C'était à ce sujet que les deux sœurs s'étaient disputées le soir de la disparition.

Sauf qu'elle ne disait pas toute la vérité. Leo avait interrogé la femme qui avait vendu le bijou à Judy, une babiole à 20 dollars.

Elle était propriétaire d'une petite boutique où les adolescentes achetaient des jeans hors de prix, des minijupes, et des petits objets fantaisie. Elle connaissait bien les deux sœurs et la mère. Elles fréquentaient le magasin depuis des années, et la mère ne manquait jamais d'exprimer le mépris que lui inspiraient les articles en chuchotant bruyamment de manière que personne n'en perde une miette.

La femme se souvenait de deux visites liées au pendentif. La première fois, Judy, Cass et Emma s'étaient arrêtées alors qu'elles faisaient des courses pour la rentrée. La plus jeune des filles avait poussé un cri d'admiration en le voyant. Elle avait demandé si elle pouvait l'avoir, mais Judy Martin le lui avait pris des mains et lui avait rétorqué que c'était de la « camelote » et qu'elle devait apprendre à affiner son goût. Cass avait supplié sa mère, disant que l'ange lui rappelait la fée Clochette dans *Peter Pan* : c'était son livre préféré quand elle était petite. Apparemment, son père lui en lisait quelques pages tous les soirs. *Peter Pan*. L'argument n'avait pas plaidé en sa faveur. Judy Martin l'avait rabrouée encore plus vertement et s'était éloignée. Les deux filles lui avaient emboîté le pas. L'aînée, Emma, avait bousculé sa sœur. Et elle avait placé son pouce contre son front, l'index levé pour dessiner un L : *Loser*, en langage adolescent.

Le lendemain, Judy Martin était revenue chercher le collier. La femme se rappelait avoir souri, pensant que la mère s'était résolue à offrir le bijou à sa cadette. Leo lui avait montré les photos des deux filles et avait demandé : « Vous êtes certaine que c'était bien Cass Tanner, et non Emma, qui le voulait ? »

Elle en était sûre.

« Lorsque j'ai vu l'interview de la mère à la télé, j'ai été estomaquée. Elle expliquait qu'elle avait acheté le pendentif pour l'aînée, Emma. Et je suppose que c'est ce qu'elle a fait : elle l'a donné à la grande. »

Emma le portait tous les jours. Ses amies l'avaient confirmé. Son père l'avait confirmé. Le lycée l'avait confirmé. Il n'y avait aucun doute que Judy Martin était retournée chercher le collier pour Emma. Pas pour Cass.

La psy l'avait interrompue.

« La vendeuse s'est peut-être trompée, Abby. »

C'est ce que Leo avait pensé. Et c'est ce que ses supérieurs lui avaient répondu quand ils avaient écarté sa théorie, lui rappelant que l'enquête criminalistique n'avait rien donné et que la famille avait lancé une contre-offensive, avocats et larmes télévisées à l'appui.

Mais Abby demeurait convaincue d'avoir raison. Elle connaissait les gens comme Judy Martin. C'étaient des maîtres de l'illusion. Des manipulateurs hors pair. Et elle savait de quoi elle parlait. Elle ne s'était pas contentée d'étudier ce type de comportements. Elle l'avait subi.

Verset numéro cinq.

La psy : « Est-ce qu'il y a eu un diagnostic d'établi ? En ce qui concerne votre mère, je veux dire. »

Non. Jamais. Abby était la seule personne de la famille consciente qu'il y avait quelque chose à diagnostiquer. Personne ne s'en rendait compte. Ni son père. Ni sa belle-mère. Ni même sa sœur, Meg, qui aujourd'hui encore pensait que leur mère manquait simplement d'autodiscipline, que c'était un « esprit libre ».

La psy : « Est-ce que vous croyez que c'est ce qui a déterminé votre orientation professionnelle ? Que c'est pour cette raison que vous avez fait votre thèse sur le cycle du narcissisme dans la famille ? »

Et après ? Qu'est-ce que ça prouvait ? Si elle avait choisi d'étudier la psychologie en raison de son histoire personnelle, ce n'était pas consciemment. Mais quand elle avait lu pour la première fois un texte sur le narcissisme et le trouble de la personnalité narcissique, elle avait ressenti un tel choc qu'elle était tombée à genoux. Littéralement. À la bibliothèque de Yale. Devant la fille avec qui elle partageait sa chambre, qui avait cru qu'elle avait une attaque. Abby n'avait qu'une envie : rester là, recroquevillée par terre, et laisser se diffuser en elle la compréhension qui avait surgi des mots qu'elle venait de lire.

C'était une maladie que tout le monde pensait connaître. On collait l'étiquette « narcissique » à toutes les filles qui passaient un peu trop de temps devant le miroir, à tous les garçons qui attendaient qu'on les rappelle. Dans les romans et les films, tous les personnages égoïstes étaient qualifiés de « narcissiques », mais ça se terminait toujours par une rédemption, une réconciliation, une prise de conscience. Peu de gens savaient ce qu'il en était réellement. Il n'y avait jamais ni rédemption ni réconciliation. Pas de prise de conscience. En fait, c'était la conjonction de toutes ces idées fausses et de la banalisation qui rendait cette maladie si dangereuse.

Verset numéro six.

La psy : « Essayons d'imaginer que vous ayez poussé l'enquête plus loin, que vous soyez allée au tribunal pour obtenir l'autorisation de procéder à des évaluations psychiatriques, que vous ayez ignoré la presse locale qui avait pris fait et cause pour les parents éplorés. Admettons qu'on ait découvert que Judy souffrait d'un trouble de la personnalité. Et qu'Owen Tanner était dépressif. Et peut-être que Jonathan Martin était alcoolique et que son fils avait un problème de déficit de l'attention. Et j'en passe. Bref, imaginons qu'on ait appris que cette famille était un véritable nid de pathologies mentales. Ça ne veut pas dire qu'on aurait retrouvé les filles. »

Et voilà : c'était la planche de salut. Abby s'y était accrochée et ça l'avait sauvée. Chaque fois qu'elle se noyait, chaque fois qu'elle songeait au pendentif, la troisième sonnette d'alarme qui avait achevé de la convaincre que la disparition des adolescentes était d'une manière ou d'une autre liée à la famille, elle s'agrippait à la planche et échappait à la noyade.

« Ça ne les aurait peut-être pas sauvées. »

Ça ne les aurait peut-être pas sauvées.

En revanche, ce verset, cette planche lui avait permis de s'en tirer. Mais elle n'avait pas retrouvé la paix pour autant.

3
Cass

J'étais au lit, les bras de ma mère autour de moi. Mes cheveux étaient mouillés et, sous ma joue, je sentais l'humidité se diffuser sur la taie d'oreiller. Elle pleurait. À gros sanglots.

« Oh, Cassandra ! Mon bébé, mon bébé ! »

J'ai déjà dit que j'avais imaginé cet instant pendant trois ans. Mais, en dépit de tout le temps que j'avais eu pour me préparer, j'étais totalement prise au dépourvu.

Son corps me semblait fragile et je m'efforçais de me souvenir de la dernière fois où je l'avais senti. Bien qu'elle soit devenue plus avare de son affection après le divorce, elle ne m'en avait pas totalement privée. Il y avait des étreintes pour les grandes occasions, son anniversaire et la fête des Mères notamment, car notre père nous donnait de l'argent pour qu'on lui achète des cadeaux. Je ne me souvenais pas d'avoir senti ça. Ces os si durs.

« Mon bébé ! Merci, mon Dieu, merci ! »

Ce qui m'a prise au dépourvu, ce que je n'avais pas imaginé une fois durant ces trois années, c'est l'expression que j'ai vue sur son visage lorsqu'elle m'a ouvert, un peu moins d'une heure plus tôt.

J'étais restée quatre-vingt-dix secondes devant la porte avant de sonner. Je le sais, car je les comptais dans ma tête. J'ai toujours fait ça, aussi loin que je m'en souvienne. Je suis très forte pour compter les secondes et, à partir de là, les minutes et même les heures. J'ai dû sonner quatre fois avant d'entendre des pas dans l'escalier en bois. Notre maison est juste un peu plus grande que la moyenne, sachant que nous habitons un quartier où la maison moyenne coûte plus d'un million de dollars. Elle date des années 1950, une villa coloniale blanche traditionnelle avec trois extensions, dont la véranda, et de multiples rénovations. Mme Martin avait fait d'autres travaux depuis notre disparition. Je pouvais voir un solarium et un bureau à la place du petit potager. Nous avions également près de deux hectares de terrain, une piscine avec un pavillon, un court de tennis et des bois où se perdre. Le mètre carré coûte une fortune par ici. Alors, la maison était peut-être assez petite pour que je puisse entendre ma mère dans l'escalier, mais c'était un escalier qui valait de l'or. C'est le genre de chose qu'elle aime qu'on souligne.

Lorsque la clé a tourné dans la serrure, j'ai senti le sol se dérober sous mes pieds. Cette porte, je l'avais franchie des milliers de fois derrière Emma, cherchant Emma, appelant Emma. Et, tandis que le battant s'ouvrait lentement, j'ai vu défiler devant moi tous les visages que je lui avais connus, modifiés par son humeur, son âge et le temps écoulé, comme une mise en garde. J'ai failli prononcer son nom. Je le sentais sur ma langue. *Emma.* Soudain, j'ai eu envie de me laisser tomber par terre, de me cacher les yeux et de me blottir derrière elle comme quand j'étais enfant. Je n'avais pas la force de faire ce que j'avais à faire sans elle.

Puis ma mère a passé la tête dans l'entrebâillement et les visages de ma sœur se sont évanouis. Aussitôt, j'ai retrouvé mon sang-froid.

Mme Martin était enveloppée d'un peignoir de soie. Ses cheveux étaient emmêlés après une nuit agitée et l'épais trait de maquillage sous ses yeux avait bavé.

« Vous désirez ? »

Elle a posé la question avec une fine couche de politesse sur une montagne d'irritation. Il était quand même 6 heures du matin et on était dimanche.

Elle a examiné mon visage, mes yeux, mon corps. Manifestement, elle ne me reconnaissait pas. Pourtant, je ne pensais pas avoir beaucoup changé. Je faisais la même taille : même taille de pantalon, de tee-shirt et de soutien-gorge. Mes traits étaient toujours anguleux, mes sourcils épais et arqués. Quand je me contemplais dans le miroir, c'était bien moi que je voyais. Mais je suppose que c'est pareil pour tout le monde : on change si graduellement, un peu chaque jour, qu'on ne s'en aperçoit pas. C'est comme l'histoire de la grenouille qu'on plonge dans une casserole d'eau froide et qui ne se rend compte de rien jusqu'à ce que l'eau bouille et hop, la grenouille est morte.

« C'est moi. Cass. »

Sa tête a reculé brusquement comme si je l'avais frappée au visage.

« Cass ? »

Elle m'a regardée plus attentivement. Ses yeux exorbités me parcouraient frénétiquement de la tête aux orteils. Elle a porté sa main droite à sa bouche, et de la gauche s'est accrochée au montant de la porte, le buste penché en avant.

« Cass ! »

Alors, elle s'est jetée sur moi, me touchant, me palpant et me serrant, tandis que je restais immobile sous l'assaut.

Elle a émis un gémissement guttural, puis s'est mise à hurler, appelant M. Martin.

Je m'étais préparée à ça et je m'en suis tenue à mon plan. Je l'ai laissée donner libre cours à ses émotions et j'ai attendu sans rien faire. Sans rien dire. Vous pensez sans doute qu'elle était au comble du bonheur, transportée de joie, euphorique. Mais il ne faut pas oublier que Mme Martin s'était réinventée en mère éplorée aux filles disparues. S'adapter à la nouvelle situation passait donc par une crise douloureuse.

« Jon ! Jon ! »

Les larmes se sont mises à couler alors que des pas résonnaient au premier.

« Qu'est-ce qu'il y a ? » a crié M. Martin.

Elle n'a pas répondu. Elle a pris mon visage entre ses mains, a plaqué son nez contre le mien et a bramé mon nom de la même voix rauque.

« Caaaaass ! »

M. Martin était en pyjama. Il avait grossi depuis la dernière fois et il avait l'air encore plus vieux que dans mon souvenir. J'aurais dû m'en douter. Mais quand on est jeune, on considère que tous les gens plus âgés sont simplement « vieux » et on n'imagine pas qu'ils puissent vieillir encore. Il était très grand et très sombre : les cheveux, les yeux, la peau. Je n'ai jamais su lire en lui. Il avait tendance à cacher ses sentiments. Ou peut-être n'en avait-il pas beaucoup. Il ne se mettait pas facilement en colère. Et souriait encore moins facilement. Ce jour-là, pourtant, j'ai vu quelque chose d'inédit sur son visage : de la stupeur.

« Cass ? Cassandra ? C'est bien toi ? »

Il y a eu d'autres embrassades. M. Martin a prévenu la police. Ensuite, il a téléphoné à mon père, mais ça ne répondait pas. Je l'ai entendu laisser un message, disant simplement que c'était très important et qu'il devait rappeler immédiatement. J'ai trouvé ça plutôt délicat de sa part, de ne pas donner de détails sur sa boîte vocale. Je me suis demandé s'il avait changé.

Ils m'ont posé toutes les questions auxquelles on pouvait s'attendre. Où est-ce que j'étais passée ? Que m'était-il arrivé ? Comme je ne réagissais pas, je les ai entendus murmurer entre eux. Ils ont décidé que j'étais traumatisée. M. Martin a décrété qu'il fallait continuer à m'interroger jusqu'à ce que je dise quelque chose. Ma mère a acquiescé.

« Cass, dis-nous ce qui s'est passé ! »

Je n'ai pas répondu. J'ai seulement crié : « Il faut appeler la police ! Il faut retrouver Emma ! Il faut qu'on la retrouve ! »

Le temps s'est arrêté pendant ce qui m'a semblé une éternité, même si en réalité ce n'était que huit secondes. M. Martin a lancé un regard à ma mère. Elle s'est tue et s'est mise à me caresser les cheveux comme si j'étais une poupée fragile qu'elle ne voulait pas casser, une poupée qui ne devait ni bouger ni parler.

« Bien sûr, ma chérie. Calme-toi. »

Elle avait cessé de poser des questions, mais j'avais les mains qui tremblaient. Je lui ai dit que j'avais froid et elle m'a laissée prendre une douche chaude. Je lui ai dit que j'avais faim et elle m'a préparé à manger. Je lui ai dit que j'étais fatiguée et elle m'a conduite dans sa chambre. Elle s'est allongée à côté de moi et j'ai fait semblant de dormir, alors que j'aspirais discrètement les effluves de N° 5 dans son cou.

Le défilé a commencé peu après et M. Martin est descendu accueillir les premiers visiteurs. Il n'est pas remonté. La fenêtre de ma mère donnait sur l'entrée de l'allée et je voyais arriver tous les véhicules. Il y a d'abord eu trois SUV de la police d'État. Puis une équipe médicale dans une ambulance. Les experts se sont présentés seulement quarante minutes plus tard dans des voitures diverses. Il devait y avoir des agents du FBI. Et des techniciens de la police scientifique. Ainsi qu'un psychologue, bien entendu.

On a réalisé des prélèvements sous mes ongles et sur ma peau. Dans mes cheveux. On m'a fait une prise de sang. On a mesuré mon rythme cardiaque et mon pouls, et on m'a posé des questions pour s'assurer que je n'étais pas folle. Puis, on a attendu les gens qui allaient me demander ce qui m'était arrivé et où était Emma.

Je n'avais pas été dans le lit de ma mère depuis l'époque où j'étais petite fille, bien avant le divorce. Ce n'était pas interdit. C'était juste un endroit où Emma et moi avions cessé d'aller lorsque nous avions découvert la sexualité. C'était là que nos parents « faisaient la chose » et ça nous semblait dégoûtant. On en parlait quand on jouait avec nos Barbie.

Ils sont tout nus et papa met sa queue dans maman.

Ma sœur pouvait faire ce genre de sortie avec une totale nonchalance. Mais elle était en colère, je le sentais aux mots qu'elle choisissait, et parce que je la connaissais par cœur.

Elle déshabillait Ken et Barbie et frottait l'un contre l'autre leurs entrejambes androgynes. Ken était dessus. Emma poussait des oooh et des aaah.

C'est ce qu'ils font dans leur lit. Je ne veux plus jamais y aller.

Elle avait découvert la vérité sur la sexualité grâce à notre demi-frère, Witt Tanner. Elle avait 11 ans. J'en avais 9. Et Witt 16. Un jour, Emma était rentrée de l'école bouleversée. En général, on prenait le bus car notre mère n'aimait pas interrompre sa sieste. Parfois, on faisait le trajet à pied. On fréquentait un établissement privé qui faisait tout le cursus, de la maternelle à la terminale, si bien qu'on avait toujours été dans la même école, quelle que soit notre classe. J'avais beau être une peste, Emma m'autorisait généralement à marcher avec elle. C'était là qu'elle me révélait ses dernières découvertes, en particulier au sujet des garçons. Ce jour-là, cependant, elle était restée silencieuse pendant tout le trajet, me disant « ferme-la » chaque fois que j'ouvrais la bouche. Aussitôt arrivée à la maison, elle avait couru s'enfermer dans sa chambre.

Avant le divorce, Witt venait chez nous un week-end sur deux. Le reste du temps, il habitait chez sa mère. Cela faisait 96 heures sur une moyenne de 732 par mois. C'était beaucoup. Ce n'était pas assez.

C'était un vendredi et Witt était à la maison. Il jouait à un jeu vidéo dans le salon quand nous sommes rentrées.

Qu'est-ce qu'elle a ?

J'ai rejoint Witt et je me suis blottie contre lui, m'asseyant aussi près que possible sans grimper sur ses genoux. Il m'a donné une bourrade amicale. Et il m'a simplement demandé pourquoi Emma était montée en courant. D'habitude, un vendredi sur deux, on se jetait toutes les deux sur Witt et on restait collées à lui comme du film plastique jusqu'à ce qu'il retourne chez sa mère, le dimanche soir. C'était un garçon posé, qui avait bon caractère. Mais il était également fort, et il avait le don de dire ce qu'il fallait quand il le fallait.

Autrefois, j'aimais penser que Witt était un cadeau de notre père pour se faire pardonner de nous avoir infligé une mère pareille. Bien sûr, c'était idiot, parce que c'était elle qui nous avait faites et, de toute façon, Witt était né avant nous, et même avant que notre père rencontre notre mère. En plus, quand on regardait Emma, on voyait Mme Martin : elle avait ses yeux, sa mâchoire, sa façon de parler. Mais je le pensais quand même.

Witt a terminé sa partie. Il a lâché un ou deux jurons parce qu'il avait été tué, ou parce qu'il avait épuisé toutes ses vies ou dépensé tout son argent ou un truc dans le genre. Puis il m'a regardée et m'a demandé si j'avais passé une bonne semaine. Il m'a embrassée sur le front et m'a ébouriffé les cheveux. Je souriais tellement que j'avais les yeux qui pleuraient. Puis il a dit qu'il montait voir ce que fabriquait Emma. Elle lui a ouvert et il est ressorti de sa chambre au bout de quelques minutes, riant et secouant la tête. Personne n'a rien voulu me dire ce soir-là. Mais, quelques jours plus tard, alors qu'on jouait avec nos Barbie, Emma n'a pas pu résister. À présent qu'elle était remise du choc initial, elle avait totalement intégré ce que les hommes faisaient aux femmes.

Tu te souviens de l'autre jour ? Quand ça n'allait pas et que Witt est venu me parler. Eh bien... J'étais énervée parce qu'un gros débile à l'école m'avait raconté que le sexe c'était quand un garçon faisait pipi sur une fille et que c'était comme ça qu'on faisait des bébés.

J'ai eu envie de pleurer lorsqu'elle m'a dit ça. C'était vraiment trop injuste. La vie n'avait pas le droit d'être aussi humiliante. J'ai décidé que je ne laisserais jamais un garçon me faire pipi dessus, même si ça signifiait que je n'aurais pas de bébé. Elle m'a vite détrompée, mais je me souviens encore de ma réaction. Je comprenais très bien pourquoi ma sœur était montée en courant dans sa chambre.

Witt m'a dit comment ça se passait en vrai. Les garçons ne te font pas pipi dessus.

Emma m'a parlé de verge, de vagin et de sperme. Puis elle a déshabillé nos Barbie.

Je suppose que c'est bizarre que ce soit notre frère qui ait dû nous expliquer ça. Mais ce n'est pas la seule tâche parentale qu'il a prise en charge.

Notre mère n'aimait pas être notre mère. Elle voulait être notre amie. Elle avait hâte qu'on soit grandes pour faire plein de trucs super avec nous. Du shopping, par exemple, ou aller chez la manucure. Elle nous promettait de nous emmener en vacances dans des endroits où on pourrait faire des soins pour le corps, s'asseoir sur la plage, lire des magazines et siroter des boissons à la noix de coco avec des petites ombrelles dedans. L'été, elle nous en préparait parfois. Et elle disait que, quand on serait grandes, on aurait le droit d'en boire de meilleurs, qui nous rendraient heureuses et détendues. Je m'endormais avec ce rêve que notre mère nous mettait dans la tête, le rêve où nous étions comme trois sœurs.

Nous rêvions beaucoup à l'époque, avant l'arrivée de M. Martin. Witt nous parlait de la fac. Il voulait être avocat, comme sa mère. Il nous présentait ses petites copines et ils s'embrassaient au sous-sol. Puis il a appris à conduire et il a eu une voiture. C'était comme s'il nous ouvrait la voie et nous apprenait à devenir adultes. Et il y mettait un tel enthousiasme que ça donnait envie.

Vous avez l'impression que cet endroit est grand, que c'est le centre du monde, que ce qui s'y passe est important. Mais ce n'est pas vrai.

Witt disait ce genre de choses après être allé en Europe.

Cet endroit est petit. Tout petit. Et vous en partirez un jour. Vous pourrez faire autre chose, être quelqu'un d'autre. Tout ce que vous voulez. Et quand vous reviendrez, il ne vous semblera plus aussi grand. Il vous apparaîtra tel qu'il est vraiment. Pas grand-chose. Presque rien.

Je trouvais ça réconfortant, l'idée que notre maison, notre famille, notre mère n'étaient pas grand-chose. Parce que, si c'était le cas, je pouvais espérer que mes craintes ne se réalisent pas.

Je n'ai pas vu la voiture de mon père dans l'allée. On a appris plus tard qu'il dormait au moment où M. Martin avait téléphoné. Et quand il dormait, rien ne pouvait le réveiller, pas même un tremblement de terre. On a fini par lui envoyer un véhicule de police pour lui annoncer que sa fille était vivante.

Après le divorce, mon père souffrait et la vue de sa souffrance m'était insupportable. J'ai eu le temps de réfléchir à notre histoire au cours des trois dernières années. Et ce que j'ai vécu a fait voler en éclats le prisme à travers lequel j'observais notre existence. Aujourd'hui, j'ai une vision des choses très différente. Après le divorce, il a acheté une jolie maison et tout fait pour qu'on s'y sente bien. Il y avait quatre chambres, ce qui signifiait qu'on pouvait venir quand Witt était là. Et ce dernier a continué à venir y passer des week-ends, même lorsqu'il est parti à l'université. En plus, elle était proche de la ville, on pouvait donc facilement aller voir nos amis. Emma adorait ça, car elle en avait beaucoup. Moi, ça me rappelait que je n'en avais pas.

Le soleil pénétrait à flots dans la maison de notre père, mais sa tristesse l'assombrissait. Il nous disait que, depuis le divorce, il devait faire des efforts pour ne pas oublier que la joie était un état d'esprit. *Le verre est à moitié vide. Le verre est à moitié plein. Il pleut à verse. Les fleurs vont pousser. Je vais mourir un jour. Je suis vivant aujourd'hui.* Depuis le divorce, depuis qu'il avait perdu ses filles, il était conscient que tout ce qu'il possédait, tout ce qu'il aimait, tout ce qui constituait sa vie pouvait disparaître en un instant. Nous, ses trois enfants, nous étions comme des gouttes d'eau dans sa paume, qui pouvaient filer entre ses doigts et lui échapper, un par un ou d'un seul coup. Et ce jour-là, le jour où il se retrouverait les mains vides, sa vie ne serait plus qu'un espace vide, un cœur vide. Je crois qu'il a même dit que sa vie ne serait plus que de l'air qui entrait et sortait de ses poumons. Voilà le genre de choses dont il parlait à table et c'était horrible.

Parfois, Witt se mettait en colère. Il lui disait de raconter ça à ses amis, pas à nous. Nous étions ses enfants, pas ses potes. Et pourquoi est-ce qu'il n'allait pas voir un psy ? Le divorce n'expliquait pas tous ses accès de déprime. Notre père protestait. Il n'avait pas besoin de psy. *Très bien, dans ce cas, secoue-toi, envoie valser tes idées noires*, s'agaçait Witt. Mais notre père rétorquait qu'il ne pouvait pas oublier que plus on aimait, plus on avait à perdre.

Et puis, nous avons disparu, confirmant ses pires craintes.

Une blonde aux cheveux courts est descendue d'une voiture et s'est dirigée vers la maison, sortant de mon champ de vision. Soixante-quatorze secondes plus tard, j'entendais la porte s'ouvrir et se refermer en bas, puis le bruit de ses pas dans l'escalier.

Une fois de plus, j'ai fermé les yeux et fait semblant de dormir. Quand on a frappé, ma mère a délicatement retiré son bras de sous ma nuque. Et elle a remonté une couverture sur mes épaules si tendrement que j'ai eu un frisson. C'est pour ça que mon père avait eu autant de mal à l'oublier. En dépit de tout ce qu'elle n'aurait pas dû faire, en dépit de tout ce qu'elle aurait dû faire, il y avait en elle quelque chose qui ressemblait à de l'amour et elle nous en faisait profiter de temps en temps. Mais c'était seulement pour qu'on en redemande, pour qu'on ne soit jamais rassasiés. Et on y était tous sensibles, chacun à sa manière.

Parfois, Emma enfilait une chemise de nuit sur sa Barbie. Ken, entièrement nu, la pourchassait.

S'il te plaît, Barbie... Laisse-moi te mettre ma queue. S'il te plaît. Je ferai tout ce que tu voudras !

Sa voix était moqueuse, vibrante de colère. En dépit de notre jeunesse, nous comprenions parfaitement que l'indifférence de notre mère le rendait fou, et que cette folie s'était emparée de son cerveau et de son cœur, ne laissant rien pour nous.

Un jour, Emma avait balancé sa Barbie contre le mur sans dire un mot. Assises par terre, nous regardions la poupée. Elle avait atterri sur le dos, sa robe se soulevant, ses dents blanches brillant entre ses lèvres rouges souriantes. J'avais à présent cette image devant les yeux, si nette que j'entendais mon cœur battre dans mes oreilles. Emma était celle qui avait le courage de lancer une poupée contre le mur pendant que j'étouffais un cri, la main devant ma bouche. Celle qui avait le courage de jouer à quitte ou double avec l'amour de notre mère. Celle qui avait le courage de rivaliser avec elle en portant des minijupes et du rouge à lèvres. Chaque jour, elle se battait pour ce qu'elle voulait, pour ce à quoi elle avait droit, pendant que je me cachais dans l'ombre qu'elle était toujours prête à m'offrir.

Emma me protégeait des tempêtes maternelles. Peu importe si c'était pour moi ou simplement parce qu'elle était ainsi et qu'elle ne pouvait pas faire autrement, le résultat était le même. Elle était mon refuge.

Alors que je songeais à ces tempêtes, le doute m'a soudain envahie. Qu'est-ce que je faisais ici ? J'étais libre. J'aurais pu aller n'importe où ! Mais je savais pourquoi j'étais revenue. Pour Emma. Pour Emma ! Et pour corriger tous les torts qu'on nous avait faits. C'était à mon tour d'être le paratonnerre. Malgré tout, la conviction ne suffit pas à rendre fort, et j'étais terrifiée.

J'ai entendu des murmures à la porte. Ma mère a poussé un soupir désapprobateur mais a néanmoins fini par céder. Trois paires de pieds ont foulé le tapis et se sont arrêtées devant le lit. Ma mère s'est assise à côté de moi et m'a caressé les cheveux.

« Cass ? Cass... Il y a des gens du FBI. Ils veulent te parler. Cass ? »

J'ai laissé ma sœur pénétrer en moi. Je l'ai laissée écarter la vision de cette poupée indestructible qui nous narguait du sol. J'ai ouvert les yeux et je me suis assise. La blonde aux cheveux courts se tenait devant moi et j'ai compris que c'était elle que je devais convaincre.

« Cassandra ? Je m'appelle Abigail Winter. Je suis psychologue et je travaille avec le FBI. Et voici l'agent spécial Leo Strauss. Nous sommes là pour voir comment tu vas et peut-être parler un peu, si tu te sens d'attaque. »

J'ai hoché la tête. Les mots étaient là, des mots que j'avais soigneusement choisis et répétés. Mais ils ont été emportés par un tourbillon d'émotions.

J'ai éclaté en sanglots. Ma mère m'a serrée contre elle et s'est mise à me bercer.

Derrière elle, il y avait la psy. Abigail Winter. Je l'étudiais à travers mes larmes et mes hoquets, et le regard qu'elle a posé sur ma mère ne m'a pas échappé.

Alors, je me suis concentrée sur elle, par-dessus Mme Martin qui faisait barrage de son corps.

« Trouvez Emma ! » ai-je bredouillé entre deux sanglots.

Ma mère m'a lâchée et a reculé pour m'examiner.

« Elle a déjà dit ça tout à l'heure... »

Elle me regardait toujours, mais c'est à eux qu'elle s'adressait.

« Et elle n'a rien dit d'autre. J'ai l'impression qu'il y a quelque chose qui ne tourne pas rond chez elle ! »

L'agent Strauss a pris la parole. Sa voix était apaisante.

« Cassandra... Où est Emma ? Où pouvons-nous la trouver ? »

Les mots qui sont sortis n'étaient pas ceux que j'avais répétés.

Je n'étais pas à la hauteur.

4
Abigail Winter

« Trouvez Emma ! »

À ces mots, Abby se figea. Son cœur, ses poumons, ses membres : tout s'arrêta. Elle ne pouvait pas détacher les yeux de la jeune femme sur le lit, qui était encore une enfant au moment de sa disparition. Abby avait étudié son visage à chaque étape de sa vie, grâce aux photos, aux films familiaux et aux publications sur les réseaux sociaux. Ses traits et ses expressions s'étaient peints sur une toile qui était devenue la Cassandra Tanner qu'Abby croyait connaître.

Ses cheveux étaient plus sombres. Et plus longs, avec des ondulations qui n'existaient pas avant. Ils tombaient sur ses épaules et s'étalaient sur l'oreiller. Ses pommettes et son front étaient plus marqués. Les yeux noisette plus enfoncés sous les épais sourcils. Abby la dévisageait, fascinée par l'élément de l'énigme qui venait de leur être révélé. *Emma était en vie.*

« Cassandra... Où est Emma ? Où pouvons-nous la trouver ? demanda Leo.

– Elle est encore là-bas ! s'écria-t-elle, hystérique à présent.

– Où ? Où est Emma ? » répéta Leo.

Son calme parut agir sur Cass. Elle l'examina prudemment, prenant une longue inspiration.

« L'île. Elle est sur l'île.

– Quelle île ? » insista Leo.

Cass se tourna vers sa mère. Judy Martin avait probablement changé en trois ans, mais aux yeux d'Abby elle était identique à elle-même. Une femme obsédée par son apparence. Un jour comme aujourd'hui, elle avait pris le temps de se maquiller et elle sentait le spray coiffant. Abby le nota dans un coin de son esprit avant de revenir à Cass.

Celle-ci la regardait à présent. Pourtant, c'était Leo qui avait posé la question.

« Quelle île ? Tu sais où elle est ? »

Elle secoua la tête et éclata en sanglots.

Judy ôta la main de ses cheveux et s'écarta, si bien que leurs corps ne se touchaient plus.

« Il faut la trouver ! S'il vous plaît ! Trouvez l'île ! Trouvez ma sœur ! »

Leo et Abby échangèrent un regard.

« Est-ce qu'Emma est en danger ? demanda-t-il d'une voix prudente. Est-ce qu'on la retient contre son gré ? »

Cass hocha la tête.

« Ils ne voulaient pas nous laisser partir. Ça fait trois ans. J'ai dû l'abandonner. C'était le seul moyen, mais maintenant, vous devez la sauver !

– Il faut rappeler l'équipe scientifique », intervint Abby.

Elle aurait préféré entendre l'histoire du début à la fin, mais si Emma était en danger, ils ne devaient négliger aucun détail. Leo acquiesça et envoya un SMS à leurs collègues au rez-de-chaussée qui ne tardèrent pas à les rejoindre.

Cass se lança dans un récit décousu. Il était question d'un certain Bill et de sa femme Lucy qui les avaient « hébergées », leur avaient « donné un foyer » jusqu'à ce que « ça tourne mal ». Mais sans entendre l'histoire dans l'ordre, il était impossible de comprendre comment leur refuge était devenu une prison. Pourquoi seule Cass avait-elle réussi à s'échapper ? Comment se faisait-il qu'Emma soit toujours retenue là-bas ? Elle affirmait en outre ne pas savoir exactement où se trouvait l'île à cause de la manière dont elle y était arrivée et dont elle en était repartie. Et pourquoi avait-elle quitté le domicile familial ? C'était ce qui obsédait Abby.

Mais elle écoutait calmement, en dépit du sentiment d'urgence qui mettait sa patience à rude épreuve.

Judy Martin bombardait sa fille de questions. Elle arpentait la chambre, à présent.

« Comment ça, Emma est là-bas ? Qu'est-ce que tu veux dire ? C'est complètement fou ! Comment se fait-il que tu ignores où est cette île ? Pourquoi est-ce que tu ne peux pas le leur dire ? C'est totalement illogique, Cass ! Madame Winter, c'est dément, vous ne le voyez pas ? Est-ce qu'elle va bien ? Peut-être qu'elle a quelque chose. Vous devez l'examiner !

– Je sais des choses ! hurla Cass. C'est dans le Maine ! Au nord de Portland ! »

Les techniciens étaient de retour dans la chambre. Ils voulaient une description physique des lieux pour entamer des recherches.

On interrogea Cass au sujet des saisons. De la végétation. Ils discutèrent entre eux de la terre sous ses semelles. Du pollen et de la poussière sur ses vêtements, sur son corps peut-être. Il y avait peut-être des traces d'ADN d'un individu figurant dans leur base de données. Et puis il y avait des détails moins tangibles, comme les odeurs sur l'île et ce qu'on y mangeait. Les gens qu'on croisait, leur accent, les mots qu'ils employaient.

Cass passa près d'une heure avec eux, s'efforçant d'expliquer pourquoi elles ne s'étaient pas enfuies avant.

« L'eau était glacée, même en été. Lucy nous mettait toujours en garde contre l'hypothermie. On ne voyait qu'une seule personne, en dehors de Bill et Lucy : Rick, le pilote du hors-bord qui faisait la navette avec le continent. Il nous livrait les courses et l'essence pour le groupe électrogène. L'île n'était reliée à rien. Il n'y avait aucun fil, ni électrique ni téléphonique. Mais on avait une parabole. Une seule côte de l'île donnait sur le large, sinon on voyait la terre tout autour de nous, mais assez loin, à plusieurs kilomètres. Comme si on était à l'embouchure d'une baie. On ne distinguait pas de maison sur le continent et ce n'était pas évident d'accéder à notre ponton. Il y avait des écueils et on ne les repérait qu'à marée basse. »

Sa voix s'était raffermie. Elle avait retrouvé son sang-froid.

Elle leur parla du fort courant à la hauteur de l'embarcadère qui entraînait tout vers l'ouest. Elle leur décrivit des tempêtes d'une rare violence qu'on voyait arriver à des kilomètres, un mur de vent et d'eau qui avançait inexorablement sur eux. Ça commençait par une fine bruine qui tombait de biais, et quelques instants plus tard des trombes s'abattaient sur eux.

Le ciel était démesuré, sans rien pour l'interrompre ni à gauche ni à droite, et elle avait parfois l'impression de vivre « dans une boule à neige ».

« C'était l'effet que ça faisait, d'être sous ce ciel immense et de ne pouvoir aller nulle part. » Sa description était presque poétique. Elle semblait étonnamment instruite pour une jeune fille qui avait quitté l'école à 15 ans.

Les arbres, dit-elle, étaient les mêmes que ceux qu'on trouvait dans le Connecticut, sauf qu'il y en avait plus qui restaient verts pendant l'hiver.

« Des conifères ? lui demanda-t-on.

– Je n'en sais rien.

– Des pins, des sapins de Noël...

– Oui, c'est ça, comme des sapins de Noël. Mais plus hauts et plus fins à la base... »

Le couple chez qui elles résidaient s'appelait Pratt, Bill et Lucy Pratt. Elle n'avait aucune idée de l'endroit d'où ils venaient et ne leur connaissait ni amis ni famille. Ils évoquaient parfois leurs parents, mais jamais de frères et sœurs. Elle ne savait pas comment ils gagnaient leur vie. Ils s'occupaient de l'île, du jardin et de la maison. Elle ignorait où ils allaient quand ils partaient en bateau avec Rick. Lucy ne s'absentait pas plus d'une fois par mois. Bill plusieurs fois par semaine, mais jamais plus d'une demi-journée.

Ils avaient la quarantaine, estimait-elle, tout en admettant ne pas être « bon juge en matière d'âge ». Lucy avait du ventre et de longs cheveux gris qui lui arrivaient à la taille. Elle les portait détachés, jamais en queue-de-cheval ou en chignon. Elle en était manifestement très fière, même s'ils étaient « gris et frisottés, pas le genre de truc qu'on a envie de toucher ». Elle avait beaucoup de rides autour de la bouche et des yeux, et l'ombre d'une moustache au-dessus de la lèvre supérieure.

« Elle me semble répugnante aujourd'hui, alors je grossis peut-être le trait. Mais quand je l'ai rencontrée, je trouvais tous ces détails attachants. »

Bill était très grand, et brun, mais il se teignait les cheveux. Il utilisait un produit appelé Grecian Formula. Elle avait repéré les boîtes parmi les courses que Rick leur livrait. Elle présumait donc qu'il grisonnait.

« Est-ce qu'il y avait des tickets de caisse, des noms de magasins sur les sacs ?

– Non. Je ne pense pas.

– Et les provisions ? Quelles marques ? Rien de particulier ? Des biscuits confectionnés par un artisan local, par exemple ?

– Il y avait du pain frais, mais il était dans un papier brun, sans nom dessus. La marque du lait était Horizon. Il y avait toutes sortes de marques. Du beurre Land O Lakes. Des muffins Thomas…

– Et des fruits ? Du poisson ?

– Oui, mais je ne me souviens pas des noms. Des barquettes vertes avec des baies. Des myrtilles en été. Petites. Et beaucoup de poisson. Emballé dans du papier blanc. Emma déteste le poisson. Même le homard et les crevettes. Mais il y avait beaucoup de poisson.

– Du poisson blanc ?

– Oui. Comme le *fish and chips*. Sauf qu'on ne le faisait pas frire. Bill et Lucy disaient que c'était mauvais pour la santé. »

Abby écoutait, assise sur une chaise, les mains serrées. Toutes ces informations étaient certainement utiles pour situer l'île, mais cela les éloignait du récit, de la réponse qu'elle attendait, de la question qui la torturait.

Ils interrogèrent Cass sur les factures, le courrier, les bateaux qui passaient. Se souvenait-elle d'un nom ? « Non », dit-elle, car les embarcations ne s'approchaient pas, à cause des rochers et du courant. La plupart étaient de petits bateaux de pêche. Le hors-bord qui faisait la navette s'appelait le *Lucky Lady.* Ils effectuèrent une recherche, mais presque tous les ports avaient leur *Lucky Lady.*

« À quoi ressemblaient-ils, ces bateaux de pêche ? »

On lui montra des photos en ligne.

Elle reconnut des bateaux de pêche au homard, ce qui était logique si l'île se trouvait dans le Maine.

Elle leur dit également que parfois ça sentait l'essence à cause du groupe électrogène, et on lui assura que c'était une indication utile.

Judy Martin ne cessait de l'interrompre, posant toujours les mêmes questions.

« Mais comment est-ce que tu as pu arriver là-bas il y a trois ans, puis rentrer à la maison aujourd'hui sans savoir où tu étais ? Ça ne tient pas debout, Cass ! Comment est-ce que tu as pu rester sur cette île sans la quitter une seule fois en trois ans ? Et vous, arrêtez de poser des questions absurdes ! Qu'est-ce qu'on a à faire des arbres et des myrtilles ? »

Une technicienne sortit son téléphone.

« Est-ce que Bill, Lucy ou Rick parlait comme ça ? »

Elle lui fit écouter un enregistrement, expliquant qu'il s'agissait de l'accent du Maine. Elle décrivit le *r* ajouté à la fin de certains mots, les *a* et les *i* longs. Cass confirma que le pilote du hors-bord parlait comme ça.

« Emma disait que c'était un plouc, ce qui n'était pas très sympa, mais Rick n'était pas très sympa. Même si c'est grâce à lui que je me suis échappée.

– Ah oui ! L'évasion. Parlons-en », intervint Mme Martin, levant les bras au ciel.

Cass leur raconta qu'elle s'était enfuie à bord du *Lucky Lady.*

« Ce n'était pas facile. Rick obéissait toujours aux Pratt. Et ils ne voulaient pas nous laisser partir...

– Revenons au bateau... Combien de temps est-ce que vous avez mis pour atteindre le continent ? » lui demanda-t-on.

Rick l'avait déposée sur un ponton, dans une anse sur la côte. Elle avait perdu toute notion du temps, mais elle avait l'impression que la traversée avait duré longtemps. Il faisait nuit noire, c'était difficile de voir où ils allaient. Là, un ami à lui l'avait fait monter à l'arrière de son camion.

« Combien de temps as-tu passé dans le véhicule ? Est-ce que tu as fait attention à l'heure ? À la route ? À la direction ? Des noms de rues, des numéros d'autoroutes, n'importe quoi ? »

Elle était restée cachée sous une couverture pendant tout le trajet jusqu'à Portland. Ils avaient fait une première halte pour prendre de l'essence et elle avait remarqué un panneau indiquant Rockland. Ils s'étaient arrêtés une deuxième fois pour faire le plein et une troisième au bord de la route pour qu'elle aille faire pipi dans les bois.

« Le trajet jusqu'à Portland a duré trois heures quinze. Il y avait beaucoup de virages et on ne roulait pas vite. On allait vers le sud. J'ai vu ce panneau qui disait Rockland ! Ça ne suffit pas ? »

La voix de Cass tremblait de nouveau.

« Le Maine a plus de 5600 kilomètres de côtes et près de cinq mille îles. Rien qu'au large de Rockland, il y en a des centaines, lui expliqua l'un des techniciens. Alors, les moindres détails peuvent être précieux. »

Judy intervint. Elle trépignait d'impatience.

« Cass, pourquoi est-ce que tu n'es pas allée directement voir la police sur le continent pour les conduire sur l'île ? Tu aurais pu y aller hier soir au lieu de rentrer.

– Je n'en sais rien. Je n'y ai pas pensé. Je ne croyais pas que ce serait aussi compliqué. Le chauffeur du camion m'a demandé où je voulais aller et c'est la première chose qui m'est venue à l'esprit. Rentrer à la maison. »

Elle se remit à pleurer.

« Je voulais juste rentrer à la maison. »

Abby entendit des pas précipités dans l'escalier. Puis la porte s'ouvrit. Elle était assise sur une chaise à côté du lit quand on entra en trombe dans la pièce. Owen Tanner ne la salua pas, même s'il était peu probable qu'il l'ait oubliée. Il était simplement survolté. Il se précipita vers Cass et la prit dans ses bras. Il pleurait et gémissait comme s'il souffrait. Il était maigre, presque décharné. Il semblait s'être consumé à petit feu au cours de ces trois années. Elle ne l'avait pas remarqué pendant l'enquête, parce qu'elle le voyait régulièrement, même quand ils avaient cessé d'interroger tout le monde. Il passait au moins une fois par semaine au bureau de New Haven, réclamant des nouvelles, exigeant d'avoir accès aux rapports et aux appels d'éventuels témoins. Sa douleur, songea-t-elle, était un parasite qui s'était nourri de lui pendant tout ce temps. Et rien ne pourrait remplacer les morceaux manquants. C'était ce qu'elle entendait dans ses pleurs, alors qu'il étreignait sa fille.

Owen recula, le visage mouillé et tordu de désespoir. Il entreprit d'interroger Cass à son tour. Il la bombarda de questions, comme si personne dans la pièce n'avait pensé à les poser avant son arrivée, ne comprenant pas pourquoi elle ne pouvait pas simplement leur indiquer l'endroit où était sa sœur, pour qu'on aille la chercher.

Il finit par se rendre à l'évidence. Retrouver Emma allait prendre encore un peu de temps. Il s'assit alors au bord du lit, presque sur sa fille, masquant Judy à la vue d'Abby. Et il formula la question qui le torturait depuis la nuit de la disparition :

« Pourquoi ? Pourquoi est-ce que vous êtes parties avec ces gens ? »

Lors de la première enquête, Owen avait dit à Abby qu'elle avait tort de fouiller dans l'histoire familiale. Pour lui, ses filles n'avaient rien à voir avec les adolescents qui partaient faire le jihad, rejoignaient des sectes ou se laissaient embobiner par des pervers. Au cours de l'un des interrogatoires, il lui avait affirmé : « Ces gosses ne sont pas normaux. Il n'y a qu'à les regarder aux infos. On comprend assez facilement pourquoi ils sont partis, après coup, même si personne autour d'eux n'a rien vu venir, vous ne croyez pas ? Avec mes filles, ce n'est pas le cas. Je ne suis pas là à me dire que soudain tout s'explique, à cause de ci ou de ça. Vous comprenez ? Il n'y a rien à trouver de ce côté. Rien du tout ! »

« Pourquoi est-ce que vous êtes parties avec des inconnus ? » répéta Owen, désireux d'être rassuré.

Cass se résolut enfin à parler, avec dans la voix un frémissement de colère qui étonna Abby. Mais pas autant que sa réponse. En fait, tout le monde en resta bouche bée.

« On est parties parce que Emma était enceinte. »

5
Cass

Mon père m'a serrée si fort qu'il a failli m'étouffer. Lorsqu'il m'a vue dans la chambre, il a bousculé les agents et Mme Martin et il s'est effondré sur moi en sanglotant. Je n'ai pas vraiment eu le temps de le regarder, d'intégrer les profondes rides que le chagrin avait creusées sur son front et le voile gris qu'il avait posé sur sa peau. Tout ça, je l'ai vu douze secondes plus tard. Mais avant, il m'a écrasée contre lui, comme pour absorber tout ce qui avait été perdu pendant ces trois années, même si c'était clairement impossible. Je l'ai laissé faire, parce que j'aime vraiment beaucoup mon père, et aussi parce que ça m'a bouleversée de sentir ses bras autour de moi après tout ce temps. Je pleurais et je répétais en boucle : *Papa... papa... papa...*

Sur l'île, je l'appelais souvent à l'aide, même si au fond de moi je savais déjà ce qui crevait les yeux à présent. Mon père ne pouvait rien pour moi. Je pouvais crier son nom tant que je le voulais, le supplier de m'insuffler au moins la force et le courage d'agir, il était incapable de m'aider.

Alors, j'ai pleuré et j'ai essayé de lui donner ce dont il avait besoin. Je m'y attendais. En revanche, je ne m'attendais pas à éprouver un tel ressentiment. J'avais envie de crier : *Moi aussi, j'ai des besoins. J'ai besoin de raconter mon histoire avant qu'elle n'explose dans ma poitrine.* Mais personne ne semblait s'en soucier.

Lorsque j'ai prononcé les mots, lorsque je leur ai dit que nous étions parties parce que Emma était enceinte, mon père a ouvert de grands yeux affolés. Il tournait la tête dans tous les sens, comme s'il était perdu dans une tempête.

« Je ne comprends pas ! Elle a eu un bébé ? Il y a un enfant ? Mon Dieu ! »

J'ai d'abord répondu à la deuxième question.

« Elle a eu une petite fille. Mais ils l'ont prise. Bill et Lucy l'ont prise. Au début, on croyait qu'ils voulaient simplement l'aider. Le bébé dormait dans leur chambre la nuit. Soi-disant juste pour quelques jours, le temps qu'Emma se rétablisse. Elle disait qu'elle pouvait s'en occuper, mais ils insistaient et finalement ils l'ont gardée.

– Ils vous empêchaient réellement de partir ? Ils vous retenaient prisonnières ? Je ne comprends pas, Cass ! »

Mon père exigeait une réponse.

« Chaque fois qu'on demandait à s'en aller, ils nous disaient d'attendre encore un peu. À la fin, on a décidé de s'enfuir. Le problème, c'est qu'ils avaient le bébé. On a donc pensé qu'il valait mieux que je m'échappe seule pour aller chercher de l'aide. La première fois, j'ai échoué. C'est ce que j'essayais de vous expliquer... Et quand j'ai trouvé un autre moyen, deux ans plus tard, j'ai insisté pour qu'Emma vienne avec moi. Mais elle n'a rien voulu entendre. Il n'était pas question qu'elle parte sans sa fille. J'ai tout essayé. Je vous le promets. J'ai essayé ! »

La panique m'a fait l'effet d'une décharge électrique. J'ai pensé aux pieds du bébé, à ses cheveux, à son sourire, au déchirement quand ils m'empêchaient de le cajoler. Et j'ai songé à Emma, qui soudain me manquait tellement que j'avais l'impression qu'on m'arrachait le cœur. Je ne pouvais plus me contenir et j'ai hurlé à travers la chambre :

« Trouvez-les ! »

Je voulais Emma. Je voulais qu'on nous venge. Je voulais le bébé. Je voulais qu'on nous fasse justice.

« Trouvez-les et faites-les payer ! »

Mon père a caché son visage dans ses mains. J'ai eu l'impression qu'il prenait enfin la mesure de ce qui s'était passé sur l'île. Il y avait tant de choses à dire et je ne voulais rien oublier, alors je revenais sans cesse au début. Mais peut-être aurais-je dû commencer par ma première tentative d'évasion et ce qui s'était passé quand ils m'avaient rattrapée. Ou par ce que j'avais dû faire pour m'échapper. De bien des façons, j'avais l'impression d'être encore une gamine qui avait peur de se faire disputer. Peur de ne pas être crue.

Mon père s'est levé.

« On a besoin de plus d'agents. Il faut faire quelque chose ! Immédiatement ! Ma fille et ma petite-fille sont retenues prisonnières par je ne sais quels monstres ! »

Derrière lui, je voyais Mme Martin qui me dévisageait comme si j'étais folle à lier. Elle m'avait regardée comme ça toute la matinée et j'avais envie de crier : *C'est peut-être toi, la folle !* puis d'attendre qu'elle craque.

L'agent Strauss s'est efforcé de le rassurer.

« Nous avons une équipe prête à intervenir. Nous allons trouver cette île. »

Mon père a pressé ses paumes contre ses tempes. Puis il a hoché la tête et j'ai eu l'impression de pouvoir lire dans ses pensées : *Oui, bien sûr. C'est pour ça qu'une fille s'enfuit. C'est ce qui peut la pousser à tout abandonner.*

Il s'est tourné vers ma mère dans un élan de solidarité, les épaules légèrement haussées, les paumes vers le ciel, les joues ruisselantes de larmes.

« On ne pouvait pas savoir, Judy. On ne pouvait pas savoir. »

Il s'efforçait d'être généreux, mais elle ne voulait pas de sa générosité.

Autrefois, mon père faisait souvent des commentaires sur la relation entre Emma et notre mère. Il disait qu'elle se retrouvait en elle. Qu'elle était contente quand on s'extasiait devant son adorable petite fille. Elle racontait à mon père que c'était pareil lorsqu'elle avait son âge : les gens se retournaient sur elle et poussaient des *oh* et des *ah* d'admiration. C'était évident qu'elles sortaient du même moule. Puis Emma avait grandi et Mme Martin avait cessé de parler de leur ressemblance. Mais mon père refusait de voir que c'était par orgueil. Que c'était sa manière de se réapproprier l'attention qu'on portait à Emma, l'attention qui, selon elle, aurait dû lui revenir.

Je comprenais donc pourquoi mon père pensait la réconforter en parlant ainsi. Il craignait qu'elle se sente blessée par cette révélation, que sa fierté en prenne un coup : si Emma et elle étaient aussi proches, comment avait-elle pu ignorer un fait d'une telle importance ?

Mais, comme d'habitude, il se fourvoyait, et ce petit jeu me mettait au supplice : d'un côté, ma mère qui ruminait en silence et, de l'autre, mon père qui faisait des cabrioles pour essayer de la dérider. Ça me rendait dingue parce qu'il était aveugle. Il ne voyait pas qu'elle le manipulait, et il la laissait faire, alors qu'elle lui avait brisé le cœur, qu'elle lui avait volé sa maison et ses enfants.

Je n'ai donc pas été surprise quand Mme Martin a retourné sa gentillesse contre lui.

« Comment aurais-je pu le savoir ? Tu l'avais montée contre moi et elle ne me parlait plus de ces choses-là. Et maintenant, regarde ce qui est arrivé ! C'est ta faute. »

Ce qui a retenu mon attention, c'est que la psy n'avait pas l'air étonnée non plus. J'en ai déduit qu'elle avait participé à la première enquête. Elle avait dû apprendre pas mal de choses sur cette maison, à ce moment-là. Mais surtout, ça signifiait qu'elle était capable de *voir* notre famille.

L'agent Strauss les a interrompus.

« Je crois qu'on a besoin d'entendre toute l'histoire, maintenant, du début. S'il vous plaît… On va envoyer les prélèvements au labo et on va t'écouter, Cass. Si tu te sens en état de parler. »

La psy m'a souri et a hoché la tête. La police scientifique est partie. Tout le monde s'est rassis, mon père au bout du lit, ma mère à côté de moi et Mme Winter sur une chaise, avec un calepin ouvert et un stylo à la main. Seul l'agent Strauss est resté debout.

« Nous devons parler à Cass en privé », a-t-il dit à mes parents.

Ils se sont regardés, puis se sont tournés vers moi. Ils n'ont pas bougé.

« Non... J'ai besoin d'eux. S'il vous plaît... »

J'étais tellement émue que j'avais du mal à respirer et j'ai dû faire un effort pour maîtriser ma voix. Je ne pouvais pas raconter mon histoire si ma mère n'était pas là.

L'agent Strauss a poussé un soupir.

« D'accord pour cette fois. »

Il a jeté un coup d'œil à la psy, qui a hoché la tête.

J'ai demandé si je pouvais commencer par le soir de notre disparition et il a dit oui. J'ai pris deux longues respirations et j'ai senti que je me calmais. Alors, je me suis lancée.

« Le soir où on est parties, Emma et moi, on s'est disputées. Vous vous en souvenez ?

– Oui. À propos du pendentif », est intervenue Mme Martin.

Je me rappelais très bien la première fois où je l'avais entendue en parler à la télé. Je me souvenais de chaque mot qu'elle avait prononcé. Au sujet de l'ange et de cette soirée en général.

« Je l'adorais et Emma le mettait tous les jours, exprès pour m'embêter. Ce jour-là, on est rentrées du lycée ensemble et j'ai remarqué qu'Emma n'était pas dans son assiette. Elle était préoccupée. Elle n'a pas décroché un mot de tout le trajet. Arrivée à la maison, elle est montée dans sa chambre et elle s'est enfermée. Elle n'est pas descendue dîner, tu te souviens ? »

Mme Martin a secoué la tête et m'a regardée d'un air impatient. Ça m'a donné envie de continuer à broder.

« Je n'en sais rien, Cass. Je ne me rappelle plus pour le dîner.

– J'ai essayé de lui parler, mais elle ne voulait pas me laisser entrer. J'ai tambouriné à la porte jusqu'à ce qu'elle se décide à m'ouvrir. Elle avait peur qu'on l'entende et elle ne tenait pas à attirer l'attention. Il y avait des vêtements étalés sur son lit. Elle venait de se doucher. Je lui ai demandé si elle sortait, où elle allait, et pourquoi, vu qu'on avait cours le lendemain. Je l'asticotais parce qu'elle avait été bizarre toute la journée. Peine perdue. Elle ne bronchait pas. On aurait dit que ça ne l'intéressait pas, qu'elle était au-dessus de ça. Elle a fait du tri dans son sac à main. Elle s'est habillée. Puis elle m'a poussée pour retourner à la salle de bains. "Reviens ici !", j'ai crié… Tu t'en souviens ? »

C'est la psy qui a répondu.

« Ta mère nous a raconté. Elle vous a entendues vous disputer puis elle a vu la voiture partir. »

L'histoire de ma mère était parfaitement au point. Mais la mienne aussi.

« Je savais qu'elle sortait, parce qu'elle avait glissé les clés de la voiture dans son sac. Le collier était sur le lit, à côté de ses vêtements, et je m'en suis emparée. Je l'ai mis à mon cou. "J'ai le pendentif ! j'ai crié. Et je ne te le rendrai pas tant que tu ne m'auras pas dit où tu vas !" Elle est ressortie comme une folle de la salle de bains. Elle me hurlait dessus. Elle a essayé de l'attraper et je l'ai repoussée. Finalement, elle a réussi à l'arracher en cassant la chaîne, ce qui n'a pas semblé la déranger. Elle a simplement fait un nœud, comme si c'était un cordon tout bête. Elle s'est plantée devant le miroir pour mettre l'ange bien au milieu. Puis elle est retournée dans la salle de bains.

« J'étais furieuse. Alors, j'ai décidé de me cacher dans sa voiture. Elle gardait toujours des couvertures sur la banquette arrière. Elle s'en servait quand elle allait boire à la plage avec ses amis, et je me suis glissée en dessous. Mon plan, c'était de la suivre et de la photographier en train de faire des choses interdites. Pour qu'elle se prenne un savon. C'était débile, je sais. »

La psy m'a adressé un sourire compréhensif.

« Non, Cass. Tu avais 15 ans. C'est parfaitement normal. »

Mme Martin a calqué son attitude sur la sienne. Elle est très forte pour imiter les autres quand elle ne veut pas qu'on sache ce qu'elle a dans la tête. Ou dans le cœur.

« Oui, ma chérie. »

Ses paroles étaient mielleuses, mais sa voix vibrait d'irritation.

« Au bout d'un moment, j'ai entendu la portière s'ouvrir et se refermer. Puis la voiture a démarré. Je me sentais nerveuse. Je commençais à me dire que ce n'était peut-être pas une très bonne idée de l'espionner. Elle s'est garée à côté de la plage, tout au fond du parking. Elle a poussé un grand soupir, comme si elle était nerveuse elle aussi. Puis elle est descendue de la voiture. Elle a laissé son sac et les clés à l'intérieur et elle a marché vers la plage. J'ai attendu quelques secondes avant de sortir à mon tour. Et lentement, sans bruit, je l'ai suivie. Elle ne s'est pas retournée une seule fois. Arrivée au bord de l'eau, elle a enlevé ses chaussures pour se tremper les pieds. Je la surveillais, à l'abri derrière les cabines. Je la voyais assez bien au clair de lune. Je pensais qu'elle allait peut-être se baigner tout habillée. Mais elle est restée au bord de l'eau, à regarder l'océan et à patauger.

« Soudain, des phares sont apparus derrière moi et l'ont illuminée. Elle a eu l'air interloqué, mais elle s'est malgré tout dirigée vers la voiture. Je me rappelle avoir pensé qu'elle avait été surprise parce qu'elle avait laissé ses chaussures au bord de l'eau. Elle est passée à côté des cabines sans me voir. Les phares se sont éteints. Puis le moteur. Une portière s'est ouverte et un homme est descendu. La femme à l'intérieur n'a pas bougé.

« Emma s'est approchée d'eux et soudain j'ai eu très peur qu'elle parte pour toujours. Je me suis élancée vers elle en l'appelant. Je voyais mieux l'inconnu à présent. Il était plus vieux que nous. Il avait les cheveux bruns et un sourire amical. Il a étreint Emma.

« Ils ont sursauté quand ils m'ont entendue crier. L'homme a regardé ma sœur et son sourire s'est évanoui. Elle m'a foncé dessus, furieuse. Elle était désespérée. J'avais tout gâché. Elle m'a attrapée par le bras et m'a dit qu'elle partait, qu'elle n'en pouvait plus. Je me suis mise à pleurer et je m'accrochais à elle. Je ne pouvais pas imaginer ma vie sans Emma. Elle était ma grande sœur et elle avait toujours été là.

« Elle s'est écartée et s'est dirigée vers la voiture. Elle a juste dit à l'homme : "Allons-y." Mais il n'avait pas l'air d'accord. Ils ont chuchoté un moment. Elle a secoué la tête et il l'a prise par les épaules en la regardant sévèrement. Alors, elle est revenue me trouver et elle a dit : "Maintenant, on ne peut pas te laisser là." J'avais peur. Je ne savais pas où ils allaient. D'autres phares sont apparus. C'était la dameuse qui venait nettoyer la plage. Elle passe toujours la nuit. Il fallait se décider. Emma m'a saisie par le bras. Je ne me souviens plus si je me suis débattue. Sincèrement. Pour finir, je me suis retrouvée devant la voiture et nous sommes tous montés dedans. »

Je me suis interrompue et j'ai regardé autour de moi. La psy, l'agent Strauss, Mme Martin, mon père : tous semblaient fascinés.

C'est l'agent Strauss qui a brisé le charme.

« Est-ce que tu te souviens si l'homme a dit quelque chose de particulier ? Sur la plage ou dans la voiture ? Est-ce qu'ils se sont présentés ? Est-ce qu'ils ont expliqué ce qui se passait ? »

J'ai secoué la tête.

« Non, personne ne parlait. C'était flippant. On a roulé jusqu'au bateau, c'est tout.

– Est-ce que tu sais combien de temps a duré le trajet ? L'heure à laquelle vous êtes partis et l'heure à laquelle vous êtes arrivés ?

– J'aimerais bien. Je me rends compte que ça serait très utile parce qu'on s'est rendus directement au hors-bord qui nous a emmenés sur l'île. Mais j'ai dormi un moment. On s'est arrêtés une fois pour acheter à manger et aller aux toilettes. Puis une autre fois pour prendre de l'essence. Il faisait beaucoup plus froid qu'à la plage. Et c'était toujours la nuit quand on est arrivés à l'embarcadère. Ça sentait les pins. Je suis désolée, d'habitude j'ai une meilleure notion du temps.

– Ne t'inquiète pas, Cass. C'est très bien, continue. Qu'est-ce qui s'est passé ensuite ? a demandé l'agent Strauss.

– Je me rappelle avoir pensé que je ne connaissais peut-être pas du tout ma sœur. Je ne savais rien de ce Bill, je ne savais pas qu'elle voulait partir. Je ne savais même pas qu'elle était enceinte.

Je croyais qu'elle avait rendez-vous avec un garçon. Quelle idiote ! À présent j'avais peur et je n'avais qu'une envie, c'était de rentrer à la maison. Puis j'ai pensé que j'allais me faire disputer si je partais sans savoir où allait Emma. Et pour être sortie en douce et m'être cachée dans la voiture. Aujourd'hui, si c'était à refaire, je filerais sans hésiter. Mais à l'époque, je ne m'en suis pas senti le droit. J'ai décidé que je l'accompagnerais jusqu'au bout puis que je trouverais un moyen de rentrer. Le simple fait d'avoir un plan m'a rassurée et j'ai appuyé la tête contre la vitre. La femme, Lucy, m'avait donné une couverture et je l'ai remontée devant mes yeux pour dormir.

« À mon réveil, j'ai entendu de la musique et j'ai senti de l'air sur mon front. Emma avait ouvert sa fenêtre. Elle avait passé la tête dehors et le vent soulevait ses cheveux. Elle fredonnait, et Bill et Lucy souriaient. C'était une chanson d'Adele. »

Je me suis tournée vers mes parents.

« Vous vous rappelez ? Elle adorait Adele. »

Emma n'aimait pas me servir de chauffeur. Mais si quelque chose l'avait énervée à la maison, elle se saoulait et elle m'embarquait. Elle me faisait conduire, même si je n'avais pas l'âge. On prenait North Avenue, parce que c'était tout droit et qu'on pouvait aller très vite. Elle baissait la vitre et sortait la tête pour que le vent soulève ses cheveux. Et elle chantait à tue-tête, si fort qu'elle se mettait à pleurer. Parfois, elle fumait une cigarette. La plupart du temps, elle se contentait de chanter pendant que je conduisais et que je lui lançais des regards en coin, fascinée. C'était une tornade. Un spectacle beau et terrifiant à la fois. Il y avait des jours où je l'enviais, où j'aurais aimé ressentir les choses avec autant d'intensité. Mais Emma ressentait pour deux et, la plupart du temps, j'étais heureuse qu'elle ait son rôle et moi le mien.

Je pense qu'il y a deux sortes de personnes : celles qui ont un cri à l'intérieur et les autres. Les premières sont toujours trop en colère, trop tristes ou elles rient trop fort, jurent trop, prennent des drogues ou ne tiennent pas en place. Parfois, elles chantent à tue-tête avec les vitres baissées. Je ne crois pas qu'on naisse avec le cri. Ce sont les autres qui vous le mettent à l'intérieur, avec ce qu'ils vous font, vous disent ou ce que vous les voyez faire ou dire. Et je ne pense pas qu'on puisse s'en débarrasser. Si vous n'avez pas le cri, vous ne pouvez pas comprendre.

Ce premier jour, j'ai bien observé la psy et j'ai eu le sentiment qu'elle aussi avait un cri à l'intérieur. Elle n'était pas normale. Et je parle en connaissance de cause. Elle était belle : blonde, mince, les lèvres pleines et les pommettes hautes. Elle avait de beaux yeux bleu pâle, mais son regard était anxieux. Elle s'exprimait, marchait et bougeait avec une énergie plus masculine que féminine. Ses yeux et sa manière d'être détonnaient par rapport à son physique par ailleurs très féminin. Ça la rendait intrigante. Mystérieuse. Les hommes devaient la trouver irrésistible. Pourtant, elle ne portait pas d'alliance. Les gens comme ça, intrigants et mystérieux, ils ont toujours un cri à l'intérieur.

J'ignorais que moi aussi j'en avais un jusqu'à récemment. Jusqu'à mon évasion.

Personne n'a réagi à ma question sur les goûts musicaux d'Emma, alors j'ai poursuivi mon histoire.

« Je me souviens très bien de ce que j'ai ressenti quand Bill a ouvert la portière. L'air frais s'est engouffré dans la voiture, avec cette odeur : ça sentait le sapin de Noël et l'eau. Rien à avoir avec l'odeur de l'océan chez nous, ni même à Nantucket. Vous vous souvenez qu'on y est allés en vacances lorsque j'avais 10 ans, ou peut-être 9 ? En tout cas, ça ne sentait pas le poisson, ni les algues, ni la pourriture, comme quand il fait très chaud et qu'il y a plein de coquillages ouverts. Rien de tout ça. Juste l'eau et Noël, l'air frais sur mon visage alors que mon corps était à l'abri sous la couverture. Il y avait aussi le goût de l'aventure, et autre chose. J'y ai souvent pensé depuis, parce que c'est en partie à cause de ça que je suis montée à bord du bateau de Rick au lieu de m'enfuir dans les bois. »

L'agent Strauss m'a interrompue.

« Quel genre de bois ? Est-ce qu'il y avait des rues et des maisons, comme dans une banlieue résidentielle, ou seulement les arbres et le rivage ? Et le bateau ? »

Je lui ai dit ce dont je me souvenais : à mon réveil, j'ai senti l'air froid et j'ai vu l'eau d'un côté, avec un hors-bord qui nous attendait. Et le pilote. Derrière et autour de nous, des pins et des fourrés. La route n'était pas goudronnée. Il n'y avait ni parking ni bâtiment. Juste ce petit embarcadère en bois, le bateau et cet homme.

« Donc ce Rick, il avait bien dû arriver d'autre part ? Je suppose qu'il ne laissait pas son hors-bord là, sinon tu aurais vu sa voiture... »

Ça a continué pendant plusieurs minutes. Je leur avais déjà décrit le pilote, et pas seulement son accent. Je leur avais dit qu'il avait à peu près l'âge de Mme Winter, qu'il était toujours bronzé et qu'il avait constamment une barbe de trois jours. Il n'était pas beaucoup plus grand que moi, peut-être un mètre soixante-quinze, trapu, musclé. Le cou plus épais que la moyenne et la tête petite par comparaison. Des cheveux brun foncé, très courts. Les yeux marron. Il n'était pas laid, mais ce n'était pas le genre d'homme qui retenait l'attention d'Emma. Quelqu'un qu'on croise dans un couloir sans le remarquer.

Je savais que les Pratt le payaient pour faire la navette entre l'île et le continent et je supposais qu'ils le payaient bien, car il leur était entièrement dévoué. Je n'ai compris à quel point que bien plus tard. Lors de ma première tentative d'évasion.

Pendant que l'agent Strauss m'interrogeait, j'ai remarqué que la psy s'impatientait. Elle n'arrêtait pas de remuer sur sa chaise. Elle croisait et décroisait les jambes. Tripotait son stylo. Elle n'avait pas l'air de beaucoup s'intéresser aux bois, aux arbres, aux voitures ni même au pilote, mais elle ne l'a pas interrompu. Et quand enfin elle s'est décidée à me poser une question, pour la première fois je me suis dit qu'on allait peut-être vraiment retrouver ma sœur.

« Revenons à cette nuit-là, Cass. Au sentiment que tu as éprouvé : ce qui t'a poussée à monter dans le bateau. »

J'ai pris une grande inspiration et j'ai expiré lentement, les yeux fermés. Cette partie était importante et je voulais que tout le monde soit attentif.

« J'avais donc prévu de rentrer le lendemain, mais d'abord je voulais savoir ce qui se passait, où nous étions, comment Emma connaissait cet homme et pourquoi elle s'était enfuie. Je me suis promis de rentrer à la maison dès que je serais sûre qu'elle ne courait aucun danger. Et parce que mon plan me rendait irréprochable à mes yeux, parce qu'il y avait cette odeur d'arbres et d'eau si fraîche, je me suis sentie propre. Assez propre pour m'autoriser à apprécier cette nuit de chaos et me réjouir, car je savais que les gens allaient devoir ouvrir les yeux, maintenant qu'Emma s'était enfuie. Ils verraient que tout n'était pas parfait pour elle. Je me sentais en vie. Pleine d'espoir. C'est difficile à décrire. On m'avait ôté un poids. Un poids très lourd. »

La psy m'a regardée en plissant les yeux comme si elle se concentrait.

« Qu'est-ce qui n'était pas parfait, Cass ? Qu'est-ce que tu voulais que les gens voient quand tu es partie ? »

Tout le monde s'est tu et je me suis rendu compte que j'en avais trop dit. Heureusement, l'agent Strauss ne m'a pas laissée répondre.

« Tu te sentais toute-puissante, en quelque sorte ?

– Oui ! Comme si, en montant sur ce bateau, j'allais tout changer.

– Donc, tu montes dans le bateau. Emma monte dans le bateau. Puis Bill… »

L'agent Strauss parlait, faisant encore avancer l'histoire, et la psy n'a pas insisté, mais j'ai senti qu'elle était frustrée. Elle aurait aimé que je réponde à sa question.

« Alors, Rick a détaché les amarres et a poussé le bateau. J'ai pensé un instant qu'il allait rester à terre, parce qu'on s'éloignait et qu'il poussait toujours. Mais il a empoigné le garde-corps et il a sauté à bord. Je me suis souvenue de Nantucket : c'était précisément ce qu'on nous avait appris à ne pas faire. Il ne faut jamais essayer de monter sur un bateau qui quitte le quai, parce que si on tombe à l'eau et que les vagues le repoussent, on risque d'être écrasé entre les deux. C'est bien ça, papa ? C'est ce que tu nous as dit à Nantucket ? »

Mon père me regardait fixement sans un mot. J'ai pensé qu'il était en état de choc, ou perdu dans la tempête qui se déchaînait dans sa tête. Alors, Mme Martin a prononcé son nom d'une voix sévère. Elle l'a répété deux fois, comme ça :

« Owen Tanner ! Owen ! »

Finalement, il avait dû écouter, parce qu'il m'a répondu.

« Oui, c'est vrai. Je vous ai dit ça à Nantucket. »

Mais l'embarcadère, le hors-bord, mon sentiment de toute-puissance, ce n'était pas ce qui l'intéressait.

« Cass, ce Bill, c'était lui le père ? C'est lui qui a mis ta sœur enceinte ? »

J'ai essayé de répondre du mieux que je pouvais.

« Je n'ai pas pu parler à Emma cette nuit-là. Nous n'avons jamais été seules, pas un instant. On nous a donné des chambres séparées. Bill et Lucy nous ont fait entrer et nous ont installées. On n'y voyait pas grand-chose. Étant donné que la maison était alimentée par un groupe électrogène, la nuit ils se servaient de lampes torches et de bougies. Lucy m'a donné un sandwich et une brosse à dents. Elle s'appliquait à ne pas me faire sentir que ma présence l'ennuyait, mais je voyais bien que si. Je l'ai entendue parler sèchement à Bill pendant que j'étais censée me brosser les dents. En fait, j'avais l'oreille collée contre la porte de la salle de bains et j'écoutais. Ils ont emmené Emma au bout d'un autre couloir. Elle s'est tournée vers moi en souriant comme si elle trouvait ça génial et s'attendait à ce que je le pense aussi.

« J'ai essayé de dormir. La chambre était petite. Il y avait un lit une place, une commode et un miroir. C'est tout. Et il y avait une fenêtre. J'ai éteint et je me suis couchée. J'avais l'esprit en ébullition et je n'arrivais pas à dormir malgré la fatigue. J'étais allongée depuis un moment lorsque j'ai reconnu la voix d'Emma.

« Je suis allée à la fenêtre et j'ai vu qu'elle était logée juste en face. Je ne savais pas encore à quoi ressemblait la maison, mais j'allais apprendre à bien la connaître. Chaque centimètre carré. Il y avait un jardin à l'arrière et les bâtiments dessinaient un U autour. De ma chambre, je distinguais les pièces de l'autre aile. Et ce soir-là, j'ai vu Bill et Lucy avec ma sœur. Ils discutaient et ils l'ont tous les deux prise dans leurs bras avant de la laisser. Aussitôt, j'ai ouvert ma fenêtre et je l'ai appelée. D'abord, j'ai chuchoté, puis j'ai progressivement élevé la voix. Elle a fini par mettre la tête dehors.

« "Où est-ce qu'on est ?"

« Elle n'a pas répondu. Elle avait un petit sourire, comme si elle était sûre d'être là où elle devait être et de faire ce qu'elle devait faire. Elle a caressé l'ange d'argent à son cou.

« Ce soir-là, j'étais convaincue qu'on était en sécurité. Quand Rick est reparti, il n'y avait qu'une grande barque en bois amarrée au ponton et aucune voiture en vue. Je savais qu'il s'agissait d'une île, car le hors-bord s'était approché par la poupe avant de se ranger sur le flanc, et devant moi il n'y avait que de l'eau à perte de vue. La maison faisait face à l'océan, elle aussi. Cet endroit me plaisait, mais je n'ai pas beaucoup dormi car je me demandais comment j'allais rentrer ou trouver un téléphone pour vous appeler. Je répétais dans ma tête ce que j'allais dire à Emma et à Bill, ou peut-être à Lucy. J'étais embêtée parce que je me rendais compte qu'on était loin de chez nous. Je savais qu'Emma serait furieuse contre moi. Et j'ignorais encore qu'elle était enceinte.

« Elle me l'a annoncé le lendemain. Je lui ai demandé qui était le père, bien sûr, mais elle m'a répondu qu'elle ne pouvait pas en parler. Elle m'a expliqué que Bill et Lucy allaient l'aider à démarrer une nouvelle vie. Vous devez me croire. J'avais prévu de rentrer à la maison. Tout a changé le lendemain matin, quand Emma m'a suppliée de ne pas partir. Sinon, disait-elle, on m'obligerait à avouer où elle se trouvait et on l'empêcherait d'avoir son bébé. Alors, j'ai promis de rester. Je m'excuse. Je sais que j'ai causé beaucoup de problèmes et de souffrance. Mais j'ai dû choisir ma sœur. »

J'ai regardé ma mère et je l'ai répété, pour qu'il n'y ait aucun doute.

« J'ai dû choisir Emma. »

6
Abigail Winter

Après le départ de l'équipe scientifique, ils avaient encore passé deux heures à interroger Cass Tanner. Elle leur avait livré suffisamment d'informations sur l'île où sa sœur et elle avaient été retenues prisonnières pendant près de trois ans pour entamer les recherches. Mais elle était physiquement et mentalement épuisée, et elle avait fini par réclamer une pause.

Leo voulait qu'elle fasse un bilan de santé complet à l'hôpital. Et Abby souhaitait la soumettre à un examen psychologique. Elle avait refusé les deux. Elle leur avait assuré qu'elle n'avait subi aucune violence physique ou sexuelle et elle ne manifestait pas de troubles cognitifs. Ils n'avaient donc pas insisté. Pour le moment.

Ses parents l'avaient soutenue et se disputaient déjà pour savoir chez qui elle allait se reposer. Le FBI avait accepté de lui accorder quelques heures. À leur retour, elle terminerait son récit et un dessinateur réaliserait avec son aide des portraits-robots des Pratt, de Rick et du chauffeur de camion. De toute manière, il faudrait bien tout ce temps pour faire venir quelqu'un de New York un dimanche matin. Malgré tout, ces quelques heures allaient passer très lentement pour Abby.

« Il y aura un détail révélateur. Quelque chose qu'elle jugera sans importance », dit Leo.

Ils s'étaient réfugiés dans sa voiture, fuyant la foule des agents et des policiers, sans parler des Martin et d'Owen Tanner. Une conférence de presse était prévue. Après, la maison serait prise d'assaut.

Les bureaux régionaux de New Haven et du Maine avaient déjà effectué des recherches dans le National Crime Information Center – la base de données de renseignements criminels –, ainsi que dans le fichier national des permis de conduire et des véhicules. Pour l'instant, on n'avait rien sur les Pratt. Ni document foncier, ni titre de propriété, ni acte de naissance, ni déclaration de revenus. Pas même un numéro de Sécurité sociale. Ils allaient continuer avec les fournisseurs d'eau, de gaz et d'électricité, les organismes de crédit et les opérateurs de téléphonie mobile, mais les chances de trouver quoi que ce soit diminuaient rapidement.

« Soit ils vivent totalement en marge de la société. Soit Pratt n'est pas leur vrai nom. Ou les deux à la fois. »

Abby étudiait la maison des Martin par la fenêtre de la voiture.

« C'est logique. Si ces gens hébergent des ados fugueurs, ils ne vont certainement pas utiliser leur véritable identité. »

Leo mit le contact pour baisser les vitres.

« Ça t'embête ? Il fait une telle chaleur. Et je suis trop vieux. Je ne supporte plus les étés. »

Abby ne répondit pas.

« À quoi est-ce que tu penses ? »

Elle baissa les yeux vers le tableau de bord.

« Il faut reprendre le dossier et tout relire avec ces nouvelles informations en tête. Emma n'a pas pu préparer sa fuite sans laisser de trace : ni appel, ni e-mail, ni SMS. Ils utilisaient peut-être un code pour communiquer. Elle en a peut-être parlé au père de son enfant. Maintenant qu'on sait ce qu'on cherche, on le verra peut-être.

– Possible. Ou on va recommencer à pédaler dans la choucroute. »

La description de la soirée où les sœurs Tanner avaient disparu les avait médusés. Tout s'expliquait enfin : les chaussures sur le sable, la voiture. Le fait que Cass n'avait rien emporté, et qu'on n'avait rien découvert lui appartenant à la plage ni dans la voiture de sa sœur. La dispute au sujet du pendentif et le départ d'Emma en pleine nuit. Et à présent, ils comprenaient pourquoi aucune des deux filles n'était rentrée jusque-là.

Il restait néanmoins des zones d'ombre troublantes. Pourquoi n'avaient-ils trouvé aucun indice de la grossesse d'Emma ni de son projet de s'enfuir pour accoucher ?

Cass avait expliqué pourquoi elle n'avait pas essayé de partir après la première nuit, et pourquoi elle ignorait le nom du père. Abby était suspendue à ses lèvres, cherchant à combler les trous après tout ce temps passé à s'interroger. Tout était logique, quand elle racontait son histoire, mais Abby était restée sur sa faim.

« Donc Emma aurait refusé de révéler à Cass le nom du père et la manière dont elle a rencontré les Pratt ? fit Leo. C'est bizarre, si elles étaient proches.

– Ça correspond à leur relation. Emma qui garde ses secrets comme des munitions. Cass qui voit en elle une figure d'autorité, une mère de substitution. Ne pas poser de questions. Faire ce qu'elle lui dit de faire. Ne pas exiger de réponses. »

Dans ce genre de famille, poursuivit-elle, le parent défaillant privilégiait toujours un enfant « élu ». Et c'était vers lui que les frères et sœurs négligés se tournaient en cas de besoin, l'investissant d'un rôle qui aurait dû être tenu par un adulte. Mais c'était une analyse liée à la théorie du narcissisme dont elle n'avait pas voulu démordre lors de la première enquête. C'est à cause de cette théorie que les Martin avaient cessé de collaborer avec le FBI. Et c'était ce qui avait semé la discorde entre Leo et Abby. Ça ne les avancerait à rien maintenant. Elle ne poussa donc pas plus loin ses explications. Toutefois, elle ajouta l'information au dossier qu'elle avait constitué dans un coin de son cerveau.

« Il se peut que j'aie enregistré l'interrogatoire par accident », dit Leo, sortant son téléphone d'un air faussement contrit.

C'était contraire aux règles du FBI. On n'enregistrait pas les témoins sans leur consentement.

Abby agita le sien en souriant.

« Il se peut que j'aie fait la même erreur. »

Leo chercha l'enregistrement sur son téléphone.

« Je l'ai ! », lança-t-il en appuyant sur PLAY.

« *Elle prétendait que si je rentrais à la maison, j'irais raconter à la police qui l'avait aidée. Pareil si elle me révélait le nom du père. Elle avait peur qu'il essaie de lui prendre le bébé. C'est vrai qu'elle adorait me faire enrager en cultivant le mystère, mais là, ce n'était pas le cas. Parce qu'elle avait raison. Si j'étais partie, j'aurais révélé tout ce que je savais afin qu'on retrouve l'île. Pour la sauver et pour punir les gens cruels qui nous retenaient prisonnières. Et c'est ce que je fais maintenant. Je vous raconte tout et tant pis si ça crée des ennuis à quelqu'un.* »

Leo interrompit l'enregistrement.

« Cass pense que le père serait un garçon qu'Emma avait rencontré à Paris l'été précédent, pendant un séjour linguistique. Les dates correspondent.

– Elle a accouché en mars. Elle était à Paris en juin et en juillet. Donc oui, ça se tient. Mais quid de l'individu mystérieux qui l'a mise en relation avec les Pratt ? »

Leo chercha un autre passage.

« *Tout ce qu'elle a bien voulu me dire, c'est que c'était quelqu'un en qui elle avait confiance. Lorsqu'elle lui a avoué qu'elle était enceinte et qu'elle ne pouvait pas rester ici, cette personne lui a présenté les Pratt. Il a fallu presque quinze jours. C'étaient des gens qui portaient assistance aux adolescents fugueurs. Ils n'étaient pas censés adopter le bébé ; ils étaient simplement là pour l'aider à s'en occuper, le temps qu'elle s'organise. On est tombées des nues quand on s'est rendu compte que Lucy perdait la tête, qu'elle voulait garder le bébé pour elle et séparer Emma de sa fille. C'est venu progressivement. Les petites choses bizarres s'accumulaient sans qu'on ose dire quoi que ce soit. Après tout, on n'avait jamais élevé d'enfant. Jamais eu de bébé. C'était peut-être normal, c'était peut-être ce que faisaient les gens qui aidaient une jeune mère.* »

« Et là, Cass t'a regardée dans les yeux, Abby. Tu t'en souviens ? »

Elle hocha la tête, concentrée sur le téléphone et la voix de la jeune fille.

« *Quand vous n'y connaissez rien, quand vous ne savez pas comment vous occuper d'un bébé et que les gens qui ont pris soin de vous et prétendent vous aimer font quelque chose de mal, c'est un truc à devenir fou. Parce que, si à côté de ça ces gens disent des choses justes, vous vous demandez si ce n'est pas vous qui êtes en train de dérailler. Et aussi parce qu'il y a des moments où leur amour semble réel.* »

Leo interrompit une nouvelle fois l'enregistrement.

« Est-ce que tu penses qu'elle essayait de te faire passer un message ? Quelque chose qu'elle ne pouvait pas dire franchement ?

– Peut-être. Ou elle estimait que j'étais la mieux placée pour la comprendre, du fait de ma formation.

– Et son analyse de la situation te paraît bonne ?

– Oui. »

C'était un cas classique. Les filles s'étaient retrouvées isolées avec deux figures parentales. Des individus à qui elles avaient demandé de l'aide. Elles n'avaient pas été droguées et jetées dans le coffre d'une voiture. Elles n'avaient pas été enlevées de force, n'avaient pas subi de lavage de cerveau. Elles s'étaient réfugiées auprès d'eux, même s'il restait à déterminer ce qu'elles fuyaient au juste, et ces gens les avaient accueillies avec une apparente générosité. Pendant plusieurs mois, ils les avaient traitées avec une affection qui semblait réelle. Ils partageaient toutes sortes d'activités familiales : ils jouaient à des jeux de société ensemble, regardaient la télévision, cuisinaient, ramassaient du bois pour le feu, faisaient le ménage et la lessive dans des conditions presque archaïques.

Cass avait même eu droit aux cours de danse classique que sa mère n'avait jamais voulu lui offrir.

« *J'ai dit à Lucy que j'avais toujours rêvé de danser. Tu te rappelles ?* »

Judy Martin n'en avait aucun souvenir. Ou elle faisait semblant. C'était la première fois qu'Abby en entendait parler. Si Cass voulait réellement danser, elle ne l'avait confié à personne, ou du moins à personne qui avait cru bon de le mentionner trois ans plus tôt, quand ils avaient passé la vie des filles au peigne fin.

« *Elle m'a offert deux paires de chaussons et six justaucorps, et Bill a installé une barre dans le salon. Lucy ne savait pas danser, mais elle a acheté un DVD et des livres et je m'entraînais tous les jours pendant 47 minutes, parce que c'était la durée du DVD. Et devinez quoi ! Après l'accouchement, Emma s'y est mise aussi. Nous dansions ensemble, parfois sur de la musique qui n'était pas très classique, ce qui nous amusait beaucoup, et Lucy riait avec nous. Mais entre ces moments de joie, Emma pleurait parce qu'elle voulait bercer son bébé. Alors, Lucy se fâchait et l'envoyait dans sa chambre.* »

C'était Lucy qui leur faisait la classe. Elle commandait des manuels que Rick leur livrait. Elles étudiaient tous les jours, faisaient des tests et des dissertations. Lucy semblait particulièrement instruite et elles avaient des conversations approfondies sur la littérature et l'histoire. Tous ces échanges avaient contribué à forger un lien fort entre les Pratt et les sœurs Tanner. Très logiquement, elles s'étaient retrouvées démunies devant le changement d'attitude du couple, lorsque leurs intérêts étaient devenus antagonistes.

Abby se souvenait d'un détail qui sur le moment ne l'avait pas frappée, mais qui à présent lui semblait révélateur.

« Elle a dit un truc… Tu peux chercher le moment où elle parle des livres qu'elles lisaient ?

– Attends… »

« *Parmi les romans qu'on a étudiés, celui que j'ai préféré, c'est* La Maîtresse du lieutenant français. *C'est une histoire tragique. Lucy nous a expliqué pourquoi Sarah Woodruff mentait au sujet de sa relation avec le lieutenant. Parce qu'elle savait que les gens croyaient ce qu'ils avaient envie de croire. Elle expliquait super bien les choses. On la trouvait vraiment intelligente et pertinente.* »

« Les gens croient ce qu'ils ont envie de croire, répéta Leo.

– Alors, qu'est-ce que nous avons tous envie de croire ?

– Je n'en sais rien. Par contre une chose est sûre : c'est nécessairement un adulte qui a mis Emma en relation avec les Pratt. Il faudrait recenser tous ceux qui ont croisé son chemin à cette époque, et voir qui parmi eux était lié à ce genre de groupes, ou même qui travaillait auprès d'adolescents en difficulté. Ça réduit les possibilités. On devrait relire le dossier avec ça en tête. »

Voyant qu'Abby ne répondait pas, Leo poursuivit.

« Nous aurons les portraits-robots des Pratt et du pilote dans la journée. C'est peut-être lui, la clé, ce Rick. C'est lui qui fait les courses, livre l'essence et vit sur le continent. Si on le trouve, il nous mène à l'île. Et si on découvre simplement l'endroit où il vit, l'endroit où il laisse son bateau, ça restreint nos recherches à quelques dizaines d'îles. C'est tout ce dont on a besoin. »

Leo avait déjà dit tout ça. Abby y avait déjà réfléchi. Tout le monde y avait pensé. Cass leur avait livré une grande quantité d'informations, mais peu leur permettant de cibler leurs recherches. On l'avait interrogée sur la forme de l'île, sa taille. Le contour des terres qu'elle apercevait au loin. La vie sous-marine. La flore. La faune. Elle avait décrit le relief, repéré des phares, cependant elle n'avait rien signalé de réellement distinctif. Tout ce qu'elle évoquait était courant le long de la côte du Maine.

Par ailleurs, on n'était pas en Californie, où l'on pouvait aisément quadriller le littoral. Ici, les villages étaient nichés dans des anses et des criques aux contours déchiquetés, les ports étaient isolés, coupés du monde. Les gens allaient de l'un à l'autre en bateau, car il y avait peu de ponts les reliant, et rejoindre la route principale exigeait de longs détours sur des voies où la circulation était lente. Les habitants se mêlaient de leurs affaires et travaillaient dur, vivant de la pêche et du tourisme. Les vacanciers débarquaient en été pour repartir dès la fin des beaux jours, et retournaient en général chaque année au même endroit. Il y avait beaucoup de résidences secondaires le long de la côte et leurs propriétaires connaissaient mal les villages du coin. En outre, la population était moins exposée aux médias nationaux, si bien que les portraits-robots ne produiraient peut-être pas le miracle escompté.

Il était néanmoins possible que des gens ayant fréquenté les Pratt autrefois les reconnaissent. Un parent, un voisin, un camarade de classe. S'ils avaient la quarantaine, ils ne vivaient sans doute pas coupés du monde depuis plus d'une décennie. Ils avaient dû aller à l'école, travailler, amasser les ressources qui finançaient leur existence actuelle.

Et il y avait l'histoire du pilote.

« On peut réécouter le passage sur le type du bateau ? » demanda Abby.

Leo le retrouva sans difficulté.

« *Je pense que Lucy et Bill nous ont raconté toutes ces histoires à propos de Rick parce qu'ils avaient l'impression de lui avoir sauvé la vie, et c'était valorisant. Je ne savais pas que croire. Ils affirmaient que ses parents le battaient et que c'est pour ça qu'il avait commencé à se droguer et à être violent. Il s'était enfui de chez lui pour aller en Alaska, parce qu'on trouvait du travail bien payé sur les bateaux de pêche et qu'on n'allait pas lui demander s'il était majeur. On pouvait gagner au moins 50000 dollars en quelques mois, et pendant tout ce temps on était logé et nourri, ce qui signifiait qu'on pouvait économiser et après avoir de quoi vivre sans travailler pendant un moment. Mais on trouvait des gens pas très recommandables sur ces bateaux, des hommes mauvais, violents, sans conscience ni principes. Ils s'amusaient à attraper des mouettes avec leurs harpons et les torturaient sur le pont. Ils faisaient des concours : c'était à celui qui les ferait crier le plus fort. Parce que les oiseaux crient quand ils souffrent. Ces hommes passaient trop de temps en mer. Ça n'était pas normal. Ça les détruisait à l'intérieur. C'est ce que pensait Bill, en tout cas. Personnellement, après avoir entendu l'histoire, je me suis dit qu'on ne se retrouvait pas là par hasard. Ça compte aussi, non ?*

« *Rick avait l'impression d'être comme ça : cassé à l'intérieur. Il a raconté à Bill qu'il avait fini par croire qu'il était comme eux. Que c'était sa place, parce qu'ils vivaient tous en marge et regardaient de loin la vie normale, les gens qui s'aimaient et avaient une famille. Eux n'avaient rien de tout ça. Rick torturait les oiseaux. Il pêchait. Il mangeait leur rata et buvait beaucoup de mauvais whisky. Puis il s'est produit un drame. Une femme de la direction nationale de la Pêche est venue passer deux semaines sur leur bateau pour les contrôler, parce que je suppose que c'était la loi en Alaska et qu'il se trouvait que c'était son métier. C'était une femme d'une quarantaine d'années, mariée, avec des enfants. Plutôt moche, et dure, certainement, à force de fréquenter ces pêcheurs détraqués. Mais elle a été choquée par la manière dont ils traitaient les oiseaux. Elle a menacé de les signaler à la police, s'ils continuaient. Ça ne leur a pas plu. Alors, une nuit, ils sont venus dans sa cabine et ils l'ont tirée de sa couchette. Ils l'ont traînée sur le pont. Puis ils l'ont déshabillée, attachée avec un filet de pêche et violée chacun leur tour. Apparemment, au moins sept hommes lui sont passés dessus, avant qu'ils se décident à la libérer. Rick a juré qu'il n'avait pas participé. Mais il avait été forcé de regarder. Il avait peur de ce qu'on lui ferait s'il refusait. Après, il a regagné sa couchette et il a vomi toute la nuit.* »

À la suite de cet épisode, la femme était restée à bord pendant encore neuf jours. Elle n'avait pas quitté sa cabine, même pas pour manger. Elle était obligée d'attendre l'hélicoptère qui venait la chercher. Elle était coincée. On ne l'avait pas laissée utiliser la radio pour demander qu'on la récupère plus tôt. Elle avait peur pour sa vie. Parfois, elle les entendait discuter à travers la cloison. Ils craignaient qu'elle porte plainte. Est-ce qu'il ne valait pas mieux la tuer et prétendre que c'était un accident ? Il y avait mille manières de mourir sur ces bateaux de pêche. Lorsqu'ils sont rentrés au port, deux mois plus tard, les hommes ont été interrogés au sujet du viol. Mais personne n'a été renvoyé et il n'y a pas eu de poursuites. Ils s'étaient mis d'accord et avaient tous raconté qu'elle mentait pour se venger d'avoir été éconduite par l'un d'eux. Personne ne l'a crue.

« *Rick est venu travailler dans le Maine. Il faisait des livraisons en bateau. Il a commencé à prendre de l'héroïne. Les Pratt, pour qui il effectuait des courses à l'occasion, s'en sont rendu compte. Ils l'ont accueilli chez eux et l'ont aidé à se désintoxiquer. Ils l'ont incité à réparer ses torts et à aller trouver les autorités pour révéler ce qui s'était passé en mer. Entre-temps, la femme avait décidé qu'elle préférait oublier cette histoire. Malgré tout, le journal a publié un article au sujet de l'affaire et tous les hommes qui avaient participé au viol ont été cités.* »

Leo interrompit l'enregistrement.

« Cass affirme que Rick l'a aidée à s'échapper, mais elle n'explique pas ce que cette histoire vient faire là-dedans, commenta Abby.

– On lui demandera quand on y retournera. Mais je pense qu'on a assez d'informations pour retrouver ce type. Combien de viols collectifs sur un bateau de pêche en Alaska ont été rapportés dans la presse ? Si on trouve l'article, peut-être le journaliste, on saura dans quelle ville il habitait. Ça devrait suffire. »

Abby ne répondit pas. Elle réfléchissait.

« Ne fais pas cette tête, Abigail. Je te connais par cœur. Tu n'aurais rien pu faire. Nous n'avons négligé aucune piste, à l'époque. »

Elle hésita un instant. Puis elle se décida.

« C'était dur d'être dans la même pièce qu'elle.

– Que Cass ?

– Non, elle, c'était miraculeux. La voir vivante, après tout ce qu'elle a subi. Quand je pense à tout ce que j'ai imaginé. Les trucs qui venaient hanter mes cauchemars…

– Je n'ai jamais cessé de voir son visage. Ni celui d'Emma, admit Leo. Alors, c'était Judy ? Aujourd'hui encore ? Maintenant que tu sais qu'elle n'a aucun lien avec les disparitions ? Je pensais que tu serais soulagée. »

Elle détourna les yeux. Mais Leo ne se laissa pas démonter.

« Tu veux en parler ?

– De quoi ?

– Du fait que je n'ai pas poussé l'enquête sur les Martin. Que je ne suis pas allé voir le procureur pour réclamer une évaluation psychiatrique de Judy Martin. Que je pensais que l'affaire te touchait de près. De trop près. Ça fait un an qu'on ne t'a pas vue. Tu manques à Susan. Elle aimait bien te faire des gâteaux. »

Abby ferma les yeux. Elle culpabilisait. Mais elle se sentait aussi trahie, et elle ne pouvait pas l'oublier.

« Je sais à quel genre de femme on a affaire, Leo. Ça me touche de près, oui et non : à côté d'elle, ma mère c'était Mère Teresa.

– Il n'empêche, tu ne pouvais pas rester indifférente. Je suis un vieil homme et je fais ce métier depuis longtemps. Quand on se sent concerné, on a vite tendance à raboter les pièces pour qu'elles s'emboîtent. Je ne pouvais pas te laisser partir en guerre à cause d'une intuition qui ne semblait basée sur aucun élément tangible. »

Abby le regarda enfin. Il lui avait dit tout ça avant. Ce n'était pas qu'elle ne le croyait pas. Il avait voulu la protéger d'elle-même. C'étaient les mots qu'il avait employés. Mais il faisait fausse route alors. Et il faisait fausse route aujourd'hui encore. Même si Judy Martin n'avait aucun rapport avec la disparition de ses filles.

« Vous m'avez manqué aussi. Sans parler des gâteaux d'anniversaire de Susan. Je suis désolée. »

Leo sourit et lui tapota le genou. Abby ouvrit la portière.

« J'y retourne. Pour parler à Judy. À Jonathan. Voir si je peux tirer autre chose d'Owen au sujet de cette personne qui aurait aidé Emma. J'ai juste...

– … besoin de faire quelque chose. Je sais ce que c'est. Je vais appeler New Haven. L'équipe scientifique avait l'air dubitative. J'ai l'impression qu'il va falloir faire le forcing si on veut qu'ils bougent.

– C'est compréhensible. Emma est adulte à présent. Cass affirme qu'elle n'a pas pu venir avec elle à cause de l'enfant, mais on n'a que sa parole. Fais le maximum pour obtenir d'autres agents.

– Compte sur moi. »

Abby referma la portière derrière elle. Alors qu'elle se dirigeait vers la maison, elle ressentit quelque chose de familier, de viscéral, semblable au craquement du plancher dans un couloir trop souvent emprunté. Abby les entendait, ces échos du passé, comme la toute première fois qu'elle avait rencontré Judy Martin.

Lorsqu'elle était à la fac, elle avait écrit sa thèse sur le narcissisme, ou trouble de la personnalité narcissique, pour employer le terme scientifique. Son directeur de thèse connaissait son histoire familiale, mais il pensait que cela pouvait être un atout si elle était capable de rester objective. Pendant deux ans, elle avait lu des recherches, interviewé des médecins et compilé des données à partir de sources du monde entier. C'était une maladie qui touchait seulement 1 % de la population. En majorité des hommes. Elle s'était donc retrouvée avec un corpus relativement restreint, lorsqu'elle avait resserré son étude sur la question qui était devenue le sujet de sa thèse : *Mères et filles narcissiques : le cycle peut-il être brisé ?*

Ses travaux avaient rencontré un énorme succès. Elle avait obtenu d'excellentes notes et, plus important, ils avaient été publiés et largement diffusés. C'était une référence sur plusieurs sites en ligne s'adressant aux femmes affectées directement ou indirectement par la maladie. Il y avait tellement d'idées préconçues à ce propos. Tellement d'ignorance. Rompant avec les habitudes de la profession, Abby avait écrit un texte qui pouvait être compris par quiconque voulait bien prendre le temps de se plonger dedans. Elle y décrivait les symptômes en utilisant des mots de tous les jours : le sujet narcissique a un sens exacerbé de sa propre importance, il est persuadé d'être capable de réussir tout ce qu'il entreprend, surestime son pouvoir, sa beauté, son intelligence, manifeste un besoin d'admiration excessif, a le sentiment que tout lui est dû, profite des autres pour atteindre ses propres objectifs, est dépourvu d'empathie, refuse de prendre en compte ou ne reconnaît pas les besoins et les sentiments des autres.

Elle avait expliqué la pathologie et les causes. Contrairement à la perception courante, ces individus n'étaient pas arrogants et égocentriques. Ils ne se croyaient pas réellement exceptionnels. En fait, c'était l'exact opposé. Ils étaient si peu sûrs d'eux, redoutaient tellement d'être blessés à cause de leur infériorité supposée, que leur esprit avait construit un alter ego pour les protéger. Cet alter ego parfait formait un bouclier contre la peur d'être meurtri et martyrisé. C'était une angoisse si profonde qu'elle était insupportable. Invivable. D'où la mise en place d'un mécanisme de défense.

Mais ce n'était pas simple de préserver les apparences. Les sujets narcissiques devaient donc devenir des manipulateurs de premier ordre. Ils s'entouraient de gens qu'ils pouvaient contrôler et dominer. Et ils apprenaient à les reconnaître au premier coup d'œil. Ils savaient être charmants et dégager de l'assurance pour attirer leurs proies. Les principales victimes des hommes narcissiques étaient leur épouse, puis leurs subordonnés. Les gourous de sectes étaient invariablement des personnalités narcissiques pathologiques. Les femmes, elles, utilisaient plutôt leurs enfants.

Les hommes choisissaient des conjointes soumises et dépendantes. Si les femmes se tournaient parfois vers des compagnons qui manquaient de confiance en eux et qu'elles pouvaient dominer, il arrivait aussi qu'elles préfèrent des hommes puissants, à la sexualité exigeante et perverse. Elles apprenaient à séduire ces hommes, dont l'importance et le statut social rejaillissaient sur elles.

Abby s'était également attachée à répondre à une question cruciale : pourquoi ces sujets éprouvaient-ils un tel sentiment d'infériorité ?

Tout débutait dans la petite enfance.

Elle avait essayé de l'expliquer à Leo : « L'estime de soi, la confiance en soi, tu peux la comparer à un os. Elle n'est pas complètement formée à la naissance, elle se développe, comme le reste. Il y a une période essentielle : les trois premières années. Très tôt, le bébé apprend que, quand il pleure, on le nourrit, quand il sourit, on lui rend son sourire, quand il babille, on lui répond. Il découvre ainsi qu'il peut obtenir ce dont il a besoin pour vivre : à manger, un toit, de l'amour. Et à partir de là, sa confiance croît. Mais si le bébé n'obtient pas ces choses-là, si l'os ne se développe pas à ce moment-là, c'est fini. Tout ce qu'on peut faire ensuite afin de pallier le manque ne sera jamais qu'une attelle. »

Leo avait protesté. On ne laissait pas pleurer les sœurs Tanner toute la journée, on ne les affamait pas. Il n'y avait aucun signe de maltraitance ou de négligence. « Ce sont les carences les plus flagrantes, avait répondu Abby. Mais ce ne sont pas les seules. »

Imaginons un bébé qui un jour pleure et obtient à manger et qui le lendemain pleure sans résultat. Qui un jour sourit et reçoit en retour des baisers et des caresses, et qui le lendemain est ignoré. On parle alors d'« attachement ambivalent ou anxieux » à la principale figure parentale, en général la mère. On passe de l'amour au dédain sans explication. De l'affection donnée en abondance sans raison puis retirée sans motif. L'enfant ne peut prévoir ou influencer l'attitude du parent. La mère narcissique n'aime son enfant qu'en tant qu'extension d'elle-même dans un premier temps, puis en tant que sujet loyal. Elle ne s'occupera donc de lui que si c'est gratifiant pour elle.

Sans cette indispensable estime de soi, l'enfant ne peut se sentir en confiance avec personne. En grandissant, il n'a pas de fondation stable sur laquelle bâtir des relations équilibrées. Sans cette force intérieure, sans amour, sans amitié, sans intimité – toutes choses indispensables à l'être humain –, la personne se sent constamment vulnérable. Seul le sentiment de dominer et de contrôler les autres peut soulager cette angoisse. Voilà comment naît le sujet narcissique.

Abby avait conclu de ses recherches que la figure parentale – encore une fois, presque toujours la mère – qui n'était pas capable de former un lien d'attachement sain avec son enfant était souvent elle-même une personnalité narcissique. Elle avait mis en évidence les analogies entre les indicateurs du narcissisme et ceux de l'attachement anxieux : ils correspondaient parfaitement, comme une clé s'insère dans une serrure. Ces cas passaient généralement inaperçus. De l'extérieur, la mère paraissait normale, voire exceptionnelle. Parce que ces enfants étaient considérés par leur mère comme une extension d'elle-même, ils n'étaient pas battus. Ils étaient bien nourris. Pour un œil non averti, ils semblaient aimés et choyés. Mais la femme narcissique ne connaissait ni l'amour ni l'empathie véritables. Tout ce qui lui importait, c'était que l'enfant lui donne ce dont elle avait besoin : l'admiration et l'adoration qui nourrissaient son alter ego imaginaire. L'enfant se retrouvait alors ballotté sur des montagnes russes émotionnelles. Au moindre écart, si la mère doutait un instant de son amour et de son admiration, il était puni. Cela pouvait aller de la simple privation d'affection à des actes violents.

Et la boucle était bouclée : l'enfant de narcissique, soumis au même traitement que sa mère défaillante autrefois, devenait à son tour narcissique.

Personne ne cherchait à se faire soigner sans une menace pressante : divorce, éloignement des proches, chômage. La perspective de devoir renoncer à l'alter ego était trop terrifiante, et de toute manière, dans de nombreux cas, il était devenu tellement constitutif de la personne qu'il était impossible de le désenchevêtrer du sujet. La plupart du temps, les conseillers conjugaux et les psychologues judiciaires ne diagnostiquaient pas la maladie. Les tests de routine ne la détectaient pas nécessairement. Des thérapeutes expérimentés pouvaient passer à côté, leurrés par la personnalité charismatique de leur patient. Selon certains, le narcissisme ne se soignait pas.

« Tu ne vois donc pas, Leo ? avait plaidé Abby. Tout pointe dans la même direction… Le fait qu'elle dormait toute la journée et laissait Owen s'occuper des enfants… Le fait qu'elle a obligé Cass à l'appeler Mme Martin après la bataille pour la garde des filles… et l'histoire du pendentif… »

Leo n'avait rien voulu savoir et l'avait suppliée de ne pas insister. Le FBI avait écouté ses arguments, mais aucun élément n'indiquait que les sœurs Tanner étaient perturbées en raison d'un trouble psychiatrique rare dont aurait souffert leur mère.

« Ils t'auraient mise en pièces, Abigail. Ils ont de l'argent et des avocats, et toi, qu'est-ce que tu as, hormis une anecdote au sujet d'un pendentif ? Et qu'est-ce qu'elle veut dire, d'ailleurs ? »

Abby avait bien tenté d'expliquer ce qui lui paraissait évident :

« C'est typique d'une mère narcissique. Elle exige de tous ses enfants une loyauté indéfectible, et un dévouement total et exclusif. Elle monte donc les frères et sœurs les uns contre les autres, et favorise le plus fort d'entre eux, car c'est aussi le plus dangereux, celui qui serait le plus à même de s'opposer à elle. Et elle est impitoyable, parce que c'est le principal aliment de son alter ego : la complète soumission de ses enfants. »

Leo avait rétorqué que, si on s'engageait dans cette voie, tous les parents pouvaient être étiquetés « narcissiques », « borderline » ou affublés d'un quelconque trouble mental grave. Judy Martin était peut-être simplement une mauvaise mère ou une sale égoïste. Il y avait des tas de gens comme ça, qui se cachaient derrière le masque du bon parent. Mais ça n'en faisait pas des criminels. Il était resté inébranlable sur ce point. Et sans l'appui du responsable de l'enquête, sa théorie avait été écartée.

Pourtant, elle savait qu'elle ne fantasmait pas.

Ses antennes captaient un écho du passé dans cette maison. Il s'était déroulé quelque chose d'important, ici, elle en était certaine. Une histoire qui concernait Cass, et également Emma. Une histoire où Judy Martin tenait un rôle de premier plan. Peut-être aussi Jonathan Martin. Et son fils, Hunter. Ce qui était bizarre, c'était que personne, ni Cass, ni Judy, ni Owen n'y avaient fait la moindre allusion au cours de leurs différents récits. Plus étrange encore, Cass insistait pour que sa mère soit présente durant tous les entretiens. Comme si elle ne voulait pas parler du passé, dire l'histoire qui, entre toutes, devait être dite.

Oui. Abby était sûre d'elle.

Ce qu'elle ignorait, c'était en quoi cela pouvait les aider à retrouver Emma.

7
Cass

J'ai toujours aimé l'expression « atterrissage brutal ». Elle est concise et dit parfaitement ce qu'elle veut dire.

La première fois que je l'ai entendue, c'était au moment du divorce. La femme qui était censée nous représenter au tribunal me l'a dit pendant un de nos entretiens. Je lui avais déjà expliqué pourquoi je pensais que nous devrions vivre avec notre père. Elle a eu un petit sourire et elle a reculé sur son siège.

Elle m'a demandé si c'était lui qui m'avait incitée à parler ainsi de M. Martin et de son fils, à dire que je n'étais pas à l'aise avec eux et que Hunter avait une drôle de façon de regarder Emma. Et elle voulait savoir si c'était lui qui m'avait demandé de faire un portrait aussi peu maternel de ma mère. Je lui ai répondu que non, que nous ne parlions jamais de ça avec mon père et qu'il n'avait donc pas pu m'influencer. Mais c'était évident qu'elle ne me croyait pas. C'était très courant, selon elle : les parents manipulaient les enfants quand ils se battaient pour la garde. Elle voyait ça tout le temps. Elle avait des doutes, disait-elle, car il était évident que M. Martin avait sincèrement envie de fonder une famille où nous serions tous heureux ensemble. Sans compter que notre mère s'était sacrifiée pour nous, renonçant à sa carrière et à sa vie à New York pour s'occuper de ses enfants.

Mme Martin s'était bien préparée au procès. Elle ne faisait plus la grasse matinée ni la sieste, et nous conduisait à l'école tous jours. Elle nous confectionnait des petits déjeuners nourrissants et s'occupait du linge elle-même. Elle assistait à toutes les fêtes et rencontres sportives à l'école, nous encourageant comme une fan hystérique. Elle nous obligeait à faire nos devoirs dès que nous avions franchi la porte. La maison était immaculée et parfaitement rangée. M. Martin et elle avaient cessé de boire avant 17 heures et de s'enfermer dans leur chambre en pleine journée.

Je suppose que j'aurais dû m'en réjouir. Elle se conduisait enfin comme les mères de nos copines ou comme la maman de Witt, qui, lui, n'avait pas de cri à l'intérieur.

C'était difficile de l'imaginer menant cette existence normale, parce qu'on ne connaissait pas cette partie de sa vie. Avant le divorce, on le voyait les 96 heures mensuelles qu'il passait chez notre père, et après, on le voyait les 96 mensuelles que nous passions chez notre père. Le reste du temps, il était chez sa mère et nous ne faisions pas partie de cette vie. Mais ce qu'il en disait me paraissait parfaitement logique, et c'était pour ça que j'avais du mal à croire à ce revirement soudain.

Ce n'est pas normal, Cass, m'avait dit Witt un soir où il était venu passer le week-end chez nous. C'était avant le divorce et notre mère avait traîné notre père au country club pour dîner. *La manière dont Emma et toi devez vous débrouiller seules. Ce n'est pas normal. La plupart des enfants ont leur petit déjeuner qui les attend le matin et on les emmène à l'école. Le soir, quand ils rentrent, ils trouvent un repas et des vêtements propres et il y a quelqu'un pour les obliger à faire leurs devoirs, éteindre la télé et leur interdire de passer trop de temps devant les jeux vidéo. Je ne dis pas que c'est le bonheur garanti. Mais ici, j'ai l'impression de devoir toujours garder un œil ouvert. À la maison, je peux les fermer tous les deux quand je vais me coucher.*

J'essayais d'imaginer comment ce serait d'avoir quelqu'un qui veillerait sur moi. De pouvoir fermer les deux yeux la nuit. Au moment du procès, quand notre mère s'est mise à faire toutes ces choses dont elle ne se souciait pas avant, je me suis rendu compte que je continuais à toujours garder un œil ouvert. Et c'est comme ça que j'ai compris ce que Witt essayait de m'expliquer. Ce n'était pas tant le quotidien qu'il avait décrit : les petits déjeuners, les vêtements propres, les devoirs. Je savais qu'il y avait beaucoup d'enfants dont les deux parents travaillaient et qui devaient eux aussi se débrouiller seuls à la maison. Mais ils pouvaient fermer les deux yeux. Ce n'étaient pas les actes qui comptaient, mais ce qu'il y avait derrière. Je n'aurais même pas su mettre un nom dessus. Peu importe si Mme Martin avait soudain décidé de laver notre linge et de surveiller nos devoirs, car elle le faisait uniquement pour elle, à cause du procès, pas pour nous. Voilà ce qui manquait.

Ça ne gênait pas Emma. Au contraire, elle s'en amusait. Elle se changeait trois fois par jour et jetait ses vêtements par terre dans la buanderie. Elle gaspillait la nourriture et prenait un malin plaisir à dévaliser le frigo alors que la femme de ménage venait de faire les courses. Une fois, elle a même vidé un bidon de lait dans le caniveau. Elle n'arrêtait pas d'inventer de nouvelles activités où il fallait l'emmener et aller la chercher. Elle a décidé de jouer dans une pièce de théâtre au lycée. Elle s'est remise au hockey sur gazon. Elle s'est inscrite à un groupe d'étude qui se retrouvait à la bibliothèque.

Un soir, elle a attendu que notre mère soit endormie pour me rejoindre dans ma chambre, comme autrefois. Elle s'est glissée sous les draps et a collé sa joue contre la mienne. Son cœur battait très vite et je sentais son sourire contre ma peau.

Tu as vu sa tête quand je lui ai dit qu'il fallait m'emmener à la répétition à 18 heures et venir me chercher à 20 heures ? Attends qu'elle découvre qu'elle est censée assister à la représentation du vendredi et à celle du samedi. Elle va rater tout le week-end au country club. Et je l'ai inscrite sur la liste des parents bénévoles. Elle va devoir se taper les costumes !

Emma la faisait payer et ça la réjouissait au plus haut point.

Quand ça s'arrêtera, quand elle arrêtera de s'occuper de toi, Cass, je prendrai le relais. Tu le sais, hein ? Je ne t'abandonnerai jamais.

J'ai senti les battements de mon propre cœur s'accélérer. Je n'étais pas sûre qu'elle s'occuperait vraiment de moi, qu'elle en serait capable même si elle essayait, mais je ne doutais pas de sa sincérité.

J'ai fermé les deux yeux, cette nuit-là.

Notre père n'était pas content. Ça le rendait dingue de voir ce qui se passait. Il faisait les cent pas, le visage rouge brique, parlait à son avocate au téléphone, s'efforçait d'expliquer que notre mère jouait la comédie. Jusque-là, c'était lui qui nous conduisait à l'école tous les matins. Lui seul qui assistait aux spectacles de fin d'année. Qui supervisait nos devoirs, entraînait nos équipes de sport, regardait des films avec nous le samedi soir. Il n'avait quitté le domicile conjugal que pour nous épargner leurs disputes et maintenant il ne pouvait plus nous voir. Une femme désignée par le tribunal débarquait dans notre vie, on lui montrait une image, un instantané, et elle décidait de notre destin en se basant sur cette seule façade, ce mensonge. Elle ne pouvait pas ou ne voulait pas voir les autres photos, celles où ma mère ne nous avait pas pomponnées pour l'objectif.

Chaque automne, elle faisait venir de New York un photographe professionnel qui réalisait notre portrait. Il était rémunéré à l'heure, avec un supplément pour les tirages en noir et blanc que l'on accrochait dans des cadres en bois blanc au mur du couloir du premier étage.

De l'autre côté, le couloir était ouvert sur le hall d'entrée, en dessous. Ma mère aimait que les gens puissent voir la balustrade avec la galerie de portraits derrière. Il y en avait plus de trente, lorsque nous avons disparu. Ils allaient de la naissance d'Emma jusqu'à l'automne où elle a eu 17 ans et moi 15. Je me souviens que je me demandais ce que pensaient les gens qui ne nous connaissaient pas assez pour monter au premier étage, mais qui voyaient nos photos d'en bas, quand notre mère les accueillait à la porte. C'était évident qu'elles coûtaient cher. Elles étaient très belles, aussi : nos visages avaient toujours une expression paisible et angélique. Pourtant, les disputes les plus épiques entre Emma et Mme Martin avaient lieu les jours de portrait. Chaque fois que le photographe venait, Emma refusait de porter les vêtements choisis par notre mère, d'attacher ses cheveux ou de sourire. Mais personne n'aurait pu le deviner d'en bas. Les visiteurs croyaient sans doute que la personne qui prenait la peine de faire réaliser et encadrer ces portraits coûteux devait nous chérir tendrement.

J'avais l'impression que la femme du tribunal elle aussi ne voyait que les portraits accrochés au mur par ma mère et qu'elle en tirait des conclusions très éloignées de la vérité. Comme les invités qui nous entrapercevaient de l'entrée.

Pour finir, mon père a accepté un arrangement à l'amiable et nous sommes restées vivre avec les Martin. C'était la solution recommandée par la femme du tribunal. La contester, cela signifiait une autre année de bataille légale, nous obliger à parler à d'autres personnes et à passer d'autres tests psychologiques. Il faudrait qu'il appelle à la barre des témoins, de la famille et des amis prêts à dénigrer notre mère, et la femme l'avait prévenu qu'Emma et moi en pâtirions. Il préférait renoncer pour nous éviter plus de souffrance. Lorsqu'il m'a dit ça, j'ai eu envie de crier : *Non, je veux me battre ! Je te suivrai au combat, et tant pis si le sang coule !* Il était notre général et nous étions ses soldats. Et j'étais prête à mourir pour la cause.

Des années plus tard, après être revenu sur toute l'histoire avec Witt, je découvrirais que ce n'était pas pour Emma et moi que notre père s'inquiétait. La liaison et le divorce l'avaient tellement bouleversé qu'il s'était remis à fumer de l'herbe comme du temps où il était lycéen. Ma mère n'avait pas de preuve, mais elle le connaissait bien et elle était maligne. Son avocat avait menacé de l'obliger à passer un test de dépistage du THC. Il a cédé la semaine suivante. Rétrospectivement, je ne crois pas que ça aurait modifié ce que je pensais de lui, si je l'avais su à ce moment-là : j'aimais tendrement mon père, mais je me rendais compte qu'il était faible. Peu importe s'il fumait pour alléger sa peine parce qu'il était faible, ou s'il était faible tout court. Le résultat était le même pour Emma et moi.

La femme du tribunal m'a dit : *L'atterrissage peut être brutal, quand on découvre la vérité sur ses parents à l'occasion d'un divorce. Les gens peuvent s'abaisser à faire des choses pas très jolies pour punir le conjoint qui les quitte.* Je comprenais très bien ce qu'elle insinuait : mon père inventait toutes ces choses horribles au sujet de Mme Martin et se parait de qualités inexistantes pour se venger d'elle, parce qu'elle l'avait trompé et le quittait. Alors, oui, l'atterrissage a été brutal. Mais pas à cause de ce qu'elle imaginait, car je savais ce qui se cachait derrière les portraits du couloir. Non, l'atterrissage a été brutal parce que j'ai découvert que les adultes pouvaient se tromper, qu'ils pouvaient être bêtes, incompétents, paresseux, et refuser de croire les premières personnes concernées lorsqu'elles leur disaient la vérité. Et quand ils étaient en position d'autorité, ces incompétents qui ne voyaient pas plus loin que le bout de leur nez, quand ils refusaient d'écouter, alors le pire pouvait arriver.

C'est une leçon que je n'ai pas oubliée. Pendant les trois ans que j'ai passés sur l'île et quand j'ai franchi le seuil de la maison, je n'ai jamais cessé de penser qu'il y aurait toujours des gens assez idiots pour ne pas croire la vérité. Ça fait partie de moi, à présent, comme mes poumons ou mon cœur.

La psy et l'agent Strauss sont restés jusqu'à la fin de la matinée, puis ma mère leur a demandé de me laisser me reposer un peu. J'étais majeure et je n'avais commis aucun crime. Ils ne pouvaient donc pas me forcer à aller à l'hôpital ni au poste de police ni à faire quoi que ce soit. Je leur ai donné plus d'informations qu'il n'en fallait pour trouver l'île. Je leur ai décrit toutes les personnes susceptibles de figurer dans leurs fichiers, Bill, Lucy et le pilote du bateau. Ils n'arrêtaient pas de me demander pourquoi Emma ne s'était pas enfuie avec moi et je leur ai répété cent fois que c'était à cause de l'enfant. Je leur ai dit que les Pratt veillaient sur la petite et qu'elle dormait avec eux. Je pouvais encore me faufiler hors de la maison sans me faire remarquer et rejoindre le bateau. Mais une fillette de 2 ans qui dormait dans la chambre de nos ravisseurs ?

J'ai bien songé à les assassiner. Ça, je ne l'ai pas dit aux agents du FBI. J'ai réfléchi à la manière d'en tuer un sans réveiller l'autre. Je n'avais pas de pistolet. Si on mettait de côté le fait que ce soit un péché, *a priori* ça semblait simple : il n'y avait qu'à se glisser dans leur chambre et les tuer pendant leur sommeil. Prendre l'enfant et s'enfuir. Incendier la maison. Mais qu'aurait fait le pilote du bateau ? Nous aurait-il obligées à rester sur l'île ? Je n'ai jamais eu sérieusement l'intention de passer à l'acte. Cependant, quand on est prisonnier, c'est normal d'envisager toutes les solutions, et les tuer en était une. Sauf que l'entreprise était plus hasardeuse qu'on aurait pu le croire. Sans arme à feu, si je ratais mon coup, si l'un des deux en réchappait, ils étaient l'un comme l'autre capables de me tuer.

Quand j'ai constaté qu'ils me demandaient toujours plus de détails sur les personnes avec lesquelles j'avais passé ces trois ans, j'ai dû réclamer une pause. Leurs questions me laissaient penser qu'ils s'interrogeaient au sujet de ma sœur. Je devais les convaincre que j'étais vraiment prisonnière, là-bas. Il ne fallait pas qu'ils doutent, il fallait qu'ils remuent ciel et terre pour retrouver Emma. J'étais consciente que c'était difficile à comprendre : je n'étais pas en cage ni même enfermée à clé dans ma chambre. Je n'étais pas enchaînée à un radiateur ni entravée d'une quelconque façon. Je dînais avec les Pratt tous les soirs. J'acceptais leur enseignement. Je souriais, riais, parlais de mes observations, de mon enfance, de ma vie en général. De l'extérieur, personne n'aurait pu deviner que j'étais déterminée à fuir depuis que j'avais compris ce qu'ils faisaient, et que, pour y parvenir, j'envisageais de commettre les pires horreurs. D'éventuels visiteurs auraient simplement vu deux adultes généreux qui prenaient soin de moi, m'aimaient et étaient persuadés de faire au mieux. Ils auraient vu ce qu'ils avaient envie de voir, comme la femme du tribunal. Comme mon père.

Les gens peuvent être idiots et ne pas croire la vérité.

L'agent Strauss était un brave homme. Il était aussi vieux que mon père et portait une alliance en or. Il n'était pas très grand, mais il avait l'air fort, parce qu'il était large d'épaules et que, même s'il arrivait rasé de près, il avait une barbe grise drue qui pointait en début d'après-midi.

En raison de tout ça, il se dégageait de lui une impression de force et de virilité. En revanche, rien ne justifiait la bonne opinion que j'avais de lui. Pourtant, j'étais sûre de moi. Il y avait quelque chose dans ses yeux, sur son visage, dans la manière qu'il avait de regarder sa collègue quand elle parlait. Il avait l'air vraiment inquiet pour moi et il voulait retrouver Emma, alors que les autres semblaient sceptiques. J'ai décidé que j'aimais bien l'agent Strauss.

Il est revenu avec Mme Winter, la psy, deux heures et trente-neuf minutes plus tard. Ils n'avaient pas de dessinateur disponible avant le lendemain matin, ce que j'ai trouvé bizarre. Une fois de plus, j'ai eu peur qu'on ne me prenne pas vraiment au sérieux et qu'Emma passe au second plan. J'ai accepté de voir un médecin le lundi et de subir un examen psychologique. Ma mère serait satisfaite. Elle pensait que quelque chose ne tournait pas rond dans ma tête. J'avais surpris une conversation entre elle et M. Martin. Et j'étais sûre qu'elle l'avait dit à qui voulait l'entendre. Elle avait séché ses larmes et commencé à avertir des amis et des proches et elle avait même rappelé l'attaché de presse qu'elle avait engagé trois ans plus tôt. Elle avait absorbé le choc de mon retour et c'était devenu sa nouvelle réalité.

Lorsqu'ils sont revenus, ils m'ont interrogée au sujet de mon évasion. Ils voulaient tous les détails, car, selon l'agent Strauss, ils pouvaient révéler une information importante dont je n'étais pas consciente. Je n'ai pas protesté, même si j'en doutais étant donné le temps que j'avais eu pour réfléchir à tout ça.

« Raconte-nous tout, du début à la fin », a-t-il dit.

Je me suis lancée.

« Le pilote du bateau, Rick, m'attendait sur la côte ouest de l'île, pas au ponton. À l'ouest, il n'y avait que des rochers, d'immenses dalles grises qui s'enfonçaient dans l'eau. À marée haute, on ne voyait rien. Mais, à marée basse, on pouvait marcher loin dessus. Bill aimait bien aller pêcher tout au bout. Il portait de hautes bottes de caoutchouc et ne prenait qu'un pack de bière. Des cannettes, pas des bouteilles. C'était écrit en bleu dessus. Je ne sais pas si ça peut être utile... Une fois, je l'ai suivi. C'était avant l'accouchement d'Emma. Quand je croyais encore que Bill et Lucy étaient des gens bien qui nous aimaient.

« Je courais presque sur les rochers, pensant bêtement qu'il allait m'apprendre à pêcher et que nous serions un peu, je ne sais pas, comme père et fille, parce que mon père me manquait. J'imaginais qu'il serait content et qu'il m'aimerait encore plus. Ça me faisait pareil quand on faisait les cartes pour la fête des Mères à l'école. Sur la mienne j'écrivais toujours : "Maman numéro un !", ou "La meilleure maman du monde", et je pensais que ça te ferait peut-être plaisir, maman... Tu t'en souviens ?

– Oui, ma chérie, bien sûr. J'adorais tes cartes.

– Je me dépêchais, mais ça glissait. Il y avait comme un film invisible sur les rochers. Après, à la maison, Bill m'a expliqué que c'étaient des diatomées, des sortes d'algues. Mais pas avant de m'avoir incendiée, parce que je m'étais cassé la figure en essayant de le rattraper. Même à marée basse, il y a pas mal de profondeur de ce côté. C'est d'ailleurs pour ça que c'est bien pour la pêche. Les poissons aiment se cacher dans les fosses entre les rochers. Donc, j'ai glissé et je suis tombée à l'eau. Le courant était puissant. Je ne m'y attendais pas. Je ne m'étais jamais baignée vu qu'il n'y avait pas vraiment de plage sur l'île. Une vague m'a projetée contre le bord et en se retirant elle m'a entraînée sous l'eau. Elle était glacée, car c'était le début du printemps. De toute manière, elle n'est jamais très chaude là-bas.

« C'est Bill qui m'a sauvée. J'ai vraiment cru que j'allais me noyer. Je n'arrivais pas à m'accrocher aux rochers, ça glissait trop, et je me faisais ballotter comme une poupée de chiffon. C'était horrible. Soudain j'ai senti qu'on me saisissait par le bras. Il était passé par l'autre côté, où il avait pied. D'une main, il s'accrochait à un arbuste qui poussait tant bien que mal entre les rochers, et de l'autre il me retenait. Quand une vague m'a ramenée vers lui, il en a profité pour me tirer, puis il m'a hissée hors de l'eau. Je pleurais et je hoquetais tant que je pouvais, et lui me regardait en secouant la tête d'un air furieux. Puis il m'a prise dans ses bras et m'a frottée pour me réchauffer.

« Je ne sais pas pourquoi je vous raconte tout ça. Tout ce qu'il faut retenir de cette histoire, c'est que Bill n'aurait jamais imaginé que j'essaierais de m'enfuir par là. C'est pour ça que j'ai donné rendez-vous à Rick à cet endroit. C'était à marée haute. Il m'a lancé un gilet de sauvetage attaché à une corde. Je l'ai enfilé et je me suis jetée à l'eau, en essayant d'oublier que j'avais failli mourir là. J'ai fermé les yeux et je me suis laissé tirer. Il m'a attrapée par le gilet pour me remonter. Je grelottais. Heureusement qu'il m'avait apporté des vêtements secs, un bonnet et une couverture. Il a longé le côté de l'île invisible depuis la maison et il m'a déposée sur le continent. Pas au port, qui se trouvait au fond de la baie, mais sur la côte, à un endroit où son ami m'attendait avec un camion. Je suis montée et voilà. Le reste, je vous l'ai raconté ce matin. »

Mon père pleurait, à cause de la partie où je disais qu'il me manquait et ma mère était énervée, parce qu'elle ne comprenait pas comment je pouvais ignorer où se trouvait l'île. Elle voulait qu'on arrête tout tant que je n'aurais pas subi d'examen. Elle parlait comme si je n'étais pas dans la pièce, puis, soudain, elle m'a caressé les cheveux et m'a embrassé le front en disant : « Tu es en sécurité, à présent, ma chérie. »

Mes parents se sont encore disputés pour savoir chez qui je devais rester. Mme Martin a gagné. En dépit de l'excitation et du stress, l'ironie de la situation ne m'a pas échappé. La première nuit, j'ai dormi dans la chambre d'ami. Ma mère avait reconverti nos chambres, l'une en bureau, l'autre en salle télé. Sous prétexte que c'était trop dur de voir nos affaires tous les jours, elle les avait mises au grenier, puis avait fini par les donner à une œuvre de bienfaisance.

Alors que je longeais le couloir, dont le mur était à présent tapissé de tableaux contemporains, j'ai songé à la deuxième fois où j'avais fait l'expérience d'un atterrissage brutal dans cette maison.

C'était le troisième week-end d'avril. Hunter avait amené un ami, Joe, qui était en première comme lui. Emma, elle, venait d'avoir 15 ans et était en troisième.

Le vendredi, quand on n'allait pas chez notre père, on essayait de prévoir des activités avec des copines, même si cela signifiait s'inviter chez elles. Parfois, Emma m'autorisait à m'asseoir sur son lit et à la regarder s'épiler les sourcils ou se maquiller avant de sortir. Et, de temps en temps, elle me confiait un secret, parce qu'elle savait que j'étais la seule personne qui ne risquait ni de le répéter, ni de la juger, ni de lui piquer son idée. Ce vendredi-là, elle avait prévu de rester à la maison, car son plan était de sortir avec Joe.

J'ai invité Natasha Friar parce que Hunter la trouve mignonne et ça le distraira. Et pendant qu'il s'occupera de Nat, moi, je m'occuperai de Joe.

Notre mère et M. Martin étaient déjà au country club où ils jouaient au golf et dînaient avec leurs amis. Ils nous avaient recommandé d'être sages et de ne pas sortir. Emma s'est approchée du miroir pour mettre du mascara. Assise sur le rebord de la baignoire, je pensais à son plan, et je me disais qu'elle était drôlement futée et aussi trop belle quand elle mettait ses vêtements moulants et son gloss rouge. Je devais être anormalement silencieuse ou alors elle a senti que je la fixais avec une certaine intensité, toujours est-il qu'elle s'est interrompue.

Elle s'est tournée vers moi, tenant la brosse du mascara dans sa main droite et levant son index gauche. *Tu n'as pas intérêt à te fourrer dans nos pattes, Cass. Je suis sérieuse ! Tu peux boire un verre avec nous, c'est tout. Si tu fous en l'air mon plan ou celui de Hunter, tu vas te faire tuer, je te le promets !*

Hunter et ses amis sont arrivés en VTC à 21 h 12. Nat était à la maison depuis 19 h 14 et elle était saoule. Emma nous avait fait un cocktail avec la liqueur d'abricot de M. Martin, mais elle était trop nerveuse pour être ivre. Je suis montée dans ma chambre. J'ignore quelle heure il était lorsque j'en suis ressortie, car je m'étais assoupie. Je me sentais agitée. J'avais l'impression que je ne pourrais pas retrouver le sommeil tant que je ne saurais pas si M. et Mme Martin étaient rentrés, si les garçons étaient encore là, et si tout s'était déroulé comme prévu. C'est bizarre de s'endormir après avoir bu et de se réveiller en se demandant ce qui se passe dans la maison. Je me suis donc levée, mais pas pour mettre des bâtons dans les roues à Emma et Hunter. Je voulais seulement m'assurer qu'ils allaient bien afin de me recoucher tranquille.

Du seuil de ma chambre, je voyais celle de notre mère au bout du couloir. Elle était fermée et semblait éteinte. Celle de Hunter était ouverte, ce qui signifiait qu'il était sans doute en bas, dans le salon, peut-être avec Nat. En revanche, il y avait un rai de lumière sous la porte de la chambre d'ami.

Je pourrais prétendre que je croyais qu'on avait oublié d'éteindre. Je pourrais prétendre que je m'inquiétais pour Nat, que je voulais voir si elle ne s'était pas endormie ivre morte avec la lampe allumée. Je pourrais dire la même chose pour Joe, ou pour l'autre couple que Hunter avait invité. Mais rien de tout ça ne serait vrai. J'étais sûre qu'Emma était là et, même si je n'avais pas besoin d'ouvrir cette porte, je n'ai pas pu résister.

Je n'oublierai jamais ce que j'ai vu dans cette chambre, ce soir-là. Oui, Emma et Joe étaient là. Elle était allongée et il était sur elle, entre ses jambes, le visage enfoui dans son cou. Et bien sûr, ça m'a fait un choc parce que c'était la première fois que je voyais des gens faire l'amour. Mais le choc s'est estompé avec les années. Ce que je n'ai pas oublié, ce qui est resté gravé dans ma mémoire, c'est le visage de ma sœur lorsqu'elle m'a regardée. C'est cette même expression que je me suis efforcée de décrire à mon père, à Mme Martin et au FBI, quand elle me parlait de la chambre d'en face, sur l'île. Comme si elle était sûre d'être là où elle devait être et de faire ce qu'elle devait faire. À cette époque, j'avais encore une confiance inébranlable en ma sœur. Je me rappelle avoir pensé qu'elle ne se trompait jamais : elle avait dit qu'elle sortirait avec Joe et elle l'avait fait.

La fois suivante, pourtant, Hunter est venu sans Joe. Emma s'est efforcée de cacher sa déception. Nous sommes allés fumer au bord de la piscine, hors de vue des parents. Hunter a lancé à Emma qu'elle s'était ridiculisée en laissant des messages et en écrivant des e-mails à Joe, alors qu'il s'était clairement servi d'elle. Elle l'a traité de connard. Il l'a traitée de pute. Elle lui a dit que Nat racontait qu'il ne savait pas embrasser. Il a dit que Nat était une poufiasse. Le ton a continué de monter, le temps d'une cigarette. Puis Hunter lui a asséné le coup de grâce : Joe avait déjà une copine. Ma sœur s'est tue. Son visage a frémi mais elle n'a pas pleuré, pas à ce moment-là, en tout cas. Hunter a écrasé son mégot en souriant, l'air de penser qu'il avait gagné une bataille. Elle a fait volte-face et est rentrée en courant. Alors que nous la suivions d'un pas plus lent, j'ai vu le contentement de Hunter s'évanouir. Notre maison était depuis un moment déjà le théâtre d'une guerre qui ne cesserait que le soir de notre disparition. Il ne souhaitait pas réellement vaincre Emma, parce que cela aurait signifié la fin de la guerre. Et il ne voulait surtout pas que quoi que ce soit se finisse avec elle.

Malgré tout, Emma avait perdu cette bataille. Cette certitude sur son visage le soir où Joe était sur elle ne signifiait pas qu'elle avait raison. En fait, elle s'était même trompée sur toute la ligne en ce qui le concernait. Ce jour-là, j'ai compris qu'elle pouvait être vaincue et ça a été mon deuxième atterrissage brutal. Cette découverte ne m'a procuré aucun plaisir. Aucun.

Une lumière au bout du couloir a chassé l'image d'Emma et Joe. Ma mère était sortie de sa chambre. Elle semblait surprise de me trouver debout, alors que j'étais censée être au fond de mon lit.

« Ça va, ma petite chérie ? »

Elle s'est approchée de moi et je l'ai laissée faire. Elle m'a enlacée et là encore je l'ai laissée faire. Elle sentait la crème hydratante et le N° 5 de Chanel, et je dois admettre que j'ai éprouvé une sensation de chaleur dans tout le corps. La même chaleur que ce matin, mais en plus fort. On ne cesse jamais d'aimer sa mère, et j'ai été surprise de m'en rendre compte au moment où je me souvenais d'Emma et de sa défaite.

« Ma petite chérie, je pense que tu mélanges tout, à propos de la nuit où tu es partie. Plus d'histoires au sujet d'Emma et de l'île jusqu'à ce qu'on t'ait examinée, d'accord ? J'ai peur que ton imagination te joue des tours. Si tu leur racontes quelque chose et qu'on découvre que c'est faux, tu risques d'aggraver les choses. Tu comprends ? Tu étais dans ta chambre, ce soir-là, Cass. Après votre dispute, quand Emma est sortie. Tu n'étais pas à l'arrière de sa voiture. Tu ne te rappelles pas ? »

Mme Martin était beaucoup plus forte que je ne l'imaginais et, à présent, elle retournait la situation contre moi, contre mon histoire. J'étais au désespoir, parce que ça signifiait qu'on risquait de ne jamais retrouver Emma. Les agents se demandaient déjà pourquoi elle ne s'était pas enfuie avec moi.

Malgré mon désespoir et ma colère, j'étais restée la même, j'étais toujours la victime, celle qui finissait par céder, qui était prête à payer le prix fort pour ne pas perdre son amour, celle qui se cachait pendant qu'Emma l'affrontait. Je croyais avoir construit des murs qui me protégeraient de Mme Martin, au cours de ces trois années, mais c'étaient des murs de sable qui se désagrégeaient entre ses bras.

« Ce que tu racontes ne peut pas être vrai, Cass. J'ai peur qu'il y ait quelque chose qui ne tourne pas rond dans ta tête. »

J'aurais dû la haïr pour ces paroles. Pourtant, j'en étais incapable. J'avais encore besoin de l'aimer.

Alors, quand elle m'a murmuré à l'oreille « Je t'aime », et qu'elle m'a serrée plus fort, je l'ai laissée faire. C'était mon troisième atterrissage brutal.

8
Abigail Winter

Abby avait eu du mal à partir, à quitter Cass. Elle était tenaillée par la peur qu'elle disparaisse à nouveau. C'était irrationnel. La police d'État avait accepté de poster une voiture à l'entrée de l'allée jour et nuit, tant qu'on n'aurait pas mis la main sur les Pratt. Judy et Jonathan Martin seraient là et son père habitait à dix minutes. Et surtout, Cass n'avait aucune raison de s'enfuir. Elle voulait par-dessus tout qu'on retrouve Emma.

Malgré tout, les rares fois où Abby s'était laissée aller à l'optimisme au cours de ces trois années, à croire au retour des sœurs Tanner vivantes, jamais elle n'avait imaginé un tel scénario.

Ils avaient interrogé Cass pendant trois heures supplémentaires avant que Judy ne leur demande de les laisser pour la nuit.

« Elle ne va pas bien, c'est évident. »

Elle parlait de sa fille comme si elle n'était pas là, à côté d'elle.

« Si Emma avait été enceinte, je l'aurais su. Et si elle l'avait été, je l'aurais aidée. Elle ne pouvait pas en douter. Nous étions très proches. Tout le monde vous l'a confirmé. Rien de tout cela ne ressemble à ma fille ! »

Cass avait besoin de repos, avait-elle insisté, et elle avait gagné en dépit des objections d'Abby et Leo. Abby avait accepté de lui faire passer un examen psychologique en bonne et due forme le lendemain, et Judy emmènerait sa fille chez le médecin à la première heure, en compagnie d'un technicien de l'équipe scientifique.

Et voilà. L'excitation était retombée, tandis que la routine et la logistique reprenaient le dessus. À New Haven, dans le Maine et en Alaska, des agents avaient commencé leur enquête sur le terrain. Leo avait regagné New York pour dormir un peu. Et Abby était rentrée chez elle.

Comme chaque soir, elle laissa tomber les clés dans un petit pot en forme d'hippopotame sur la table à côté du canapé. Sa nièce l'avait fait à la maternelle et le lui avait envoyé par la poste pour Noël, bien enveloppé dans du papier bulle. Son chien se jeta sur elle, le corps entier tremblant d'impatience, réclamant nourriture et attention. Elle se baissa pour lui gratter les oreilles.

Sa maison, son chien, les objets qui lui rappelaient sa famille : ils étaient tous là, qui l'attendaient à l'issue de cette journée miraculeuse. Mais son petit monde semblait indifférent, inchangé malgré l'incroyable événement que représentait le retour de Cass Tanner.

Peut-être parce qu'il y avait encore beaucoup de questions. Sur ce point au moins, on pouvait reconnaître que Judy Martin n'avait pas tort. Emma n'était pas le genre de fille à se plier à une quelconque autorité, surtout quand il s'agissait d'un choix aussi crucial et personnel. Owen l'aurait soutenue envers et contre tout, et Judy aurait rivalisé de générosité, rien que pour prouver qu'elle pouvait faire mieux que lui. Elle les imaginait plus se battre pour s'occuper de l'enfant qu'essayer d'empêcher leur fille de le garder.

Mais peut-être était-ce justement ce qu'Emma craignait, une nouvelle bataille sans fin.

Leo avait assailli Cass de questions dans l'espoir de lui soutirer un indice susceptible de les aider à retrouver cette île parmi les milliers le long de la côte du Maine. Dans les conversations qu'elle avait eues avec les Pratt et Rick, sur les sacs de courses et les colis qu'il livrait, sur les bateaux de pêche au homard, les voiliers et les hors-bord qui passaient au loin : est-ce qu'elle n'avait pas surpris le nom d'un port ou d'un yacht-club ? Cass affirmait avoir fait son possible pour découvrir où ils étaient. Elle avait posé des questions, fouillé les ordures. Mais les Pratt étaient extrêmement prudents. Et en ce qui concernait les bateaux, elle ne se souvenait que des noms sur les voiles : Hood, Doyle, Hobie Cat. Abby se remémora son visage alors qu'elle répétait inlassablement : « J'ai essayé ! Chaque minute de chaque jour, j'ai essayé ! » L'île lui paraissait grande. Elle était visible, sans doute connue de tous, mais personne ne passait assez près pour la voir elle, ou l'entendre. Cette prison lui semblait tellement unique qu'elle avait toujours cru qu'il serait facile de la retrouver. Elle avait noté le nom de la ville où ils avaient fait le plein. Elle avait compté les minutes entre le moment où elle était montée dans le camion et Portland. Abby avait l'impression qu'elle disait la vérité.

Cass leur avait assuré que l'histoire de sa première année là-bas et de sa première tentative d'évasion était importante. Ils l'avaient donc écoutée. Selon elle, c'était ainsi qu'elle avait réalisé à quel point il serait difficile de partir. Et, surtout, c'était ainsi qu'elle avait compris que Rick finirait par l'aider, si elle savait s'y prendre. Malheureusement, elle n'avait pas achevé son récit lorsque Judy leur avait demandé de les laisser, si bien qu'Abby était rentrée chez elle avec plus de questions que de réponses.

Elle se rendit à la cuisine et nourrit le chien. Puis elle ouvrit le réfrigérateur. Elle sortit un reste de pâtes qu'elle passa au micro-ondes. Elle avait la nausée et elle espérait que c'était la faim. Elle n'avait rien mangé de la journée.

Elle mit une assiette et un verre d'eau sur la petite table qui se trouvait dans un coin. Puis elle sortit son téléphone. Il y avait trois SMS de Meg auxquels elle avait répondu à la va-vite au cours de la journée. Elle écarta sa sœur de ses pensées, afin de réécouter l'interrogatoire qu'elle avait enregistré.

Elle commença là où Cass avait repris dans l'après-midi.

« *Je voulais partir le lendemain matin de notre arrivée. Je n'avais dormi que trois heures et vingt minutes, et par petites tranches. Genre, je somnolais une heure, puis je me réveillais en sursaut. J'ai entendu les bateaux de pêche au homard – même si à ce moment-là, j'ignorais ce que c'était –, un peu après le lever du soleil. Ça ressemblait à un bourdonnement lointain. Je me suis levée pour regarder par la fenêtre. J'ai vu Emma dans sa chambre et je me suis mise à pleurer. Cinq minutes plus tard, elle était assise sur mon lit. Je lui ai dit que je voulais rentrer à la maison, et c'est là qu'elle m'a avoué qu'elle était enceinte et qu'on ne pouvait pas partir, en tout cas pas tout de suite. Elle m'a promis que Bill s'occuperait bien de nous et qu'on serait heureuses. J'étais en colère et je me suis énervée, et elle s'est fâchée à son tour. Elle voulait avoir ce bébé et elle ne me laisserait pas tout gâcher.*

« Je vous ai déjà dit que, dans ma tête, je devais choisir entre Emma et la maison. J'ai choisi Emma. »

Judy l'avait interrompue à cet instant.

« Mais trois ans, Cass ? Tu as choisi de rester pendant trois ans ? Dis-nous pourquoi tu ne pouvais pas partir. Tu ne l'as toujours pas fait.

– C'est difficile à expliquer. Je pense qu'il y a deux raisons à ça. La première, c'est que si les jours passaient lentement, les années filaient à toute allure. Quand on vit si près de l'océan, entouré d'eau, il y a quelque chose qui modifie la perception du temps. On peut rester des heures à contempler les vagues et à sentir la brise sur son visage. Et puis il y a l'entretien de la maison. Entre le vent et l'eau, il y a toujours des réparations à faire, surtout quand on a de l'électricité que par intermittence.

« La seconde, c'est qu'il y avait aussi des bons côtés. Emma me parlait de plus en plus. Nous sommes devenues amies et je ne voulais pas que ça s'arrête. Jamais. Parfois, j'avais terriblement envie de rentrer chez moi. Mais il y avait tout le reste, l'intimité avec Emma, la gentillesse de Lucy et Bill. Donc c'était agréable et le temps passait vite... Les problèmes ont commencé après la naissance du bébé.

« On ne m'a pas autorisée à l'approcher pendant l'accouchement. C'est eux qu'elle est allée chercher au milieu de la nuit, parce qu'elle leur était encore très attachée et qu'elle

leur faisait confiance. Je dormais. Ce sont ses hurlements qui m'ont réveillée. J'entendais aussi Bill crier après Lucy, et Lucy lui répondre sur le même ton. J'avais l'impression qu'ils étaient tous les deux effrayés et que chacun en voulait à l'autre de ne pas savoir quoi faire. J'ai cru qu'elle allait mourir. Pour de vrai. Emma hurlait si fort. Et c'étaient des hurlements de douleur. Comme si on la torturait. Quand elle ne criait pas, elle pleurait parce qu'elle se rendait compte que ce n'était pas fini. Et je ne pouvais pas l'aider ! J'ai couru à son chevet, mais Bill m'a repoussée des deux mains, le visage en feu. Emma m'a disputée aussi. Elle voulait que je sorte, parce que je ne ferais qu'exacerber les choses. Ça a duré presque toute la nuit. Je sanglotais dans mon oreiller tellement c'était horrible. De ne pas pouvoir l'aider. D'être rejetée. Et de ne pas savoir si elle allait s'en sortir.

« Puis j'ai entendu le bébé pousser un cri. Bill et Lucy riaient et pleuraient comme s'ils étaient heureux, à présent. Je suis allée dans le couloir et j'ai tendu l'oreille, mais je n'ai pas entendu Emma. Pas du reste de la nuit ni le lendemain matin. Rien avant l'après-midi.

« Ils l'ont ramenée dans sa chambre. Elle essayait de dormir, mais ses seins étaient énormes et gonflés. Quand elle a demandé si elle pouvait allaiter le bébé, ils lui ont dit que ce n'était pas la peine. Lucy a ajouté que ce n'était pas si bon que ça pour les enfants, de toute manière. Emma n'a pas protesté ; qu'est-ce qu'elle en savait, après tout ?

« J'attendais devant sa porte qu'elle m'appelle. Elle murmurait : "Cass, j'ai trop mal !" À intervalle régulier, je lui apportais des sacs de glace à mettre sur sa poitrine et au bout de quelques jours le lait s'est tari.

« À partir de l'instant où le bébé a poussé son premier cri, il est resté avec Lucy nuit et jour. Lorsque Emma réclamait sa fille, Lucy lui répondait qu'elle devait d'abord se reposer et étudier, parce qu'elle avait sa vie entière devant elle. Elle disait : "C'est pour ça qu'on est là, mon petit !"

« Emma murmurait : “Cass, tu l’as vue aujourd’hui ? Est-ce qu’elle a grossi ?”

« Elle pleurait pendant des heures, tellement elle lui manquait. Elle les suppliait : “J’ai besoin de la prendre dans mes bras ! S’il vous plaît, rien qu’une minute !” Lucy avait toujours une bonne excuse. Le bébé dormait. Le bébé était malade. Le bébé s’habituait à son berceau. Si sa petite fille pleurait, Emma se plantait devant leur chambre fermée à clé et criait : “S’il vous plaît ! Je l’entends ! Je sais qu’elle est réveillée ! Amenez-la-moi !”

« Puis elle venait me trouver : “Cass, il faut que tu découvres ce qui se passe. Pourquoi est-ce qu’ils ne me laissent pas la voir ?”

« Une fois, j’ai essayé de faire parler Lucy : “Tu as l’air vraiment douée avec les bébés. Où est-ce que tu as appris tout ça ?”

« Nous savions qu’ils n’avaient pas d’enfant. D’une part, ils nous l’avaient dit et, d’autre part, il n’y en avait pas trace dans la maison. Ni photos ni jouets, rien. Lucy a embrassé le front de la petite et elle a répondu en souriant : “Le Seigneur voulait que j’aie des enfants lorsqu’il a créé mon âme, mais il a commis une erreur en faisant mon corps. C’est ma croix à porter dans cette vie, Cassandra. Ne pas pouvoir accomplir ce pour quoi je suis née.”

« Puis elle a fait sauter le bébé d’Emma sur ses genoux et son sourire s’est élargi. “Jusqu’à aujourd’hui, n’est-ce pas mon petit bout ? Mon trésor. Ma Julia chérie.”

« J’ai tout répété à Emma. Je lui ai avoué que je commençais à croire qu’elle était folle. Elle s’était occupée de nous comme si nous étions ses propres enfants, puis le bébé était arrivé, et ça avait déclenché un truc en elle. Emma n’en revenait pas. “Cette connasse a donné un nom à ma fille ? Elle l’a appelée Julia ?” Elle a dit qu’elle détesterait ce prénom jusqu’à la fin de ses jours et qu’il ne franchirait jamais ses lèvres.

« On s’est mises à trembler, littéralement. J’avais formulé ce qu’on soupçonnait toutes les deux depuis un moment. Lucy était devenue folle et Bill ne savait pas quoi faire. Vous savez,

c'est comme lorsqu'on se sent partagé en deux : une partie qui veut faire quelque chose de dément et la seconde qui s'en rend compte, mais qui est paralysée parce qu'elle a peur de perturber l'autre. Vous voyez ce que je veux dire ? On ne peut pas non plus se couper en deux... Eh bien, ils ressemblaient à ça : chacun d'eux était la moitié d'une personne divisée en deux. Et la partie de Lucy était la plus forte.

« C'est à l'automne, un an après notre arrivée, qu'on a pris la décision de partir. À ce moment-là, on n'avait plus aucun doute. On savait que leur attitude n'était pas normale. Le bébé avait 6 mois. Il grandissait, il était moins fragile. Emma aurait pu s'en occuper, mais ils ne voulaient pas en entendre parler. Lucy portait sa fille dans ses bras comme si c'était la sienne. Ce jour-là, donc, Emma a pété les plombs. Elle s'est mise à tambouriner contre leur porte. "Je veux mon bébé immédiatement !"

« Bill s'est énervé. Il était vraiment furieux. Il criait à travers la porte : "Retourne dans ta chambre, ou tu vas le regretter !"

« Elle a continué à frapper : "Donnez-moi mon bébé !" J'étais à côté d'elle, paralysée par la peur, parce que je me rendais compte qu'elle ne se contrôlait plus et que ça allait mal finir. Emma avait du feu dans les veines, mais elle n'avait aucun moyen d'action. Le feu lui donnait l'impression qu'elle était forte et empêchait son cerveau de fonctionner. On a entendu des pas lourds et la porte s'est ouverte. Bill se dressait devant nous, avec sur le visage une expression de fureur indescriptible : il fallait que ça s'arrête ou il ne répondait plus de rien. Je suppose que Lucy le harcelait pour qu'il intervienne, pour qu'Emma cesse de réclamer le bébé, et il ne savait pas comment s'y prendre. Il ne pouvait pas faire taire sa femme, alors il a dirigé sa rage contre Emma et l'a giflée de toutes ses forces. On l'a regardé, sidérées. Et il est resté là, l'air aussi surpris que nous. "Je t'avais dit de retourner dans ta chambre ! Pourquoi est-ce que tu ne m'as pas écouté ?" Il parlait d'une voix geignarde et il avait même les larmes aux yeux. Emma n'a pas

répondu. Elle a fait volte-face et je l'ai suivie. On s'est assises sur son lit. Elle a pris mes mains dans les siennes et elle a dit : "Il faut que tu te sauves et que tu ramènes quelqu'un pour nous tirer de cet endroit."

« Je lui ai promis que je trouverais une solution pour quitter l'île. Mais il fallait d'abord qu'on se dispute pour leur faire croire que je m'étais enfuie parce que j'en avais assez d'elle. S'ils pensaient que je ne voulais plus la voir, ils n'auraient pas peur que je donne l'alerte. C'était le plan. Je reviendrais chercher Emma et le bébé. Et elle a dit oui.

« De septembre à février, j'ai étudié trois choses. En premier lieu, les bateaux. Les heures auxquelles ils passaient et dans quel chenal. En deuxième lieu, les horaires de Rick. Et enfin, j'ai noté les heures où la petite dormait la nuit et les heures où il fallait la nourrir.

« Bill avait une barque au ponton. Il y avait des rames dedans et je me suis figuré que je pourrais partir avec. Ce qui était de l'inconscience totale.

« Le soir où j'ai tenté de m'enfuir, j'ai attendu que le bébé ait mangé et que tout le monde se soit endormi. Je suis sortie en douce, j'ai grimpé dans la barque et je l'ai détachée. Tout était silencieux et il faisait un froid de loup. Je n'entendais que le clapotis des vagues contre la coque et mon cœur qui battait à tout rompre. Comme le premier soir, j'étais à la fois effrayée et excitée. Je me sentais très forte parce que je me prenais en charge et parce que je fuyais ces cinglés pour sauver ma sœur et son bébé. Mais c'était dur d'abandonner Emma, d'abandonner la petite. J'avais l'impression de laisser un morceau de moi. Je m'accrochais à l'idée que j'allais revenir très vite, peut-être cette nuit même, avec quelqu'un qui les sauverait.

« J'ai pris les rames et j'ai essayé de diriger la barque. J'avais regardé Bill faire, lorsqu'il ne voulait pas attendre Rick. Il se débrouillait pour franchir le courant qui repoussait tout vers la rive, puis continuait vers la baie et disparaissait à ma vue. Mais

c'était bien plus difficile que ce que je croyais. Je ne savais pas ramer en arrière. Je ne savais même pas mettre les rames dans les anneaux. En plus, elles étaient lourdes, et le courant trop puissant pour moi. J'en ai lâché une. Elle a glissé et elle a aussitôt été emportée. Le bateau dérivait le long de l'île, vers l'ouest et les rochers. J'étais affolée. Je ramais un coup à droite, un coup à gauche, poussant l'eau dans un sens et dans l'autre. La barque semblait vouloir tourner, puis repartait dans le courant. J'étais dans un tel état de panique que j'avais l'impression que ma tête allait exploser. Je savais que si je franchissais la pointe ouest, je serais entraînée vers les récifs. Et c'est exactement ce qui s'est passé. La barque s'est encastrée entre deux rochers. J'ai tenté de me dégager avec la rame. Puis je suis descendue et j'ai essayé de la décoincer avec les mains. Mes pieds n'arrêtaient pas de glisser. Je ne sais pas combien de temps je suis restée là avant d'entendre un moteur et de voir les lumières d'un autre bateau. Puis le visage de Rick et son regard froid sont apparus.

« Il n'a pas prononcé un mot. Il a attaché une corde à la barque et il a tiré. Je l'ai supplié de nous aider. Je criais de toutes mes forces : "Ils refusent de nous laisser partir ! Ils refusent de nous laisser partir !" Ça n'a servi à rien. Il s'est éloigné en remorquant la barque et m'a abandonnée sur les rochers. »

Abby pressa la touche PAUSE et nota l'endroit où se trouvait le passage. Cass s'était mise à pleurer. Abby lui avait demandé ce qu'elle ressentait et elle avait répondu qu'elle se souvenait de son désespoir et s'en voulait d'avoir été stupide et immature. Elle éprouvait aussi de la rage, mais elle avait appris que c'était une émotion incontrôlable qui pouvait inciter à faire des bêtises. En seconde écoute, sans la jeune fille dont la présence la perturbait tant elle était émerveillée de son retour, Abby fut frappée par sa dureté envers elle-même. Ça ne cadrait pas avec le récit. Cass n'avait rien à se reprocher. Au contraire, elle avait risqué sa vie pour s'échapper et aider sa sœur.

Elle appuya de nouveau sur PLAY.

« Je m'excuse ! Comment ai-je pu être aussi bête ? Je voulais croire que je pouvais nous sauver ! Il faut vraiment être idiote ! »

C'est alors qu'Owen s'était précipité pour la prendre dans ses bras.

« Non, Cass. Non ! Ce n'est pas ta faute ! Tu étais si jeune !

– J'ai cru que je pourrais nous ramener à la maison ! »

Abby se souvenait parfaitement de la suite. Une fois apaisée, la jeune fille avait achevé le récit de cette nuit. Rick avait laissé la barque au ponton, puis le *Lucky Lady* avait regagné le port. Elle était restée sur les rochers longtemps, étant donné le froid – 22 minutes selon elle –, à réfléchir en grelottant. Elle avait passé en revue les possibilités qui s'offraient à elle, oscillant entre les larmes, le désespoir et l'incrédulité. Quand elle songeait que le continent était tout proche – car il ne pouvait pas être très loin, à quelques kilomètres au plus –, elle avait envie de fuir à la nage. *« Je me disais que j'arriverais peut-être à atteindre la rive avant de me noyer ou de mourir d'hypothermie. »*

Puis elle avait envisagé de se cacher dans la forêt, de faire du feu et de crier pour alerter un bateau. Elle avait songé à écrire des mots avec des cailloux ou de la végétation que quelqu'un pourrait apercevoir d'un hélicoptère. Mais il ne lui restait que quelques heures avant le lever du jour et elle n'avait ni allumette ni scie. Et même si elle était forte, elle ne l'était pas suffisamment.

La troisième solution était de regagner la maison. De retourner se coucher. Et d'attendre pour voir qui était réellement le pilote du bateau, ce qu'il avait dans le cœur, ce que lui dicterait sa conscience. S'il ne parlait pas, elle préparerait une nouvelle tentative d'évasion. Sinon, elle savait qu'elle serait punie. Pour finir, elle avait si froid qu'elle avait choisi la troisième solution.

Après, ils s'étaient écartés du sujet. On lui avait demandé des détails sur l'accouchement, le bébé, la barque et les courants. Elle avait décrit une fois de plus les bateaux de pêche au homard, les inscriptions, la taille, la couleur des bouées qui signalaient les casiers. Abby ne pouvait nier l'importance de toutes ces informations. Trouver l'île était la priorité.

Cependant, tandis qu'ils discutaient, elle s'était levée et avait commencé à arpenter la chambre des Martin. Elle avait encore tellement de questions à poser. D'abord : que s'était-il passé après cette première tentative ? Et comment Cass avait-elle su que Rick serait prêt à l'aider la prochaine fois ?

D'autres interrogations étaient plus subtiles, de lointains chuchotements dans son esprit. La description du couple formé par Lucy et Bill, qu'elle comparait à une personnalité dissociée, la lutte entre les deux parties, l'une folle et l'autre raisonnable : c'était complexe pour quelqu'un de son âge. Mais les circonstances l'avaient peut-être forcée à analyser ses ravisseurs, pour préserver sa propre santé mentale.

Par ailleurs, pourquoi voulait-elle tant que sa mère assiste aux entretiens ? Elle n'était plus mineure et c'était aller contre les règles du FBI. Mais Cass ne cessait de répéter qu'elle ne pouvait pas raconter son histoire sans celle-ci dans la pièce.

Et que penser de la précision de son récit, de cette façon de décrire ses émotions, comme si elle éparpillait une pincée de sel sur une assiette ?

Il y avait aussi cette manie de compter chaque seconde et de tout numéroter. Chaque chapitre était divisé en parties distinctes, et elle avait littéralement chronométré certains moments en comptant dans sa tête. Elle n'avait ni montre ni téléphone. Mais il fallait que tout soit constamment organisé dans son esprit.

Un souvenir lui revint. Deux fillettes jouant avec un service à thé dans un jardin. Une nappe en vichy étendue sur l'herbe. La vaisselle était encore dans son panier.

Elle était en compagnie de sa sœur. Meg, qui avait trois ans de plus qu'elle, lui expliquait pourquoi elle devait absolument jouer avec son service à thé. « Il y a quatre raisons », disait Meg. Abby tenta sans succès de se les rappeler. Elle n'était même pas certaine de la réalité de ce souvenir. Elles ne pouvaient pas avoir plus de 6 et 9 ans. Voire moins ? De toute manière, ce n'était pas tant les raisons en elles-mêmes. C'était l'énumération. *Il y a quatre raisons.*

Abby se leva et se servit un scotch qu'elle but debout, appuyée contre le plan de travail de la cuisine.

Meg avait fait ça tout au long de leur enfance. Elle s'en souvenait à présent. *Il y a deux raisons pour ça... Il y a six choses qui me plaisent là-dedans... Il y a trois choses que je mange au petit déjeuner...* Quand avait-elle cessé ?

Abby vida son verre et s'en servit un autre. Elle avait besoin d'une vraie nuit de sommeil.

Comment pouvait-elle ignorer ce détail concernant Meg, sa sœur, la seule famille qu'il lui restait ? Avait-elle toujours l'habitude de tout compter ? Abby avait séjourné chez elle quelques mois plus tôt. Meg, ses deux filles, son mari, et les deux chiens de la maison. Elle menait une vie en apparence normale, bien que beaucoup trop rurale au goût d'Abby, dans le Colorado. Elle s'efforça de se rappeler ce qu'elles avaient fait ensemble. La promenade en montagne avec la poussette sous le soleil. Les courses de rentrée pour ses nièces. Elles étaient allées au cinéma. Abby avait pu maintes fois constater que Meg était une bonne mère et qu'elle aimait ses filles. Ce n'était pas ce qui l'inquiétait.

Un soir, elles étaient sorties toutes les deux, comme toujours lors de ces retrouvailles annuelles. Durant le reste de l'année, il y avait les appels téléphoniques et les e-mails, les cartes de Noël et d'anniversaire, et les publications sur Facebook, principalement des photos craquantes et des émoticônes. Mais ce n'était pas lors de ces échanges qu'elles évoquaient le passé.

La conversation débutait toujours par les platitudes de rigueur : « Ça va, le travail ? Et les filles ? » Et, avant la mort de leur père : « Tu as parlé à papa récemment ? » Il avait passé ses dernières années en Floride, à jouer au golf et à satisfaire les goûts dispendieux de sa seconde épouse.

Puis, alors que le sentier s'enfonçait entre les arbres, les questions se faisaient plus intimes et les réponses plus hésitantes. La dernière fois, c'était Abby qui s'était retrouvée sur la sellette. « Tu vois quelqu'un en ce moment ? Quand est-ce que tu vas donner sa chance à un homme ? »

La forêt devenait plus dense et bientôt le sentier disparaissait, les laissant perdues dans les ténèbres du passé.

« Tu sais trop de choses, Abby, c'est le problème. » Meg était convaincue que les recherches d'Abby, et peut-être sa fixation sur leur mère et le narcissisme, l'empêchaient de vivre, de tomber amoureuse, d'accorder sa confiance à quelqu'un. « Il faut aller de l'avant. Ne la laisse pas te gâcher la vie depuis la tombe. »

Abby écoutait, hochait la tête avec sincérité. La question n'était pas de savoir si Meg avait tort ou raison. C'était juste que ses conseils étaient impossibles à suivre.

Avait-elle compté la dernière fois ? Abby n'y avait pas prêté attention. En fait, elle n'y avait pas songé depuis sa thèse.

Elle posa le verre sur le plan de travail.

Il y avait un cas d'école qu'elle avait lu durant ses recherches. La fille d'une femme atteinte d'un grave trouble de la personnalité narcissique avait mis au point un mécanisme de défense qui lui permettait d'ordonner le chaos de sa vie. Pour supporter les humeurs extrêmes et imprévisibles de sa mère, elle organisait tout méthodiquement. Elle numérotait chaque chose. « Trois raisons pour aimer le piano... Deux manières de me coiffer qui me plaisent... »

Elle attribuait également un genre à tout : les couleurs, les nombres, les lettres de l'alphabet. A était féminin, B masculin. Il n'y avait ni alternance ni logique apparente : tout reposait sur son imagination. D, E, F, G et H étaient du genre masculin, par exemple, alors que X, Y et Z étaient féminins. Le rouge et l'orange étaient féminins. Le bleu et le vert masculins. Et cela continuait ainsi, le classement des objets les plus anodins et des concepts pour apaiser la tempête déclenchée en elle par son attachement à une figure parentale défaillante, en l'occurrence sa mère.

La fille ne manifestait pas de trouble de la personnalité et, à l'âge adulte, avait fondé une famille équilibrée. L'étude concluait qu'elle était parvenue à échapper au cycle et s'interrogeait sur le rôle de ce mécanisme de défense.

Les pensées d'Abby revinrent à sa sœur, Meg. Elle n'avait pas entièrement réussi à s'affranchir de l'emprise de leur mère. Elle s'était droguée pendant un certain nombre d'années, avait enchaîné les relations destructrices et avait souffert d'anxiété. Mais elle s'en était sortie.

C'était cet aspect de ses recherches qu'elle avait trouvé le plus fascinant : le cycle de la maladie et la manière dont certains enfants parvenaient à le rompre. C'était comme si l'esprit humain se battait farouchement pour sa survie, se raccrochait par tous les moyens au besoin d'aimer et d'être aimé : car c'était précisément ce qu'on perdait avec le narcissisme. Certains manifestaient des troubles obsessionnels compulsifs face au chaos instauré par le parent malade, d'autres établissaient des relations de dépendance affective à l'âge adulte. Soit ils cherchaient un conjoint sûr qui ne les quitterait jamais, soit ils enchaînaient les histoires, multipliant les conquêtes pour se prouver encore et encore qu'ils avaient le pouvoir d'obtenir des autres ce dont ils avaient besoin. Le monogame en série, disait-on, ou, plus prosaïquement, le play-boy ou la « salope » (un mot qu'Abby détestait). Meg était passée par tous ces stades : l'énumération, puis le défilé de conquêtes quand elle était plus jeune, avant de s'établir avec un homme qui l'adulait.

Et qu'avait fait Abby pour s'en sortir ? Meg dirait sans doute qu'elle rejetait tout ce qui était perçu comme féminin, ce qui représentait leur mère. Le maquillage, les jupes courtes, les talons. Elle dirait qu'Abby vivait derrière un bouclier invisible : qu'elle ne laissait s'approcher personne risquant de la blesser ou de la décevoir.

Mais Abby était par principe contre l'autodiagnostic. Elle ne s'attarda donc pas plus sur ces pensées que d'habitude.

Elle se sentait fatiguée. Elle s'assit par terre à côté du chien. Son verre à la main, la tête de l'animal sur ses genoux, elle ferma les yeux et laissa son esprit vagabonder, songeant à Cass et à sa manie de tout compter. Était-ce ainsi qu'elle avait échappé à l'emprise de Judy Martin ? Et aussi en s'attachant à Emma, en faisant d'elle une figure maternelle ? Ce n'était pas l'idéal : l'aînée pouvait manifestement se montrer cruelle ou indifférente. Mais c'était mieux que rien.

Et qu'en était-il d'Emma ? Ce qu'Abby savait de Judy Martin n'était peut-être que la partie émergée de l'iceberg. Emma, l'enfant « élue » qui avait subi les hauts et les bas émotionnels les plus violents, n'avait peut-être pas pu s'échapper.

Bon sang, qu'elle était fatiguée, fatiguée et à présent un peu ivre. Elle entendait encore la voix de Leo à la fin de la journée : « On la retrouvera. On retrouvera Emma. » Mais s'il se trompait ? S'ils continuaient de tourner en rond, sans voir la vérité ?

Il y avait un truc qui clochait dans l'histoire de Cass, celle qu'elle racontait et celle qu'elle taisait.

La voix de Leo s'éteignit. Elle aurait aimé qu'il soit là à présent, son bras sur ses épaules, sa voix calme murmurant des paroles de réconfort, lui promettant que, cette fois, ils retrouveraient Emma. Même si elle ne le croyait pas, elle aurait pu faire semblant. Juste pour ce soir. Pour quelques heures de paix. Elle pouvait faire semblant.

Elle appuya la tête contre le mur et ferma les yeux.

9
Cass

Le deuxième jour de mon retour

J'ai dormi seulement quatre heures et vingt minutes la première nuit. J'ai fait un cauchemar qui m'a réveillée et je n'ai pas pu retrouver le sommeil. C'était rageant, car je savais que la journée du lendemain serait dure.

Dans mon rêve, Bill tenait la petite fille au-dessus de l'eau, au bout du ponton. Elle pleurait et sa voix me transperçait comme un couteau. Il la lâchait et je la voyais s'enfoncer dans l'eau noire glacée. Cette enfant adorable aux boucles blondes et aux grands yeux bleus. Cette fillette innocente. Elle se taisait soudain, alors que la peur se muait en terreur, paralysant son petit corps. À l'instant où sa peau touchait la surface, elle se figeait. De ses yeux à ses pieds, plus rien ne bougeait. Elle ne pouvait même pas tendre les bras vers Bill, qui reculait et la laissait mourir.

Je me suis réveillée habitée d'une telle rage que j'ai cru que ma poitrine allait exploser et tous nous embraser. Consumer entièrement la maison et tous ceux qui se trouvaient à l'intérieur. Moi. Mme Martin. M. Martin.

J'ai pris un oreiller et je l'ai pressé de toutes mes forces contre mon visage. Puis j'ai crié des choses que je ne voulais pas que les autres entendent. Des mots de haine et de violence. Et j'ai su que je ne cesserais jamais de rechercher Bill et Lucy Pratt, même si le FBI finissait par renoncer. Je les retrouverais et je les ferais payer.

Je suis restée immobile pendant un moment, l'oreiller entre mes bras, et je me suis forcée à me souvenir qu'Emma me tenait exactement comme ça. J'essayais d'entendre sa voix. *On ira où on voudra et on ne la laissera pas entrer. Ça ne nous touchera même plus.* J'ai senti que je me calmais. Pourtant, je savais que plus rien de tout ça n'était possible, à présent. Je ne pouvais pas quitter cette maison tant qu'ils n'auraient pas retrouvé Emma.

Mme Martin a frappé à ma porte à 8 heures. J'ai répondu que j'étais réveillée et que je descendais dans une minute, le temps de prendre une douche. Elle m'a dit qu'elle avait trouvé des vêtements qui devraient m'aller et qu'elle les laisserait dans la salle de bains. Elle a pris soin de préciser que c'étaient des habits qu'elle avait achetés après notre disparition, quand elle avait pris du poids à cause du stress. Elle avait également trouvé une vieille paire de baskets ayant appartenu à Hunter, qui semblaient à ma taille. Elle chaussait plus petit que moi. Il faudrait que je m'en contente jusqu'à ce qu'on aille faire des courses.

Nous sommes allées chez le médecin à 9 heures. C'était le Dr Nichols, le pédiatre qui me suivait depuis que j'étais toute petite. Ma mère pensait que je serais plus à l'aise avec lui et elle n'avait pas tort, sauf que j'étais une femme à présent et que j'ai refusé qu'il m'examine en dessous de la taille et qu'il me palpe les seins. Nous étions escortées d'un agent qui voulait qu'on réalise toutes sortes d'analyses, alors j'ai accepté qu'on me fasse une prise de sang. Pour le reste, j'ai promis de trouver une gynécologue et de me laisser examiner. Mais là, je ne le sentais pas. J'ai parlé au médecin de mes cycles afin de le rassurer. Il en a conclu que tout était en ordre et a affirmé qu'il me déclarerait en bonne santé si les résultats des analyses confirmaient qu'il n'y avait rien de préoccupant. Il m'a fait les rappels de vaccins dont j'avais besoin et ç'a été une affaire réglée. Le type du FBI n'était pas très content, mais j'étais majeure et on ne pouvait pas m'obliger à faire quoi que ce soit.

Nous sommes rentrées à la maison tout de suite après la visite chez le médecin. Mon père nous attendait. Ainsi que Mme Winter, l'agent Strauss et la dessinatrice qui était là pour faire les portraits-robots de Bill, de Lucy et de Rick.

Ce qu'il faut préciser, c'est que tout ça s'est déroulé dans une atmosphère de folie. À mon réveil, le monde entier savait que j'étais rentrée. Devant chez nous, il y avait des véhicules de presse garés sur plus de cinq cents mètres le long de notre petite rue. C'était un truc énorme, comme quand on avait retrouvé Elizabeth Smart, ou ces trois femmes qui avaient été séquestrées et violées pendant dix ans à Cleveland. Les journalistes avaient mitraillé la voiture de M. Martin lorsqu'il nous avait emmenées chez le médecin, et d'autres nous avaient suivies pour me photographier m'engouffrant dans le bâtiment. À l'intérieur du cabinet, tout le monde avait voulu m'embrasser et des infirmières avaient pleuré, même les nouvelles qui ne me connaissaient pas. Le Dr Nichols m'avait étreinte chaleureusement. Puis il avait secoué la tête, comme s'il n'arrivait pas à croire que je me tenais devant lui et il avait dit quelque chose du genre : « C'est un miracle ! » Ça ne me dérangeait pas. Je souriais à tout le monde. Pas un grand sourire heureux, mais un sourire poli et reconnaissant. C'était sincère. Je n'étais pas heureuse, car Emma n'était pas là et que j'aurais préféré être ailleurs. Néanmoins, j'étais reconnaissante. Les médias allaient attirer l'attention sur ma sœur. J'étais prête à me déguiser en Shirley Temple s'il le fallait, à leur chanter une chanson et à leur faire un numéro de claquettes, si ça pouvait maintenir leur intérêt pour l'enquête.

Tout le monde y allait de sa théorie sur ce qui s'était passé entre Bill, Emma et moi. Ils se demandaient s'il avait fait de nous ses esclaves sexuelles et si Lucy regardait. Je m'en moquais et je ne leur en voulais pas. En ce qui me concerne, c'est le seul aspect de l'histoire d'Elizabeth Smart dont je me souvienne et je ne pense pas être quelqu'un de foncièrement mauvais. Je ne jugeais donc pas les autres en fonction de ce qui excitait leur curiosité.

Il y avait aussi les conversations, les anecdotes interminables sur ce qui s'était passé dans la vie de chacun pendant mon absence. Mon père parlait principalement de Witt, qui s'était marié à une jeune femme très bien du nom d'Amie. Il vivait à Westchester et avait entamé une carrière d'avocat, marchant sur les traces de sa mère. Il ne cessait de me dire à quel point Emma et moi avions manqué à nos proches. Notre disparition les avait anéantis et maintenant ils avaient tous hâte de me voir, dès que je serais remise de mes émotions : Witt, mes tantes, mes oncles, mes grands-parents. Mme Martin me disait la même chose : tout le monde me réclamait, à présent que la nouvelle de mon retour s'était répandue. Elle était très loquace au sujet de ses activités de bienfaisance et des ragots concernant mes anciennes copines du lycée, leurs mères, leurs liaisons, leurs divorces et leurs problèmes financiers. Et elle était carrément intarissable à propos de Hunter et de sa petite amie : elle détestait cette fille qui les empêchait de voir Hunter et qui n'en voulait qu'à son argent, car à présent il était banquier d'investissement.

L'énergie nerveuse générée par ma réapparition électrisait toutes ces informations qui se déversaient de leurs bouches, et je ressentais une décharge chaque fois que l'une d'elles pénétrait dans mon cerveau. Je n'ai pas d'autre mot pour décrire l'effet que ça me faisait. Je voulais me boucher les oreilles et ne rien laisser entrer. Je me rendais compte qu'ils désiraient me téléporter dans leur monde, me transformer d'un coup de baguette magique pour que je sois la fille et la sœur que j'aurais été si je n'avais jamais disparu, la jeune femme qui faisait partie de leur histoire et qui avait partagé les moments les plus insignifiants de leur quotidien, comme cela se passe dans la plupart des familles. Mais j'étais incapable de tout absorber et de répondre à leur besoin. Je me sentais détachée, comme une inconnue qui écoute ce que disent ses voisins dans le train. Je ne voulais pas être dans leur présent, pas sans Emma, pas tant que justice ne serait pas rendue. D'ici là, je ne les laisserais pas me distraire avec leurs petites vies normales.

On a fait le portrait-robot des Pratt et de Rick. Ils m'ont demandé des détails sur le chauffeur du camion. Je le leur ai donc également décrit. L'agent Strauss m'a annoncé que les portraits seraient diffusés à la télé. J'étais nerveuse à l'idée que ce que j'avais dit à la dessinatrice allait créer une image dans la tête des gens et qu'ils allaient chercher cette image quand ils marchaient dans la rue, quand ils faisaient la queue au supermarché, sur le visage de leurs amis et de leurs voisins. Et si je m'étais trompée ?

La matinée a été longue. D'abord le médecin, puis les portraits-robots et ensuite les agents qui voulaient encore parler de l'île. La psy est restée un moment en tête à tête avec moi. C'est ce que font les enquêteurs pour établir une relation de confiance. Et aussi pour voir comment on se comporte quand certaines personnes ne sont pas là.

Je leur ai raconté ce qui était arrivé après ma première tentative d'évasion, quand Rick m'avait abandonnée sur les rochers. Après tout ça, il était trop tard pour l'examen psychologique que Mme Martin réclamait à cor et à cri. J'étais fatiguée et j'avais besoin de repos. En plus, Hunter devait passer dans l'après-midi.

Je savais ce qu'on disait de moi depuis que j'étais rentrée : que j'étais indifférente, que je ne manifestais pas d'émotion. Les gens semblaient fascinés par mon comportement. Lorsque je me suis retrouvée seule avec Mme Winter, elle m'a expliqué qu'ils guettaient mes moindres réactions, car très peu d'entre eux avaient vécu ce genre d'expérience. Pour eux, c'était comme de rencontrer un extraterrestre. Et quand ils ne voyaient pas ce qu'ils attendaient ou ce qu'ils avaient envie de voir, alors ils exagéraient la disparité.

Je ne pense pas que j'étais indifférente. J'avais pleuré, et pas qu'un peu. J'étais tellement bouleversée que le Dr Nichols m'avait prescrit des pilules pour les nerfs. Je n'ai jamais su montrer mes sentiments comme Emma. Mais ça ne veut pas dire qu'il ne se passe rien à l'intérieur. Je pense que personne ici n'a idée de l'intensité de ce que j'ai éprouvé pendant ces trois ans. Je sens le cri en moi. Je le sentais encore ce matin même et j'ai dû me couvrir la bouche d'un oreiller pour que personne ne l'entende. Je l'ai étouffé seulement parce que j'avais peur des conséquences si je le laissais sortir. Je m'efforçais de penser calmement et de choisir des mots calmes.

Après avoir raconté l'histoire de ma première tentative d'évasion, j'ai dû quitter la pièce. J'ai menti en disant que j'avais soif, mais en fait j'avais simplement besoin de laisser la rage finir son travail et sortir de mon corps. Je ne voulais pas qu'ils voient ça.

Hunter est arrivé en fin d'après-midi. J'étais au lit dans la chambre d'ami quand sa voiture est apparue dans l'allée. Je ne dormais pas. J'en étais incapable. Pourtant, j'étais épuisée. C'est une chose d'imaginer qu'on va faire un marathon ou une centaine d'abdos, c'en est une autre de le faire. C'est là qu'on se rend compte que c'est bien plus dur que tout ce qu'on avait imaginé. Voire que c'est impossible.

Voilà l'état d'esprit qui était le mien le lendemain de mon retour, tandis que j'attendais Hunter et sa petite amie.

Mon père souhaitait que je voie Witt et sa femme ce jour-là. Mais ma mère avait déjà tout organisé avec Hunter et j'avais donné mon accord. J'avais besoin de le voir, même si je redoutais ce moment. J'avais besoin de le voir de mes yeux.

« Cass ! a lancé Mme Martin du bas de l'escalier. Ils sont arrivés ! Descends, ma chérie ! »

J'ai attendu un peu, écoutant les modulations de sa voix factice. Je ne distinguais plus les mots, mais je savais ce qu'elle disait, car elle utilisait toujours ce ton faussement enthousiaste quand elle pensait des horreurs qu'elle dissimulait sous des amabilités. Je la jugeais, cependant ce n'était pas aussi satisfaisant qu'autrefois, du temps où je n'avais rien sur la conscience. À présent, je me faisais l'effet d'une hypocrite. J'allais me lever, me coiffer et me gargariser, puis j'enfilerais les vêtements que Mme Martin portait quand elle était grosse. Je descendrais, j'étreindrais Hunter et je serrerais la main de son amie avant de prendre le thé avec eux. Je sourirais et moi aussi je penserais des horreurs que je dissimulerais sous des amabilités. Ça faisait des années que je pensais des horreurs. Elles n'allaient certainement pas s'envoler uniquement pour apaiser ma conscience.

Hunter n'était pas comme dans mon souvenir. Son visage était plus anguleux, le nez et les pommettes plus marqués. Son front s'était un peu dégarni. Et il était musclé, fort. Ma mère m'avait dit qu'il soulevait de la fonte à son club de sport chic. Selon elle, c'était sûrement un prétexte pour tromper sa copine, mais, vu la taille de ses biceps, ce n'était certainement pas qu'une façade. C'était surtout ce qu'elle avait envie de croire, car l'amie de Hunter était très belle et très jeune. Elle avait une longue chevelure dorée et soyeuse, des traits ciselés, des yeux en amande et une grande bouche boudeuse. Mme Martin n'était plus la plus belle femme du monde, quand elle était là. Alors, il fallait qu'elle invente une histoire, qu'elle se persuade qu'il la trompait. Elle avait besoin de croire qu'il ne l'aimait pas vraiment.

À ma vue, Hunter a traversé la pièce. Sa tête était légèrement inclinée, et son visage froissé, comme s'il était sur le point de pleurer. Il avait la mine des gens dont l'enfant a raté son examen d'orthographe, a fait une chute de cheval ou s'est écorché le genou en tombant sur le trottoir.

« Cass ! Mon Dieu ! »

Je n'ai pas bougé. J'ai pris une longue inspiration et j'ai retenu mon souffle tandis que ses nouveaux bras musclés m'enlaçaient et me berçaient d'avant en arrière.

Sa copine nous a sauté dessus et j'ai tout de suite compris pourquoi ma mère la détestait.

« Je m'appelle Brenda. »

Elle a dit ça alors que Hunter m'étreignait toujours. Elle l'a dit parce qu'elle voulait qu'il s'arrête.

Quand je me suis dégagée pour la saluer, j'ai senti son hésitation. Il ne voulait pas me lâcher, ce que j'ai trouvé étrange. Jamais il ne m'avait ainsi serrée dans ses bras.

« C'est terrible, Cass, ce qui vous est arrivé à Emma et à toi. Et quand je songe qu'elle est toujours là-bas ! Je ne veux même pas y penser. »

J'ai raconté une partie de mon histoire, tandis que nous buvions notre thé. Je savais que Mme Martin avait rapporté à son mari la plupart des choses que j'avais dites aux agents, et qu'il les avait répétées à Hunter. Il secouait la tête, comme s'il n'arrivait pas à y croire et qu'il n'avait jamais rien entendu d'aussi abominable.

J'avais pensé à ce qui se passerait quand je reverrais Hunter, comme j'avais pensé à ce qui se passerait quand je reverrais ma mère et mon père. J'avais fait ça avec tout le monde. J'avais eu tout le temps de songer à nos retrouvailles. Même si je savais que ça serait sans doute très différent dans les faits. Je suppose que c'est normal. Premiers baisers. Diplômes. Mariages. Victoires sportives. On ne ressent jamais ce qu'on a imaginé et ça ne se passe jamais exactement comme on l'a rêvé. Malgré tout, j'étais aussi décontenancée par l'attitude de Hunter que je l'avais été quand Mme Martin ne m'avait pas reconnue à la porte.

Hunter avait été obsédé par Emma dès le premier jour. Mais parce que nos familles étaient liées, elle lui était interdite et c'était une situation intenable pour lui.

Je n'étais pas la seule à voir la concupiscence dans ses yeux. Witt l'avait également remarquée. On n'en avait jamais discuté, néanmoins je le savais à la manière dont son dos se raidissait dès que Hunter était là, à la façon dont son naturel joyeux s'envolait avec son sens de l'humour. Parfois, quand on devait passer le week-end chez notre père, il envoyait Witt nous chercher chez les Martin. Et parfois Hunter était présent. D'autres fois, c'était Hunter qui venait nous récupérer chez notre père, en particulier l'été, et ils se croisaient à ce moment-là.

Witt ne s'est laissé aller à manifester son aversion pour lui qu'une fois. C'était pendant la seconde quinzaine d'août, quelques mois après l'épisode avec Joe, l'ami de Hunter. Nous étions tous à la maison. J'avais 13 ans, Emma 15, Hunter 17 et Witt entrait en troisième année à la fac. Hunter travaillait comme caddy à notre country club. Witt participait en tant que bénévole à la campagne d'un sénateur et il habitait chez notre père. Ma sœur et moi avions fait un camp de vacances en Europe, et nous préparions la rentrée. Emma sortait depuis peu avec un garçon du club et Hunter s'évertuait à le ridiculiser. Ce qui s'était passé avec Joe au printemps n'avait sans doute rien arrangé. Sa jalousie proliférait comme les mauvaises herbes dans le jardin de Mme Martin.

Emma et lui se disputaient presque chaque jour, puis ils se saoulaient ensemble et regardaient des films dans la partie aménagée du sous-sol. Parfois, ils s'asseyaient tout près l'un de l'autre, et Emma posait la tête sur ses genoux. Un soir, M. Martin est descendu sans faire de bruit. J'étais par terre, entourée de coussins. Emma et Hunter étaient sur le canapé. Elle avait la tête sur ses genoux et il lui caressait les cheveux. Nous regardions *Shining*, qui nous captivait toujours autant, même après l'avoir vu je ne sais combien de fois. M. Martin est resté planté là un long moment à les fixer. Ils ne l'avaient pas remarqué, mais moi si, et j'attendais sa réaction, pour savoir si ce qu'ils faisaient était mal et s'il allait y mettre un terme. Il n'a rien dit. Il a regardé, puis il est parti sans qu'ils s'aperçoivent de rien.

Je me rappelle avoir pensé que c'était peut-être moi qui étais folle. Peut-être leur attitude était-elle normale. Pire encore, peut-être étais-je jalouse parce que Hunter préférait Emma. Comme notre mère. Je n'éprouvais aucune attirance pour lui, mais j'étais une sale gosse mesquine qui voulait tout ce que sa grande sœur avait. Je suis montée en courant et j'ai fumé une des cigarettes d'Emma à la fenêtre de ma chambre, me haïssant. Puis j'ai pleuré dans mon lit, me détestant plus que jamais, et je me suis endormie.

La semaine suivante, il y a eu une scène monstre entre nos parents. L'une des mères de l'école les avait appelés tous les deux afin de les prévenir qu'il y avait des photos d'Emma sur Internet. C'était un nouveau site que tous les jeunes utilisaient parce qu'il n'appartenait pas à une grosse boîte obligée de censurer les photos de nu et les jurons. Les ados s'en servaient pour raconter des crasses sur les autres élèves et sur les profs. La direction de l'école nous avait interdit de fréquenter ce site, mais personne n'allait vérifier nos téléphones et nos ordinateurs. Sur les photos, on voyait Emma en robe noire. Elle prenait des poses sexy, faisant semblant de se déshabiller, tirant sur une bride pour révéler une épaule.

Et sur l'une d'elles, elle avait la robe à la taille et les seins nus. Elle riait.

Mon père lui a demandé qui les avait prises et elle a prétendu que c'était une amie, que c'était pour rire. Emma étant mineure, il a pu faire intervenir la police et le site a dû fournir toutes les informations en sa possession. Grâce à l'adresse IP, on a vu que les photos avaient été téléchargées d'un ordinateur chez Mme Martin et qu'elles avaient été publiées à un moment où Hunter se trouvait à la maison.

Nous savions tous que c'était lui et nous savions tous pourquoi il l'avait fait. Mon père était fou de rage et il a déclaré qu'il allait se battre pour récupérer la garde. Ma mère lui a dit : « Bonne chance, connard ! », mais elle a quand même appelé son avocat, au cas où. Mes parents se téléphonaient presque chaque jour pendant la crise, hurlant et s'accusant de tout et de rien. Des paroles en l'air.

Le nouveau copain d'Emma l'a larguée. Il a prétendu que sa mère l'y avait obligé. Emma a pleuré pendant trois jours. Elle ne voulait plus parler à Hunter. Elle a dit qu'elle ne lui pardonnerait jamais et qu'elle le détesterait jusqu'à la fin de ses jours et bla-bla-bla. Encore des mots en l'air, qui ne valaient pas mieux que le bla-bla-bla de mes parents.

Il n'y a eu que Witt pour ne pas se contenter de vaines paroles. Un après-midi, il a attendu Hunter sur le parking du club et il lui a refait le portrait à coups de poing. Il lui a cassé le nez et collé deux yeux au beurre noir. Et surtout, il a meurtri son ego. M. Martin a rendu visite à mon père. Je n'étais pas là, mais j'ai eu droit aux deux versions. Dans celle de ma mère, M. Martin avait attrapé mon père par la mâchoire et l'avait plaqué contre la porte. Il lui avait dit qu'il le tuerait si Witt touchait encore à son fils. Dans la version de mon père, M. Martin l'avait menacé, et il lui avait répondu qu'il pouvait aller se faire voir.

Ça ne s'est pas arrêté là. Hunter s'est rendu chez mon père un soir et a tailladé les pneus de Witt. Witt a porté plainte et la police est venue chez nous pour l'interroger.

M. Martin a menti et prétendu que son fils n'était pas sorti de la soirée. Mme Martin n'a pas jugé bon de mentionner qu'ils étaient au restaurant au moment de l'incident. De toute manière, la police ne tenait pas à se mêler d'une querelle familiale, et elle a refermé l'enquête avant même de l'avoir réellement ouverte.

Une fois de plus, mon père était hors de lui et ne savait que faire pour se venger. Witt, lui, a acheté de nouveaux pneus. Hunter n'avait pas été inquiété, et après ? Son nez guérirait et ses bleus disparaîtraient, mais son ego resterait meurtri à jamais. Et c'était suffisant pour mon frère. Mon *vrai* frère.

Après ça, je n'ai plus eu aucun doute au sujet de l'intensité des sentiments de Hunter. J'ignorais si c'était de l'amour, de l'obsession ou autre chose, mais je savais qu'ils étaient si puissants qu'il préférerait détruire ma sœur que de la savoir avec un autre. Alors, après trois ans d'absence, quand je me suis retrouvée dans le salon de Mme Martin, en face de Hunter qui me demandait comment allait Emma, comment elle avait survécu, comment nous allions faire pour la sauver, ça m'a fait un choc. Ça m'a fait un choc, parce que je voyais bien que son inquiétude ne s'accompagnait d'aucune émotion, qu'il n'éprouvait plus rien pour elle.

Puis j'ai regardé sa copine, Brenda. Je l'ai observée bouger, parler, faire la moue. Et j'ai compris. C'était sa nouvelle Emma. Je me sentais incapable de prendre du recul comme Witt. Je voulais interpeller tout le monde et crier : « C'est tout ? Tout ça pour ça ? Il a fallu qu'on vive cet enfer, alors qu'il y avait une autre Emma au coin de la rue ? » Je n'étais pas sûre d'être capable de me retenir. J'ai pris une grande bouffée d'air et j'ai aspiré. Je l'ai gardée dans mes poumons, jusqu'à ce que j'aie mal et que ça me fasse tourner la tête.

Après m'avoir longuement interrogée sur les passages les plus pénibles de mon histoire, Hunter s'est laissé aller contre le dossier du canapé, croisant les mains derrière la tête.

« Et tu n'as jamais su qui était le père ? Si ça a eu lieu en juin, je parie que c'est un petit con qu'elle a rencontré à Paris. On devrait coller un procès à la boîte qui a organisé le séjour. C'est ce qu'on devrait faire. Obliger leur assurance à payer. »

Il a hoché la tête, totalement en accord avec lui-même.

« Bon sang, Cass, je n'arrive pas à y croire. Je suis vraiment désolé. Des centaines de fois, j'ai pensé que j'aurais peut-être pu faire quelque chose. Je suppose que j'avais tort. »

J'ai haussé les épaules.

« Tu n'aurais rien pu faire.

– Je le sais. Maintenant, je le sais. »

M. Martin a pris la parole pour la première fois depuis qu'on s'était assis.

« Personne n'aurait rien pu faire. Emma est têtue comme une mule. Quand elle a pris une décision, rien ni personne ne peut l'arrêter. C'est aussi pour ça qu'on l'aime. Mais ça lui a valu des problèmes. Et plus d'une fois. »

À cet instant, j'ai eu envie de lui balancer ma tasse à la figure. Il ne savait rien de ma sœur, hormis ce qu'il avait entraperçu au sous-sol, quand il l'épiait en compagnie de son dégénéré de fils, à présent bien établi, entre son boulot grassement payé et sa jolie copine. J'ai soudain regretté que Mme Winter ne soit pas restée avec nous. Elle aurait su, elle. Elle aurait vu qui ils étaient vraiment !

Je ne lui ai pas balancé ma tasse à la figure. À la place, j'ai employé des mots, comme on nous l'avait appris dans notre école d'élite.

« On n'a qu'à continuer à la chercher tous ensemble. Alors, on saura, n'est-ce pas ? On saura tous ce qu'on aurait pu faire pour l'aider. »

Mme Martin a regardé M. Martin. Elle semblait au bord de la crise de nerfs. Elle écarquillait les yeux, comme quand on veut faire savoir aux autres qu'une personne dans la pièce est ingérable. J'ai présumé que c'était moi, la personne en question, et ça m'a mise en joie. Je voulais être ingérable. Je voulais qu'ils se demandent de quoi j'étais capable et que, pour une fois, ils aient peur que la situation échappe à leur contrôle.

Je me suis excusée et je suis montée m'allonger. À peine étais-je sortie qu'ils se sont tous mis à murmurer à mon sujet. Je n'entendais pas ce qu'ils disaient, mais je percevais le bruissement de leurs voix.

Une fois mes pensées plus claires et ma colère retombée, j'ai songé à la manière dont Hunter m'avait serrée dans ses bras, comme s'il ne voulait plus me lâcher. Je me suis demandé si je lui avais manqué. S'il éprouvait plus d'affection pour moi que je l'avais imaginé. Puis soudain la vérité s'est imposée à moi et j'ai souri. C'était une sensation agréable, parce que c'était authentique.

Il avait cru que son passé avait disparu avec ses sœurs, cette nuit-là, trois ans plus tôt. Et à présent, l'une de nous était de retour. Il ne me serrait pas parce qu'il était heureux que je sois à la maison. Il me serrait parce que, quelque part au fond de son esprit tordu, il pensait pouvoir me faire disparaître une seconde fois.

10
Abigail Winter

Le deuxième jour, lorsque Abby se présenta chez les Martin, c'était le chaos. Ou peut-être était-ce seulement son impression.

Des camions de télé s'alignaient dans la rue. Des voitures de police bloquaient l'allée. Deux agents du bureau de New Haven étaient assis à la table de la salle à manger avec un équipement qui permettrait de localiser l'appel si Emma – ou les Pratt – téléphonait. On ne pouvait exclure la possibilité d'une demande de rançon. Peu probable, mais s'ils essayaient de les contacter et que rien n'avait été prévu ? Comme trois ans plus tôt, au moment de la disparition des deux sœurs, il n'y avait aucun protocole adapté à cette affaire. Abby avait le sentiment qu'ils se contentaient de faire du bricolage, de parer au plus pressé. Le chaos à tous les étages.

Leo l'attendait au salon. Seul.

« Salut », lança-t-il, l'examinant d'un air inquiet.

Abby s'était réveillée assise par terre dans la cuisine, le chien toujours sur ses genoux, après avoir dormi deux heures. Elle s'était levée et avait étudié ses dossiers. Mais elle ne pouvait pas continuer comme ça. Son visage commençait à trahir le manque de sommeil.

« Viens t'asseoir, jeune fille. »

Il lui tendit un des gobelets en carton qu'un de leurs collègues avait apportés avec des donuts.

Abby approcha son nez du breuvage et inspira profondément.

« Alors, que dit l'examen médical ? On lui a prescrit des médicaments ?

– Du Xanax à petite dose, acquiesça Leo. Les portraits-robots viennent tout juste d'être terminés. On aura des copies dans une heure. Argile et calcaire : c'est le résultat de l'analyse de la terre sous les chaussures de Cass. Rien d'étonnant, sur la côte du Maine.

– Où est-elle ?

– Là-haut, avec sa baby-sitter », répondit-il d'un ton sarcastique.

Abby sourit.

« Et le mari ? Owen ? Ils ne sont pas ici ?

– Jonathan Martin est au supermarché. Owen est allé voir son fils. Pour tout lui raconter en personne, je présume. Ce n'est pas le genre de chose qu'on fait par téléphone. »

Abby se sentait irritée, impatiente.

« On le finit ou non, cet entretien ?

– Elle va descendre. Je lui ai dit que tu étais en route, répondit Leo d'une voix posée.

– On a besoin d'entendre toute l'histoire, Leo. Du début à la fin. Je n'arrive toujours pas à cerner qui sont les Pratt. Pareil pour Emma, d'ailleurs.

– OK, compris. »

Abby but une gorgée de café et ferma les yeux. À présent que l'adrénaline retombait, elle n'éprouvait plus qu'un profond épuisement.

« Qu'est-ce que tu as trouvé dans tes notes ? »

Abby soupira et secoua la tête.

« Pas grand-chose. Je les ai relues ce matin, en gardant à l'esprit la grossesse d'Emma, pour voir s'il y avait des indices concernant la personne qui avait pu l'aider. Ses copines de classe. Le responsable du séjour en France où elle a peut-être rencontré le père. Les dates concordent. Six semaines pour se rendre compte qu'elle est enceinte et deux ou trois de plus pour trouver les Pratt et préparer sa fuite : ça correspondrait pile à la période de sa disparition.

– Oui. Et la naissance en mars.

– Tu te souviens de la conseillère d'orientation du lycée ? Elle avait beaucoup de choses à dire sur Emma. Notamment que son arrogance masquait un manque de confiance en elle. »

Leo laissa échapper un gloussement.

« Ah, oui. La jolie blonde. Si j'ai bonne mémoire, tu n'avais pas une très haute opinion de ses compétences. De la psychologie de comptoir, c'est ça ? Elle avait un diplôme de deuxième zone, non ?

– Un master en travail social d'une université en ligne.

– C'est ça, dit Leo en souriant. Et alors, quoi ? Tu penses que, tout compte fait, elle connaissait mieux Emma qu'on l'imaginait ? Qu'Emma la voyait pour lui parler de ses problèmes ? De sa grossesse ?

– Non. Je n'en sais rien. Elle avait l'air très contente d'elle et de son sens de l'observation. Mais, si on en croit les témoignages, Emma n'est jamais allée la voir dans son bureau. Elles se croisaient dans le couloir, c'est tout. »

C'était étrange. Abby se rappelait parfaitement tous ces entretiens et l'image des sœurs qu'elle s'était faite à l'époque, pourtant, aujourd'hui, les détails qui retenaient son attention étaient très différents. Il y a trois ans, la question était : qu'est-ce qui les a poussées à partir, à suivre un prédateur sexuel ou à se conduire avec imprudence ? Elle voyait tout à travers ce prisme. À présent qu'ils connaissaient les circonstances de leur disparition, c'étaient les personnes qu'elles avaient laissées derrière elles qui l'intéressaient. Qui parmi elles avait pu aider Emma ? Et pourquoi s'était-elle tue ?

« Et le demi-frère, Witt Tanner ? » demanda Leo.

Abby s'apprêtait à lui résumer ce qu'il leur avait dit trois ans plus tôt, mais Leo était présent lors de son audition. Il l'avait interrogé et il avait écouté les réponses, qu'elle avait notées méticuleusement.

Il lui en avait coûté de se replonger dans ce témoignage. Il leur avait révélé des choses que personne d'autre, pas même le père des filles, ne leur avait confiées. Des anecdotes édifiantes sur Judy, comme l'histoire du pendentif, et ce qui se passait chez les Martin. Il leur avait notamment raconté que Hunter avait publié des photos d'Emma à moitié nue sur un site Internet. Et ce n'était qu'un exemple parmi tant d'autres. L'affection qu'il vouait à ses demi-sœurs était évidente et leur disparition l'avait dévasté. Il leur avait décrit sans faux-fuyant ce qu'il avait pu observer de leur enfance. Alors qu'elle relisait ses notes, Abby s'était arrêtée sur quelques mots que le jeune homme avait prononcés et qu'elle avait recopiés sur une feuille jaune lignée.

Elle est malfaisante.

Abby avait longuement réfléchi à ces mots et à ce que Witt leur avait relaté. Avant le divorce, lorsqu'il passait un week-end sur deux chez Judy et Owen, il avait assisté à de nombreuses scènes entre eux, entendu des disputes dont ils faisaient profiter tout le monde, y compris leurs filles. « Occupe-toi de tes gosses, merde ! » hurlait Owen, « Occupe-t'en toi-même ! C'est toi qui les as voulues ! » répliquait-elle. « Ah oui ? renchérissait-il. C'est moi qui ai menti au sujet de ma pilule, peut-être ? » Cass se recroquevillait, cherchant à disparaître. Emma regardait droit devant elle avec un air de défi rageur, comme si elle concoctait une vengeance contre ces parents qui se défaussaient de leurs responsabilités et donnaient à leurs filles l'impression qu'elles étaient en trop.

Lorsque Witt avait cessé de venir chez Judy, après le divorce, elles lui rapportaient les disputes entre Emma et sa mère, les insultes effarantes qu'elles s'envoyaient à la figure : *Salope ! Pute ! Connasse !* Emma disait en riant qu'elle piquait ses vêtements pour l'énerver. Mais quand Cass racontait la fin de l'histoire, ça n'avait plus rien de drôle. Par exemple, la fois où Judy avait obligé Emma à ôter une robe qui lui appartenait dans la cuisine, sous les yeux de la cadette. Emma s'était enfuie, en pleurs, vêtue seulement de son slip et de son soutien-gorge. Judy avait alors ramassé la robe et l'avait jetée à la poubelle.

« Emma minimisait toujours les choses, avait tenté d'expliquer Witt. Elle se comportait comme si rien de ce que faisait Judy ne pouvait la toucher. En revanche, Cass racontait ces anecdotes comme si c'étaient des avertissements. Des leçons sur la personnalité de sa mère et ce dont elle était capable. »

Et les scènes de ce genre ne manquaient pas. Certaines auxquelles il avait assisté. D'autres rapportées par les filles lorsqu'elles le voyaient chez leur père. Leo s'était montré plus circonspect qu'Abby au sujet de ce témoignage. « Witt déteste Hunter parce qu'il a crevé ses pneus, rappela-t-il à Abby après l'audition. Et Witt déteste Judy parce qu'elle a séduit Owen Tanner et brisé le mariage de ses parents. Il est en colère, il est habité par la haine. Il veut se venger. »

Toutes ces anecdotes étaient en effet sujettes à interprétation. Peut-être le jeune homme exagérait-il. Les faits paraissaient peut-être plus menaçants à travers le filtre noircissant de Witt, avec sa voix rageuse et ses yeux rougis par les larmes.

Elle n'avait toujours pas répondu à la question de Leo : Et Witt Tanner ?

« Abby ? » insista-t-il.

Elle secoua la tête.

« Rien de spécial. Mais ce n'est certainement pas lui qui a aidé Emma à s'enfuir. Il était effondré au moment de la disparition. »

Elle n'avait rien trouvé de nouveau. Ce n'était pas un mensonge. Toutefois, ces quelques mots, « Elle est malfaisante », étaient venus s'ajouter au dossier qu'Abby compilait dans sa tête.

Ils entendirent des pas dans le vestibule. Cass et Judy apparurent. Ils se levèrent.

« Je vois que tu as de nouveaux vêtements », dit Abby en souriant à Cass.

Celle-ci avait reculé une chaise qui se trouvait devant un bureau et s'était sagement assise dessus. Elle croisa ses mains sur ses genoux, ses jambes et ses chevilles serrées l'une contre l'autre. Droite comme un piquet.

« Ma mère m'en a prêté. Les chaussures appartenaient à Hunter, répondit-elle d'une voix plate. Il doit passer tout à l'heure.

– J'avais pris du poids, à l'époque », ne put s'empêcher de préciser Judy, s'installant dans un fauteuil.

Elle faisait à peine une taille de moins que Cass, un détail qu'Abby n'avait même pas remarqué jusque-là. Mais Judy tenait à ce que ce soit dit. Il fallait qu'on sache qu'elle était plus mince que sa fille, qui était devenue une belle jeune femme.

Abby sentit que Cass l'observait avec intensité, comme si elle essayait de lui signaler quelque chose qui était visible pour elles seules.

« Est-ce qu'on reprend où on s'était arrêtés ? demanda Leo. Je crois que Mme Winter a des questions au sujet de l'île. »

Cass hocha la tête et sourit poliment. Son attitude avait radicalement changé en vingt-quatre heures. Il n'y avait plus de larmes ni de supplications.

« Cass, tu nous as dit que c'est à cause de ce qui s'est passé le soir de ta première tentative d'évasion que tu as compris que le pilote du bateau finirait par t'aider, commença Abby, les yeux sur son bloc-notes.

– Oui. Enfin, pas à cause de ce qui s'est passé ce soir-là... »

Elle paraissait fatiguée. Elle ne devait pas avoir beaucoup dormi, elle non plus.

« Tu veux dire plutôt à cause de ce qui s'est passé après ?

– Oui. Est-ce que je dois le raconter maintenant ?

– Oui, s'il te plaît. »

Cass inspira, expira, avant de se lancer à une cadence lente et rythmique.

« C'est arrivé trois jours plus tard. Mais avant ça, après mon évasion ratée, je suis rentrée à la maison. Tout était noir et on n'entendait que le groupe électrogène. Il se mettait en route et s'éteignait selon les besoins en électricité, par exemple pour le chauffage ou l'eau chaude. Il était assez bruyant et il était allumé lorsque je suis arrivée à la porte. J'ai donc pu me glisser à l'intérieur et monter dans la chambre d'Emma sans me faire remarquer. Aussitôt, elle m'a demandé : "Qu'est-ce qui s'est passé ?" Elle était déçue de voir que j'étais encore là, bien sûr. Je lui ai tout raconté : le courant, les rames et Rick qui était parti avec le bateau. Elle m'a saisie par les bras et m'a secouée violemment. Elle criait à voix basse que j'avais tout gâché. Et elle avait raison. Six mois à planifier mon évasion pour rien. Elle m'a ordonné de sortir et j'ai obéi. Je me suis éloignée, mais je l'entendais sangloter.

« Ma chambre se trouvait dans le couloir d'en face, comme je l'ai déjà dit. J'ai marché sur la pointe des pieds pour ne réveiller personne. Je n'ai pas fermé l'œil de la nuit. Le lendemain matin, quand Rick est arrivé avec les courses et le courrier, je me suis forcée à rester assise au bureau où on étudiait et à faire la même chose que d'habitude, c'est-à-dire lever les yeux et les détourner, car c'était dur de le regarder. Si on insistait trop, on voyait sa colère bouillonner sous la surface. Je n'avais jamais envisagé de lui demander de l'aide ou de lui dire quoi que ce soit, même avant que Lucy me raconte tout ce qu'ils avaient fait pour lui.

« Il est venu et il est reparti. Tout paraissait normal. Ce soir-là, je me suis couchée soulagée et reconnaissante, parce que j'ai cru qu'il ne leur avait rien dit et que je n'avais pas à m'inquiéter. Une autre journée s'est écoulée sans heurt, et une autre nuit. Ma nervosité est retombée, mais j'étais dans un état d'abattement profond. Je me suis rendu compte que je m'étais vidée de mes forces et que j'avais causé du souci à Emma pour rien. Tout ça pour revenir à la case départ.

« En plus, Emma était en colère contre moi. Elle ne faisait pas semblant pour endormir la méfiance des Pratt, elle m'en voulait d'avoir échoué.

« Le troisième jour, lorsqu'on est descendues, on a trouvé la table mise pour le petit déjeuner. D'habitude, on faisait simplement griller des toasts qu'on portait à notre bureau. Lucy n'aimait pas qu'on s'attarde auprès du bébé. "Asseyez-vous", a dit Bill. C'était étrange qu'ils soient tous les deux dans la cuisine.

Mais on a obéi. Lucy nous a servi du jus de fruits et a posé devant nous des assiettes avec des gaufres et du sirop d'érable. Puis elle s'est assise à son tour, le bébé dans les bras, Bill debout derrière elle. "Nous avons réfléchi. Nous vous avons sans doute gardées trop longtemps. Il est grand temps que vous rentriez chez vous." J'ai senti mon cœur se dilater ! Rick avait dû leur parler de la barque qui s'était coincée entre les rochers et ils s'étaient rendu compte qu'on voulait partir. On n'avait jamais été prisonnières. Comment est-ce qu'on avait pu être aussi bêtes ? Pourquoi est-ce qu'on n'avait pas simplement dit les choses ? Ils ne nous auraient pas retenues. Je me sentais coupable d'avoir pensé toutes ces horreurs à leur sujet, et je me reprochais d'avoir été idiote et mélodramatique.

« Emma a regardé son bébé et a éclaté en sanglots. "Sérieusement ? On peut rentrer chez nous ?" Lucy a souri. "Bien sûr ! Pourquoi est-ce que vous ne le pourriez pas ?" Ils nous ont dit de terminer notre petit déjeuner, puis de monter faire nos bagages. En haut de l'escalier, avant qu'Emma tourne à gauche et moi à droite, elle m'a prise dans ses bras et a dit que je nous avais sauvées. J'ai rangé mes affaires en quatrième vitesse. J'ai rempli trois sacs en plastique, car c'était tout ce que j'avais, et j'ai laissé tout ce qui ne rentrait pas. Emma et moi étions sur le ponton trente minutes plus tard. On était en février et il faisait un froid polaire. Un froid qui vous pénétrait jusqu'aux os.

« Bill et Lucy étaient là, avec le bébé. Rick nous attendait, le moteur vrombissant. Je les ai étreints tous les deux et je les ai remerciés de tout ce qu'ils avaient fait pour nous. Emma aussi. Bill a mis nos sacs dans le bateau. Puis il nous a aidées à enjamber le garde-corps. Lucy se tenait à côté de lui, berçant le bébé. Alors qu'Emma tendait les bras pour le prendre, le hors-bord a commencé à s'éloigner.

« Emma a crié à Rick : "Attends ! Arrête !" Il a coupé le moteur. Nous étions à trois mètres du ponton. Elle avait le corps tendu vers sa fille. Lucy lui a demandé : "Qu'est-ce qui se passe, ma chérie ?" Mais elle avait une expression diabolique. "Mon bébé !" s'est écriée Emma. Et Bill a répondu : "Ah non. Julia ne vient pas avec vous. Qu'est-ce que tu imaginais ?" Elle s'est mise à hurler, à leur dire toutes sortes de mots terribles. C'était comme si ces onze mois où elle avait été privée de la chair de sa chair l'avaient infectée et qu'à présent le poison jaillissait par tous les pores de sa peau.

« "Rends-moi mon bébé, espèce de vieille salope !" Elle criait ce genre de choses. Rick était là, les bras ballants, qui regardait devant lui. Le bateau dérivait et je savais qu'on n'allait pas tarder à se retrouver sur la côte ouest de l'île. Emma s'est tue. On n'entendait plus que le clapotis des vagues contre la coque et les craquements du ponton de bois qui se balançait, comme le soir où j'avais voulu m'enfuir. Je n'arrivais pas à y croire, même si je savais que c'était très réel.

« Alors, Bill a brandi un morceau de papier. "Ce n'est pas ton bébé. C'est le nôtre. Acte de naissance. Sexe féminin, fille de Lucille et Bill Pratt." Il lisait le document, qu'il affirmait tenir de la mairie de Portland, où il l'avait déclarée. Rick a redémarré le moteur. Jamais je n'avais entendu Emma hurler comme ça. J'ignorais jusque-là à quel point elle aimait cet enfant. À quel point elle avait dû souffrir. "Je reviendrai avec la police ! Je prouverai qu'elle n'est pas votre fille ! Je le prouverai !" Elle attendait une réaction, en vain. Le bateau continuait d'avancer. Et soudain j'ai compris ce qu'ils comptaient faire.

« "Emma !" J'ai crié son nom deux fois. La première fois, j'ai ajouté : "Ils ne seront pas là quand nous reviendrons ! Ils seront partis. Et ton bébé aussi. Ils peuvent aller où ils veulent avec ce bout de papier !"

« Elle m'a regardée d'un air effaré. Puis elle a enjambé le garde-corps et elle a sauté. Le problème avec l'eau glacée, c'est que ça fait battre le cœur à toute vitesse, il s'emballe et on a du mal à respirer. On a l'impression d'avoir un éléphant sur la poitrine et je voyais qu'Emma peinait déjà.

« J'ai crié une deuxième fois : "Emma !", mais là, je n'ai rien ajouté. Elle ne s'est pas retournée. Elle continuait de nager maladroitement, à bout de souffle, la poitrine dans un étau et le cœur qui galopait à l'intérieur. Rick a fait demi-tour. Emma n'était qu'à une vingtaine de mètres du bord, mais elle devait lutter contre le courant. Malgré tout, elle a réussi à rejoindre le ponton et à l'escalader. Bill et Lucy la regardaient, nous regardaient toutes les deux avec un petit air suffisant. Pour eux, nous étions des sales gosses désobéissantes qui méritaient d'être punies. Emma s'est précipitée vers Lucy et le bébé, trempée et frissonnante, mais Bill l'a attrapée par les deux bras. Elle s'est débattue comme un animal sauvage. Ses longs cheveux mouillés projetaient des paquets d'eau glacée autour d'elle. "Rendez-moi mon bébé !" Lucy a serré l'enfant plus fort, se tournant pour l'empêcher de voir Emma, sa propre mère.

« Bill s'est mis à crier à son tour. "J'en ai par-dessus la tête des filles comme vous ! Des filles égoïstes, sans moralité !" Il a dit d'autres choses, des choses horribles, grossières, sur les filles qui couchaient avec n'importe qui. C'est là que j'ai compris qu'il nous avait tolérées jusque-là uniquement pour Lucy, et que sa patience était à bout. Il était dégoûté par ce monde où des filles ingrates avaient des bébés tout le temps, alors que sa femme chérie ne pouvait pas en avoir. Il s'est mis à pousser Emma vers le bord du ponton. Elle m'a regardée, elle a regardé l'océan et il l'a bousculée violemment. Elle est tombée à l'eau. Elle a refait surface et s'est agrippée à la plate-forme. Mais il l'a empêchée de remonter. Il a donné des coups sur ses doigts du bout de sa chaussure jusqu'à ce qu'elle lâche.

« Trois fois elle a essayé de grimper et trois fois elle est retombée. Ses lèvres étaient bleues et ses mains ensanglantées. Elle était hystérique, incapable de réfléchir. Elle hurlait dans l'eau. Bill hurlait du ponton. Je hurlais du bateau. C'est alors que Bill a fait une chose si horrible que je ne croyais même pas que c'était possible. Il a foncé sur Lucy et lui a arraché le bébé. Elle n'a pas protesté. Elle pensait sans doute qu'il allait la ramener à la maison. Mais non. Il est allé de l'autre côté du ponton et l'a balancée en l'air, la tenant par un bras. Et il a dit : "Je le jure devant Dieu, je vais la laisser se noyer !" Emma avait les lèvres tellement gelées qu'elle ne pouvait pas prononcer un mot mais elle secouait la tête comme une folle. Alors qu'elle nageait dans leur direction, Bill a baissé le bras, maintenant la fillette juste au-dessus de l'eau. C'était évident qu'elle s'enfoncerait sous la surface noire avant qu'Emma ne la rejoigne.

« J'ai attendu que le hors-bord soit assez près du ponton pour sauter à terre et j'ai attrapé Emma par le bras. Je l'ai tirée de toutes mes forces. Elle était tellement lourde qu'elle ne pouvait pas faire grand-chose pour m'aider. Je l'ai saisie par le pull et le pantalon pour la hisser au niveau des planches puis je l'ai fait rouler hors de l'eau. Alors, j'ai dit à Bill : "On va rester. On va rester et on ne vous causera pas de problème. Je vous le promets ! S'il vous plaît !" Bill a remonté l'enfant qui hurlait à présent, et il s'est éloigné du bord. Il l'a tendu à Lucy qui se tenait là, silencieuse. Avec le recul, je pense qu'elle savait que Bill ne lâcherait jamais le bébé, son bébé, dans l'eau, parce que sinon elle aurait réagi. Mais ça ne changeait rien, de toute façon. Tout ce qui importait, c'était qu'on était coincées. Si on partait sans la fille d'Emma, on ne les reverrait jamais.

« Je suis restée pour deux raisons. Ça, c'était la première. Et la seconde, c'était Rick. Quand Bill tenait le bébé au-dessus de l'eau, et même avant, quand il donnait des coups de pied dans les doigts d'Emma pour l'empêcher de remonter sur le ponton, j'ai remarqué son expression. Je ne l'avais jamais vu ainsi en un an et demi. Son visage était crispé et je l'ai imaginé sur le pont de ce bateau, en Alaska, regardant les pêcheurs violer cette femme. C'est à ce moment-là que j'ai su que je trouverais le moyen de m'enfuir. »

Cass se tut. Elle avait terminé. Elle n'avait plus rien à dire à ce sujet. Abby serrait un stylo dans une main, son bloc-notes dans l'autre. Elle ne pouvait pas détacher le regard de la jeune fille. Elle avait débité son récit d'une traite sans lever les yeux une seule fois. Était-ce une manière de se concentrer ? Avait-elle peur de l'expression incrédule sur le visage de sa mère ?

Un profond silence enveloppait la pièce.

« Je peux aller chercher à boire ? » demanda Cass.

Elle était d'un calme presque surnaturel, quand on songeait à ce qu'elle venait de leur décrire.

Personne ne broncha. On attendait qu'Abby réponde. Mais elle était ailleurs. Elle pensait à la manière dont elle avait raconté cette histoire, et les précédentes. L'énumération. La précision. Et aujourd'hui, l'absence d'émotion.

« Abby ? insista Leo afin de la ramener à la réalité.

– Pardon, oui, faisons une pause. »

Tout le monde commença à se lever.

Abby sourit et les imita, suivant Cass du regard. Depuis le début, elle était obsédée par Judy Martin, la mère narcissique qu'elle rendait responsable de la fuite de ses filles. Sauf que ce n'était pas du tout l'histoire qui leur était racontée. Donc, la mère narcissique qui avait… qui avait fait quoi au juste ?

Elle vit Cass passer la main plusieurs fois sur son tee-shirt pour en lisser les plis. Elle remarqua aussi qu'elle baissait les yeux et détournait le regard, comme si elle voulait se cacher. Abby songea encore à cette manie qu'elle avait de tout numéroter, un trait qu'elle avait étudié au cours de ses recherches et qu'elle avait pu observer chez sa propre sœur.

Mais il y avait des choses, des passages de son récit qui n'étaient ni comptés ni numérotés. Combien de temps avait-elle attendu cachée à l'arrière de la voiture d'Emma la nuit de leur disparition, par exemple ? Combien de temps avait duré l'accouchement de sa sœur ?

Et comment pouvait-elle raconter cette abominable histoire de bébé suspendu au-dessus de l'eau noire et glacée sans manifester d'émotion ?

Abby essaya d'achever sa phrase. *Judy Martin, la mère narcissique qui a bousillé la vie de ses filles. L'une enceinte à 17 ans et l'autre introvertie, dépourvue de confiance en elle, mal à l'aise en société et affligée de troubles obsessionnels compulsifs.*

Ou peut-être autre chose. Il y avait des moments où Cass regardait Abby dans les yeux avec une telle intensité que c'était comme d'entrapercevoir le soleil. Et chaque fois, elle avait l'impression qu'elle lui envoyait un message codé.

La manipulait-elle ? Les manipulait-elle tous ? La question restait entière, plus pressante aujourd'hui qu'hier.

Et si la phrase se terminait différemment ?

Judy Martin, la mère narcissique qui a créé une autre narcissique.

Pas seulement Emma, mais également Cass ?

Tout le monde sortit de la pièce, Abby juste derrière Leo. Elle voulait l'attraper par le bras et le secouer jusqu'à ce qu'il l'aide à mettre de l'ordre dans ses pensées qui tourbillonnaient dans sa tête comme un chien pourchassant sa queue. Toutes ces pensées…

Tu sais trop de choses. Meg avait peut-être raison. Elle était épuisée, elle n'arrivait plus à réfléchir. Elle avait besoin de sommeil.

Il faut avancer. Qu'est-ce que ça pouvait faire ? Les effets du narcissisme de Judy sur Emma ? Ses effets sur Cass ? Quand ils retrouveraient l'île et l'aînée des sœurs Tanner, ils auraient le fin mot de l'histoire, et Abby pourrait passer à autre chose.

Mais il y avait les mots de Witt, qui sans cesse lui revenaient en mémoire.

Elle est malfaisante.

Elle comprenait très bien ce qu'il avait voulu dire. Elle connaissait ce genre de malfaisance. Elle savait ce qui la renforçait et ce qui l'affaiblissait. Et elle savait comment l'infiltrer. Comment devenir un élément de l'attelle qui la maintenait en place.

Elle franchit le seuil avec Leo et le salua avant de rejoindre sa voiture, un plan se formant déjà dans son esprit.

11
Cass

Le troisième jour de mon retour

Le troisième jour, trois surprises m'attendaient à mon réveil. La première, c'est que j'avais réussi à dormir plus de deux heures d'affilée. La visite de Hunter m'avait lessivée. Je sentais la fatigue qui me soulevait l'estomac, comme une envie de vomir. Je la sentais aussi dans ma tête, un battement qui me donnait la migraine et embrouillait mes pensées, si bien que les pires d'entre elles se substituaient aux meilleures et semblaient soudain très réelles. J'avais besoin de réinitialiser mon cerveau pour ne pas être envahie par ces mauvaises pensées. Et je devais me débarrasser de la migraine et de la nausée qui me déconcentraient. Il n'y a rien de pire pour vous brouiller les idées, à part la peur.

J'ai avalé deux des pilules du Dr Nichols avec un verre de vin. Puis j'ai verrouillé ma porte et poussé la commode devant. J'aurais dû le faire avant l'alcool et les médicaments, car je me sentais déjà toute molle. Puis je me suis allongée sur le lit et j'ai dormi huit heures.

Je ne prenais rien sur l'île et je n'avais pas l'intention d'en faire une habitude. Mais tant qu'on n'aurait pas retrouvé Emma, je ferais ce que j'avais à faire. Au moment de prendre les somnifères, le deuxième soir, j'ai pensé que c'était paradoxal d'en ressentir le besoin maintenant pour pouvoir dormir et réinitialiser mon cerveau, alors que j'étais à la maison, en sécurité.

C'était ce que disait Lucy quand elle prenait ses tranquillisants, le soir. *Il me faut une bonne nuit de sommeil pour réinitialiser mon cerveau. On peut être détruit par certaines pensées, si on ne s'en débarrasse pas.*

Je voyais bien quel genre de pensées pouvait la détruire. Elle avait une manière de regarder l'océan qui la trahissait. L'Univers n'avait pas été équitable avec elle et ça la rendait furieuse. Elle voulait qu'on lui rende justice. Elle estimait y avoir droit. Et seul un enfant pouvait réparer le préjudice qu'elle avait subi. Elle souriait et hochait la tête en silence. *Oui.* Je voyais le cheminement de ses pensées. *Je mérite un enfant.* Mais bientôt le doute apparaissait sur son visage. La certitude d'être dans son droit cédait la place à la tristesse. Elle commençait à se demander s'il s'agissait de justice divine ou de folie pure et simple. Et elle ne pouvait pas se permettre d'avoir ce genre de pensées alors qu'elle tenait dans ses bras l'enfant d'une autre.

Moi aussi, j'avais des pensées destructrices sur l'île. On n'a pas idée de ce que ça fait, de voir la terre si proche, de voir les bateaux de pêche, les voiliers et les vedettes à la fois tout près et trop loin pour entendre des appels à l'aide ou distinguer quelqu'un faisant de grands signes, et tombant à genoux de désespoir. On finit par se dire que n'importe quel autre sort serait préférable à celui-là. Qu'il vaudrait mieux se noyer, emporté par le courant, ou mourir de froid dans l'eau glacée. J'avais deux personnes en moi, comme Lucy, l'une complètement folle qui désirait tant partir qu'elle était prête au pire afin d'y parvenir, et la seconde qui savait que ça me tuerait, que ça me tuerait au sens propre. Cette partie-là était la plus forte. Sinon, je serais sans doute morte à l'heure qu'il est.

J'avais d'autres pensées destructrices, sur l'île. Notamment que je l'avais bien cherché. Que j'étais une adolescente ingrate qui méritait l'aversion que j'avais lue sur les traits de Bill, ce jour-là, sur le ponton. Elles s'insinuaient en moi quand je n'y prenais pas garde, en même temps que le visage de Rick et l'idée de l'utiliser pour m'évader. Et, tout comme s'affrontaient en moi la folle prête à braver l'eau glacée et la personne raisonnable, c'était la guerre entre la partie qui pensait que je n'avais que ce que je méritais, et celle qui estimait que j'avais le droit de me venger.

Mon retour à la maison n'a pas fait disparaître ces idées. Au contraire, elles se sont mêlées à des souvenirs d'enfance qui sont remontés à la surface. Notamment le sentiment de ne rien valoir du tout. J'étais consciente que ces pensées étaient liées, même si j'ignorais comment. Elles devaient l'être, car elles me semblaient familières, comme de vieilles amies qu'on n'a pas vues depuis longtemps et qu'on accueille avec joie, malgré toutes les vacheries qu'elles ont pu nous faire.

Et elles étaient toujours aussi vaches car, à cause d'elles, Emma me manquait encore plus. Pourtant, lorsque j'y pense, je me rends compte que, parfois, elle n'était pas très gentille avec moi. Mais il se passe un truc, quand on prend quelqu'un dans ses bras ou qu'il nous prend dans ses bras. Ça soulage. Ça chasse le sentiment de ne rien valoir du tout.

Lorsque je suis rentrée à la maison, je n'avais qu'à fermer les yeux pour sentir les bras d'Emma autour de moi. Je sentais également cette adorable fillette blottie entre les miens. Je caressais ses cheveux qui étaient aussi doux que ceux d'Emma, comme du temps où elle caressait les miens pendant que notre mère dormait. Ces gestes me manquaient. J'avais l'impression d'être privée d'eau ou de nourriture. Sans eux, j'errais parmi toutes mes pensées destructrices, et j'avais peur de ne jamais trouver la sortie.

La deuxième surprise qui m'attendait à mon réveil, c'était la pile de vêtements neufs devant ma porte. Ils étaient à ma taille et ils me plaisaient. Un pantalon kaki en toile légère qui arrivait aux chevilles et une chemise dont les manches se portaient longues ou retroussées, avec une patte pour les boutonner. Il y avait aussi des jolis sous-vêtements Victoria's Secret et une paire de tongs.

Je les ai pris et je les ai étalés sur le lit. Une question m'a traversé l'esprit et j'ai compris que le sommeil avait fait son œuvre. J'avais les idées claires. Très claires.

Quand exactement ma mère avait-elle acheté ces vêtements ? Ils étaient devant ma porte à 8 heures. Je m'étais couchée à minuit. Entre les deux, les magasins étaient fermés et il n'y avait pas de livraison. Personne n'était passé. Ce qui signifiait qu'elle les avait achetés ou se les était procurés la veille, mais qu'elle avait choisi de ne pas me les donner immédiatement. Elle m'avait laissée porter ses vieux vêtements et les baskets de Hunter. Dans la mesure où le seul événement de l'après-midi était la visite de celui-ci et de son amie, il fallait en conclure qu'elle ne voulait pas que je sois à mon avantage devant lui. Et ça m'a fait sourire. Je me suis habillée, un grand sourire aux lèvres, parce que j'avais compris. C'était comme pour la longue étreinte de Hunter. Je trouvais ça réconfortant de comprendre, même s'il s'agissait d'une chose déplaisante.

Lorsque je suis descendue, Mme Winter m'attendait en bas avec l'agent Strauss. Ils avaient demandé à mon père et à ma mère de réunir toutes les photos d'Emma depuis sa naissance. La dessinatrice devait repasser. Elle allait faire un portrait de ma sœur vieillie, à partir de ces photos, au cas où les Pratt se seraient enfuis, et qu'Emma les aurait suivis. Je n'aimais pas le tour que prenait la situation, parce que ça signifiait qu'ils se demandaient toujours pourquoi Emma ne m'avait pas accompagnée, et si elle n'était pas restée de son plein gré. Et donc, si j'avais moi aussi réellement été retenue prisonnière pendant ces trois ans.

Ils étaient dans la cuisine en compagnie du policier qui montait la garde à l'entrée de l'allée et empêchait les véhicules de presse de passer. Ils buvaient du café. Mme Martin était là, qui sortait quelque chose du four. Ça sentait la banane et la cannelle. Je ne vais pas mentir. La vue et l'arôme du cake à la banane de Mme Martin – celui qu'elle faisait le dimanche matin avec Emma – m'ont touchée au cœur. Je me suis presque retournée pour chercher ma sœur, mais je me suis retenue à temps. J'étais heureuse d'avoir bien dormi, et j'ai béni le vin et les médicaments du Dr Nichols.

« Bonjour, ma chérie. Tu as passé une bonne nuit ? »

J'ai répondu par l'affirmative et je l'ai remerciée pour les vêtements. Elle m'a dit qu'on pourrait aller en acheter d'autres tout à l'heure si je le souhaitais, ou bien les commander en ligne si je ne me sentais pas d'affronter les journalistes. Elle a ajouté qu'elle n'avait pris que le minimum, pensant que je préférerais choisir le reste de ma garde-robe moi-même. On irait où je voudrais. Elle a dit ça en inclinant la tête avec un sourire enjôleur.

J'avais raconté beaucoup de choses au cours de ces deux derniers jours. Entre les entretiens avec la psy et l'agent Strauss, ma famille m'avait bombardée de questions à propos de ma vie sur l'île. Qu'est-ce que je faisais de mes journées ? Qu'est-ce que je mangeais ? Qui me coupait les cheveux ? Comment se procurait-on des habits ? Est-ce que l'on pouvait jouer, écouter de la musique ? Comment n'étions-nous pas devenues folles, privées d'Internet et de contacts avec le monde extérieur ?

Il est sans doute difficile d'imaginer qu'après ce qui s'était passé sur le ponton, ma vie n'ait pas été tout entière tendue vers la fuite. On doit penser que chaque minute de chaque jour était consacrée à planifier mon évasion, à me ronger les sangs, à pleurer ma liberté et la vie que j'avais perdue. Que, dans mes rares moments de répit, je me disais que je n'avais que ce que je méritais et que je devrais être reconnaissante d'avoir un toit. Mais la nature est ainsi faite qu'on finit par s'adapter à sa nouvelle réalité, quelle qu'elle soit. Et qu'à partir de là on apprend à trouver du plaisir dans les choses les plus infimes, qu'il s'agisse d'une douche chaude, de nourriture ou d'un simple verre d'eau. Si je m'étais retrouvée derrière des barreaux dans le noir, avec rien d'autre qu'un quignon de pain et un verre d'eau par jour, j'aurais fini par les déguster avec plaisir. Sur l'île, donc, on riait et on s'aimait ; et, entre le chagrin, le désir de fuir et le mépris de soi, il y avait des moments de joie.

M. Martin, qui avait très bien réussi dans les affaires et qui était censé être très intelligent, n'était jamais à court de questions. Il voulait notamment savoir comment Bill se débrouillait pour régler les factures. Il était très sceptique. Avaient-ils acheté l'île ou versaient-ils un loyer ? Comment payaient-ils le pilote du bateau ? Comment payaient-ils l'essence du groupe électrogène, la nourriture, les livres qui nous permettaient d'étudier ? Il leur fallait de l'argent pour tout ça. Donc, il leur fallait un emploi. Et s'ils avaient un emploi, ils devaient être « dans le système », répétait-il sans cesse.

Ma mère m'interrogeait sur mes habits. J'avais débarqué vêtue d'un jean et d'un tee-shirt Gap. Je portais des chaussures de randonnée. Je choisissais des articles sur des catalogues et Rick se chargeait de les acheter. Ou Lucy les commandait par la poste. Il ne rapportait aucun paquet sur l'île. Tout était ouvert avant, les enveloppes jetées, les étiquettes arrachées des catalogues. On ne recevait rien portant un nom ou une adresse. Je connaissais le nom des Pratt uniquement parce que Rick les appelait ainsi. *M. Pratt* et *Mme Pratt*.

Mme Martin était sidérée que je n'aie pas mis les pieds dans un magasin depuis la nuit où j'avais disparu. Elle l'avait mentionné à la psy dès le deuxième matin.

Madame Winter, est-ce que vous imaginez ce que ça fait de ne jamais quitter un endroit ? Pendant trois ans... Sans aller dans le monde extérieur. Sans aller acheter sa nourriture, son shampoing, sans sortir prendre un café ou déjeuner, sans aller au cinéma ? Même pas ses propres vêtements !

Elle disait ça comme si elle me plaignait. Mais je savais très bien où elle voulait en venir. Elle essayait de planter une graine. D'insinuer que j'étais folle à cause de ce que j'avais vécu. *Est-ce que vous imaginez ce que ça fait ?*

Dans la cuisine, ce troisième matin, après m'avoir offert d'aller m'acheter des vêtements, Mme Martin a posé le cake à la banane sur le plan de travail et s'est approchée de moi pour me caresser la joue. Ça les a tous fait fondre. Je le voyais à leur mine. N'était-ce pas attendrissant, la mère et la fille réunies ? Une mère qui aimait sa fille ? J'ai regardé la psy. J'ai fouillé son visage, cherchant un signe de reconnaissance. Mais je n'y ai rien trouvé de réconfortant, cette fois. Mme Martin était très forte et je ne pouvais pas me permettre de l'oublier.

Mme Winter était soudain très aimable avec elle, et c'était la troisième surprise de la journée. Une mauvaise surprise.

Elle lui a dit que ç'avait dû être très dur pour Emma et moi. Et elle a ajouté qu'elle adorait faire du shopping et que ça lui manquerait beaucoup. Sauf qu'il suffisait de la regarder pour savoir que ce n'était pas son genre. Elle portait le même jean, les mêmes chaussures montantes et la même ceinture depuis trois jours. Et ses tee-shirts se ressemblaient tous, comme si elle avait trouvé un modèle qui lui convenait et l'avait acheté en plusieurs couleurs.

Je ne voulais pas qu'elle soit aimable avec Mme Martin. Ça la calmait, et ça la confortait dans son idée que j'étais folle.

Je n'étais pas là pour calmer ma mère. J'étais revenue pour qu'elle sache ce qu'elle nous avait fait, pour que le monde entier le sache ! J'étais revenue pour qu'on retrouve ma sœur, et le temps pressait.

En revanche, ça me rassurait de voir les techniciens de l'équipe scientifique à l'œuvre. Ils paraissaient compétents. Dès le premier jour, j'ai compris l'importance de chaque mot que je prononçais et de chaque réponse que je fournissais. Imaginez si tout ce que vous disiez déclenchait une activité fébrile : des agents fédéraux sillonnant les routes et des analystes se plongeant dans leurs bases de données. Toute une vaste équipe de professionnels super entraînés se consacrait à une nouvelle tâche, simplement parce que j'avais dit que les feuilles étaient orange en automne et que l'air embaumait le pin. Moi qui depuis des années me sentais démunie, sans voix, sans personne pour m'écouter, j'étais soudain submergée.

L'agent Strauss a expliqué qu'il avait fait des recherches sur les associations qui assuraient une permanence téléphonique destinée aux adolescentes enceintes ou qui étaient soupçonnées de favoriser les adoptions illégales. De son côté, Mme Winter avait passé la nuit à étudier la liste des personnes que nous avions côtoyées, pour voir qui auraient pu être au courant de la grossesse d'Emma ou connaître les Pratt. Elle s'était déjà entretenue avec certains de nos professeurs et de nos amis. Tout le monde savait que j'étais rentrée saine et sauve et que l'on recherchait toujours Emma, mais pour l'instant personne n'avait pu fournir de renseignement utile. Tous avaient été stupéfaits d'apprendre pourquoi nous étions parties.

Malgré leur expérience et leur entraînement, les agents du FBI n'avaient aucune piste, même après avoir enquêté auprès des services administratifs de la région côtière du Maine. Il n'y avait nulle trace de Bill ou Lucy Pratt : ni dans les fichiers de la Sécurité sociale ni dans aucun document officiel auquel ils avaient eu accès. Les villes mettaient presque tout en ligne, à présent, mais ils avaient également consulté des archives physiques, notamment les registres fonciers, pour examiner les titres de propriété des îles. Ils cherchaient aussi un acte de naissance établi au nom de Julia ou de Pratt, épluchant tous ceux des bébés de sexe féminin nés dans le Maine autour de la date que je leur avais fournie. Tout cela prenait du temps et le temps nous était compté. Le FBI semblait persuadé que les Pratt allaient tenter de fuir, et j'étais tellement inquiète que ça annulait le soulagement que j'éprouvais à voir tous ces gens se démener pour les trouver. Plus qu'inquiète, j'étais désespérée. Lorsque j'imaginais ce genre d'issue – ne jamais retrouver les Pratt, ne jamais retrouver Emma –, je comprenais ce que mon père avait dû ressentir.

Alors je me disais que je n'avais pas le droit d'être aussi faible que lui. Je resterais concentrée et je ferais mon possible pour les aider.

Le FBI avait réquisitionné la police locale pour aller frapper aux portes dans les villages. Mais pour l'instant, personne n'avait reconnu les portraits-robots réalisés avec mon aide. Personne ne se rappelait qui que ce soit correspondant au signalement des Pratt ou de Rick. Ils faisaient aussi des recherches sur le viol à bord du bateau de pêche en Alaska, dans l'espoir de l'identifier ainsi.

« Avoir un portrait d'Emma telle qu'elle est aujourd'hui pourrait nous être très utile », a déclaré l'agent Strauss.

Les gens remarqueraient un couple d'une quarantaine d'années avec une jeune femme et une petite fille. Plus facilement qu'un couple de quadragénaires seul. Et je pourrais aider la dessinatrice à réaliser un portrait plus ressemblant.

J'ai accepté, bien entendu, et je suis allée au salon, où ma mère avait sorti tous ses beaux albums reliés de cuir brun, avec l'année gravée en chiffres dorés sur la couverture. La psy et l'agent Strauss m'ont suivie. Il avait des Post-it jaunes et il voulait qu'on sélectionne une photo d'Emma par an, depuis sa naissance. Il nous a demandé de choisir chaque fois la meilleure, ou peut-être deux, une de face, une de profil. Mme Winter a proposé de m'aider, tandis que l'agent Strauss et ma mère regarderaient les photos sur l'ordinateur du bureau. Mais c'était juste un prétexte pour que la psy reste seule avec moi.

En fait, toute cette procédure me faisait l'effet d'un prétexte. Trois ans, ce n'était pas si long. Elle était presque adulte quand nous étions parties. Est-ce qu'ils croyaient vraiment qu'elle avait beaucoup changé ? Malgré tout, j'ai joué le jeu.

On a regardé les photos. On a sélectionné les meilleures. Mme Winter posait beaucoup de questions quand elle constatait des changements chez ma sœur. L'une d'elles en particulier a retenu son attention : c'était la photo de ses 15 ans.

« Pourquoi est-ce qu'elle s'est coupé les cheveux ? »

Ça m'a prise au dépourvu. Je n'ai pas pu retenir un petit cri et j'ai mis ma main devant ma bouche. Je ne m'attendais pas à ce qu'elle m'interroge à ce sujet.

« Elle ne te l'a pas dit, Cass ? »

Elle est revenue en arrière. Sur la page précédente, en été et jusqu'au début de l'automne, Emma avait encore ses longs cheveux bruns. Puis ils raccourcissaient juste avant que les feuilles ne changent de couleur. Une coupe aux angles marqués et aux contours irréguliers, avec les oreilles dégagées.

« Comment se fait-il que je n'aie pas vu ces photos avant ? a-t-elle demandé.

– Je n'en sais rien. Ce n'était pas un secret. »

Elle a plissé les yeux.

« C'est l'année des photos de nu, non ? Emma avec les seins nus ? Les photos publiées sur Internet ? »

J'étais toujours silencieuse, mais j'ai forcé ma main à se poser sur mes genoux.

« Ton frère m'a raconté ce qui s'était passé. Et ton père aussi. Il y a trois ans, pendant l'enquête. Emma avait beau clamer que c'était une copine qui les avait prises, tout le monde pensait que c'était Hunter. Sinon, comment aurait-il pu se les procurer et les publier ?

– Oui, ai-je simplement répondu.

– Est-ce qu'Emma s'est coupé les cheveux parce qu'elle s'est sentie humiliée ? Les gens font parfois ce genre de choses. »

J'ai secoué la tête.

« Alors, pourquoi ? Pourquoi Emma s'est-elle coupé les cheveux ?

– Elle ne l'a pas fait, ai-je enfin répondu.

– Comment ça ? a demandé la psy, l'air dérouté.

– Emma ne s'est pas coupé les cheveux.

– Je ne comprends pas. »

Mme Winter s'est levée et s'est approchée de moi. Elle a mis sa main sur la mienne et l'a serrée.

« Personne ne vous a rien dit ? Sérieusement ? »

Je n'aurais jamais cru qu'ils pourraient garder un tel secret. Pas avec tous ces agents du FBI, si professionnels, si malins. Mme Martin était vraiment très forte.

« Non. On aurait dû ? »

J'ai hoché la tête.

« Est-ce que tu peux m'en parler maintenant ?

– C'était bien l'année des photos. À la fin de l'été. Quand c'est arrivé, mes parents ont pété les plombs. On a découvert qu'elles avaient été publiées de chez nous, alors tout le monde a accusé Hunter.

– Tu sais pourquoi ? Tu sais pourquoi on l'a accusé ?

– Pas vraiment, ai-je menti. On ne m'a pas dit grand-chose sur cette histoire. »

Je ne voulais pas qu'ils se focalisent sur Hunter. Ça risquait de détourner leur attention. Rien ne devait les distraire. Et je ne tenais pas à ce qu'ils s'intéressent de trop près aux événements qui s'étaient déroulés dans cette maison.

La psy me regardait d'un air intrigué.

« Donc Witt a frappé Hunter et Hunter a crevé ses pneus ?

– Oui. Et après tout ça, j'ai demandé à aller vivre chez notre père. Je pensais que cette fois, ce serait suffisant.

– Personne n'a mentionné ça non plus. Et je n'ai pas vu de requête au tribunal. J'ai épluché tout le dossier pourtant. Est-ce que ton père a demandé une modification de la garde ? »

Je n'en revenais pas. Je n'en revenais pas qu'ils ne soient pas au courant. Et maintenant, c'était à moi de leur dire et il faudrait qu'ils me croient.

« Mon père a téléphoné à son avocate qui a envoyé un courrier à l'avocat de ma mère. Il voulait saisir le juge pour demander la modification de la garde. Ma mère était folle de rage. Elle a appelé mon père et l'a menacé de dire des choses sur lui, même si ce n'était pas vrai. Il a répondu qu'il s'en moquait. C'est ce qu'il m'a raconté, en tout cas.

« On était chez lui pour le week-end. Emma, Witt et moi. On n'a pas arrêté d'en parler. J'étais soulagée. Witt était plutôt calme, comme si c'était évident que c'était la seule chose à faire. Emma était excitée et nerveuse. Elle savait que ça allait faire enrager notre mère, ce qui lui plaisait, mais ça lui faisait sans doute aussi un peu peur.

– Et toi, tu n'étais pas nerveuse ? »

Je voyais son cerveau turbiner. Elle réfléchissait.

« Si, bien sûr. Mais je pensais que notre père irait jusqu'au bout, cette fois.

– Alors, que s'est-il passé ?

– On est rentrées chez notre mère. Elle était souriante, mais glaciale. Elle nous avait préparé un bon dîner et nous avons mangé en silence. Hunter était retourné au lycée, et M. Martin était sorti. Il n'y avait que nous trois, le nez dans notre assiette.

« Je suis montée me coucher vers 23 heures. Je me suis réveillée à 2 h 30, quand j'ai entendu Emma crier. Je me suis précipitée dans sa chambre. »

Je me suis interrompue. C'était dur de raconter la suite. De repenser à tout ça.

« Qu'est-ce qui s'est passé, Cass ? Qu'est-ce qui est arrivé à Emma ce soir-là ?

– Elle était là. Notre mère. Sur le lit, à califourchon sur Emma, avec des ciseaux… Elle avait coupé ses cheveux… ses beaux cheveux bruns qui lui tombaient presque à la taille. L'horreur… »

J'ai secoué la tête, les yeux sur mes mains croisées, que je serrais si fort que les articulations étaient presque blanches.

« Emma s'était réveillée très vite, mais il était trop tard. Elle avait déjà coupé presque tout un côté, juste au-dessus de l'oreille.

« J'ai crié : "Arrête, elle n'y est pour rien, c'est moi ! C'est moi qui ai demandé à partir, pas Emma !" Ça n'a servi à rien. Emma était coincée sous les draps, entre les jambes de notre mère. Alors, ma sœur lui a flanqué un coup de poing dans la figure. Elle a lâché les ciseaux et s'est levée. Avant de sortir, elle m'a regardée et elle a dit : "Ça t'apprendra à me trahir encore une fois !"

« Emma a pleuré toute la nuit. Elle a coupé l'autre côté elle-même pour que ça ressemble à peu près à quelque chose. Je suis restée auprès d'elle mais elle refusait de me regarder. Elle n'arrêtait pas de dire que c'était ma faute. Le lendemain, elle a fait semblant d'aller en cours. À la place, elle s'est rendue en ville et elle a attendu l'heure d'ouverture devant le salon d'un coiffeur. Il a fait ce qu'il a pu. Je ne suis pas allée à l'école non plus. Je suis allée voir mon père et je lui ai demandé de ne pas aller en justice. Je lui ai dit que j'avais fait une grosse bêtise et je l'ai supplié de laisser tomber. »

Mme Winter ne savait pas quoi dire. S'ils avaient été au courant, peut-être auraient-ils fait plus d'efforts pour nous trouver et peut-être auraient-ils cherché au bon endroit. Mais ils n'avaient jamais entendu parler des cheveux courts d'Emma jusqu'à aujourd'hui. J'en ai déduit que cet album n'était pas parmi ceux qu'on leur avait montrés trois ans plus tôt. Il était déjà au fond de la malle à l'étage, où je l'avais trouvé le premier soir, sous une pile de couvertures bien pliées. Je m'étais dit que sa place était ici, avec toutes les jolies photos de notre enfance, et je l'avais redescendu.

« Tu n'en as parlé à personne ? Comment est-ce que ton père ne s'en est pas rendu compte ?

– Notre père ne voit que ce qu'il a envie de voir. On lui offrait une porte de sortie et il a saisi l'occasion. Ce n'est pas un guerrier. Il nous aime et il fait de son mieux. Mais ce n'est pas un guerrier. »

Mme Winter m'a regardée attentivement.

« Alors, qui était au courant ? Est-ce qu'Emma ou toi en avez parlé à quelqu'un ? Est-ce que vous avez demandé de l'aide ? »

J'ai secoué la tête.

« Ma mère l'a dit à M. Martin, parce qu'il a entendu les cris et qu'il est sorti de leur chambre. Ça m'étonnerait qu'ils en aient parlé à qui que ce soit.

– Cass, a-t-elle dit en reprenant ma main. Ça me fait de la peine pour vous deux. »

Je voulais serrer sa main. Je voulais me laisser aller et lâcher tout ce que j'essayais de porter à bout de bras. Mais je n'avais pas le droit d'être faible.

« C'est la dernière fois que j'ai demandé à vivre avec mon père.

– Et comment ça s'est passé, le lendemain ? Quand Emma est rentrée avec sa nouvelle coupe et que votre père a annoncé à votre mère qu'il n'irait pas au tribunal ?

– On est arrivées à l'heure de sortie de l'école. Elle était à la cuisine. Elle nous avait fait des brownies et elle a dit quelque chose comme : "Rien ne nous séparera jamais. Vous comprenez ?" Emma et moi, on a hoché la tête. Et c'est tout. »

Je ne devais pas très bien cacher mes sentiments, parce que après elle m'a demandé :

« Pourquoi est-ce que tu es venue ici, Cass ?

– C'est chez moi. »

Mais c'était un mensonge. Je suis venue ici parce que c'était ma seule chance de retrouver Emma.

« Tu aurais pu aller chez ton père. Ou chez Witt. Tu ne vois pas que je peux t'aider, que nous pouvons tous t'aider, si tu nous laisses faire ? Tu ne veux pas qu'on retrouve Emma ? »

À cet instant, je me suis sentie de nouveau forte. Je l'ai regardée calmement.

« C'est ce que je fais. Je retrouve Emma. »

Puis j'ai dit ce que je souhaitais dire depuis que ma mère avait quitté la pièce.

« Est-ce que quelqu'un a parlé à Lisa Jennings ?

– La conseillère d'orientation ? Oui. On l'a longuement interrogée, il y a trois ans. Elle n'avait pas grand-chose d'utile à nous dire, même si elle avait l'impression de bien vous connaître toutes les deux. Pourquoi ?

– Emma l'a consultée, cet automne-là. J'avais un cours juste en face de son bureau et j'ai vu ma sœur en sortir trois fois. Et je ne serais pas surprise qu'elle y soit allée plus souvent que ça. Peut-être qu'elle a aidé Emma. Peut-être que c'est elle qui lui a présenté les Pratt. »

Mme Winter était très étonnée.

« Tu ne crois pas qu'elle nous l'aurait dit, si elle détenait une information aussi capitale ? »

C'était pourtant évident.

« Si elle a mis Emma en relation avec les Pratt, ça pourrait lui valoir des ennuis, non ? »

Mme Martin est revenue dans le salon à cet instant. J'ai vu qu'elle se méfiait, car son dos était très droit et ses yeux formaient deux fentes.

« Vous avez trouvé ce que vous cherchiez ? »

Mme Winter a refermé l'album où Emma avait les cheveux courts.

J'ai regardé ma mère et j'ai souri, parce qu'elle n'allait pas tarder à découvrir qu'elle n'était pas la femme la plus intelligente du monde et que je venais de renchérir à la table de jeu, alors qu'elle ne savait même pas qu'une partie était en cours.

12
Abigail Winter

Lisa Jennings. Abby entendit le nom dans sa tête. Elle revoyait ses notes. Lisa Jennings n'avait pas mentionné le moindre rendez-vous avec Emma Tanner.

« Il faut la retrouver. Elle ne travaille plus à l'école des filles », dit-elle à Leo, lorsqu'ils furent seuls dans le salon des Martin.

Les photos avaient été sélectionnées et confiées à la dessinatrice. À présent, tout le monde faisait une pause.

« D'accord. Et cette histoire de cheveux coupés ? Pourquoi est-ce qu'on ne l'apprend que maintenant ? »

Abby haussa les épaules et lui répéta ce que Cass lui avait dit avant que Judy n'exige qu'elle prenne un peu de repos.

« Elle n'en sait rien. Elle supposait qu'on avait vu les photos et qu'on avait enquêté sur ce qui s'était passé. »

Elle ne précisa pas que c'était un comportement typique de mère narcissique : briser l'alliance qui se formait contre elle par tous les moyens, sans hésiter à recourir à la violence et à la terreur pour rappeler ses sujets à l'ordre.

« Cette histoire ne me plaît pas, mais il faut qu'on avance. Occupons-nous du pilote du bateau, maintenant.

– Pas de problème. »

Ils avaient tant de questions, tant de territoire à couvrir. C'était déjà le troisième jour et Abby était inquiète.

« Je monte chercher Cass, décida Leo. En espérant pouvoir lui parler un peu sans que sa mère soit dans les parages. »

Abby sourit.

« Bonne chance. Elle ne la lâche pas d'une semelle. »

Léo la laissa, hantée par l'image de Judy Martin s'en prenant à sa fille pendant son sommeil, armée d'une paire de ciseaux.

Des scènes de sa propre enfance défilaient devant ses yeux, comme si le récit de Cass avait ouvert le coffre où elles étaient rangées. La petite Meg, cachée sous la table, tandis que leur mère la cherchait, une ceinture dans une main et une bouteille de vodka dans l'autre. Leur mère portant un haut transparent alors qu'elle était venue les voir jouer dans un spectacle à l'école. Leur mère flirtant avec un jeune jardinier sur la pelouse. Il y en avait tant. Trop. Mais rien d'aussi terrible que Judy Martin et ses ciseaux.

Abby avait 5 ans quand son père était parti. Ce n'est pas facile de vivre avec une narcissique. Les tiraillements auxquels elle soumet son conjoint, exigeant constamment qu'il réaffirme son amour et son dévouement, peuvent vite devenir lassants. En dépit de ses talents de manipulatrice, la mère d'Abby s'était trompée au sujet de leur père. Il avait été séduit par sa beauté et son charme, qui étaient indéniables, cependant il aspirait à une vie normale, et il avait rencontré une autre femme, capable de lui offrir ce dont il avait besoin.

Leur mère avait très mal vécu la séparation. Perdre son mari avait anéanti l'alter ego fragile qui la protégeait et qui entretenait ses illusions au sujet de la place qu'elle occupait dans le monde. Du pouvoir qu'elle exerçait sur les autres. Elle avait réagi violemment, d'abord en contestant chaque étape du divorce – elle ne s'était pas présentée au tribunal, avait refusé de suivre les recommandations du juge –, faisant tout pour que la procédure n'aboutisse pas. Mais le divorce avait fini par être prononcé et, dès lors, elle s'était mise à boire. Elle était morte dans un accident de voiture par une nuit pluvieuse, alors qu'elle rentrait d'un bar, défoncée à la cocaïne, avec 2,2 grammes d'alcool dans le sang. Abby et Meg étaient allées vivre chez leur père et leur belle-mère. Tous deux étaient décédés il y a quelques années.

Quelque chose s'était passé aujourd'hui. Abby en était consciente. Elle commençait à voir les forces à l'œuvre, à avoir une idée de ce qui se cachait derrière le comportement de Cass. Jusque-là, elle résistait à tous leurs efforts pour lui parler en tête à tête. Elle voulait que sa mère soit présente, mais ce n'était pas parce qu'elle avait besoin de son soutien. Elle voulait que Judy entende son récit et sache ce que ses filles et sa petite-fille avaient enduré sur l'île. Elle s'affolait et se retrouvait au bord des larmes dès que sa mère semblait surprise, scandalisée ou sceptique. Oui, c'était l'incrédulité qui affectait Cass le plus visiblement. Qui la mettait au bord de la panique.

Il y avait d'autres moments où elle se raidissait et se taisait. Alors, ses yeux scrutaient son auditoire, jaugeaient ses réactions quand Judy Martin parlait, étudiaient les émotions exprimées par chacun. L'amabilité nouvelle qu'Abby manifestait à sa mère lui déplaisait clairement. Cass commençait à voir une alliée en elle, mais dans quelle guerre ? La guerre pour trouver les Pratt ? Emma ? Autre chose ? Elle obéissait à un plan précis, c'était évident.

Abby avait elle aussi un plan concernant Judy Martin. Elle avait étudié ce type de personnalité. Elle le connaissait par cœur. Il fallait qu'elle gagne sa confiance, qu'elle se figure qu'Abby était sous son charme. Alors, elle lui révélerait peut-être quelque chose, au détour d'un silence ou d'une absence de réaction. Judy devait lui faire confiance. Et Abby devait être patiente.

La veille, à l'issue de la deuxième journée, après avoir entendu la terrible histoire qui s'était déroulée sur le ponton, la punition pour la tentative d'évasion de Cass, elle était rentrée chez elle et avait examiné les portraits-robots des Pratt, de Rick et du chauffeur routier. Elle avait rédigé une analyse psychologique préliminaire destinée aux équipes de terrain, abordant les éventuels traumatismes qu'ils avaient subis. Le cas du pilote était le plus simple. Un environnement familial dysfonctionnel l'avait sans doute amené sur ce bateau de pêche, parmi ces hommes brutaux. Et il se haïssait depuis le viol de cette femme.

Les Pratt avaient également souffert d'une forme de traumatisme. Un traumatisme qui devait être lié à un enfant. Les extrémités auxquelles ils étaient prêts à se livrer pour avoir un bébé d'une part, et l'absence de compassion pour la fille d'Emma qui hurlait au-dessus de l'eau glacée d'autre part révélaient qu'ils étaient devenus incapables d'attachement. Le bébé n'était qu'un objet psychologique pour eux. Il n'était pas réel. Quelque chose les avait rendus insensibles à l'amour authentique.

Ce n'était qu'une théorie, mais il fallait bien commencer quelque part.

Lorsque Leo revint avec Cass, Judy les escortait. Il lança à Abby un regard entendu. Il avait essayé sans succès de faire venir la jeune fille seule.

« Si tu es prête à reprendre, nous souhaiterions en savoir un peu plus sur Rick. Tout ce que tu pourras nous dire nous sera utile, commença Abby. Tu nous as raconté que, pour finir, il t'avait aidée à t'enfuir, après t'avoir trahie une première fois.

– Oui.

– Et tu as ajouté que quelque chose avait changé après la scène sur le ponton, lorsque les Pratt avaient essayé de vous faire partir sans le bébé.

– Oui.

– Tu l'as vu dans son expression, comme si les Pratt avaient franchi une ligne. Nous aimerions entendre toute l'histoire, entre ta première tentative et ton évasion finale. »

Cass regarda ses mains, l'air concentré.

« Est-ce que vous pensez pouvoir le retrouver rapidement, maintenant que vous avez le portrait-robot ? »

Ce fut Leo qui répondit.

« Le problème, c'est qu'il n'a aucune raison de se manifester. Il a participé à un enlèvement. Et il a déjà sur la conscience le viol de cette femme en Alaska. Et puis il y a sa loyauté envers les Pratt, ce qu'il en reste du moins. Nous cherchons sa famille. Ils savent peut-être quelque chose. Est-ce qu'il l'a mentionnée ? Sa famille ? »

Cass secoua la tête.

« Non, jamais.

– Ce n'est pas grave. Raconte-nous ce que tu peux à son sujet. »

Elle opina lentement, puis se mit à parler d'une voix posée, comme si elle commentait une dissertation qu'elle avait faite au lycée.

« J'ai beaucoup réfléchi à la notion de loyauté. Je pense qu'elle peut se fonder sur trois choses. La première, c'est la reconnaissance. Si j'ai l'impression d'avoir une dette envers vous. Par exemple, vous m'avez sauvé la vie, je vous serai peut-être éternellement reconnaissante. La solidité et la durée de la loyauté dépendent de l'importance du service rendu. »

Leo se pencha en avant, déconcerté. C'était une drôle d'entrée en matière. Abby, sentant qu'il allait interrompre la jeune fille, lui toucha la main et secoua la tête. C'était exactement ce qu'elle désirait entendre. La vérité se dissimulait dans les digressions autant que dans l'histoire elle-même.

« Et la deuxième chose, Cass ?

– La deuxième, c'est l'argent. Si vous me payez pour être loyale, alors je le serai tant que j'aurai besoin de cet argent.

– Je vois, dit Leo. Est-ce que tu penses que c'est à cause de l'argent que Rick était dévoué aux Pratt ?

– La troisième chose, ce sont les secrets. Si vous gardez mes secrets, je garderai les vôtres en échange. C'est la forme de loyauté la plus pure, me semble-t-il. Mais comme tout ce qui est pur, c'est aussi la plus vulnérable.

– Parce que nos secrets peuvent se retourner contre nous ? » suggéra Abby.

Cass hocha la tête, le regard fixé quelque part sur la table, devant ses mains croisées.

« J'ai beaucoup pensé à Rick après cette histoire. Je me suis rendu compte qu'il semblait indifférent à tout. Les Pratt avaient certainement raison quand ils disaient que ce qui s'était passé sur ce bateau de pêche lui avait fait du mal, mais il ne s'était pas retrouvé là par hasard. Pourquoi choisirait-on de mener cette vie-là à 18 ans ? »

Abby prit une longue inspiration et se laissa aller contre son dossier. Elle cherchait à gagner du temps avant de répondre.

« Parfois, dit-elle finalement, les gens font ce genre de choses pour échapper à une souffrance émotionnelle. Des choses extrêmes qui détournent leur attention de la cause réelle de leur peine. »

Cass leva des yeux pleins de jubilation.

« Oui, exactement ! Je pense qu'il souffrait déjà. Les Pratt le payaient, mais il aurait pu faire ce travail n'importe où. Et à la manière dont il s'habillait, je n'ai pas l'impression qu'ils lui versaient un salaire exceptionnel. Donc il restait deux choses : la reconnaissance et les secrets. Les Pratt l'avaient aidé à se désintoxiquer. Ils avaient payé sa cure et le laissaient aller à ses réunions tous les mercredis soir. Si on avait besoin de quelque chose le mercredi après-midi, il fallait attendre le lendemain. Lucy nous le rappelait tous les mardis : "Je ne veux pas vous entendre vous plaindre demain si vous n'avez pas de crème glacée ou de DVD."

« À mon avis, il avait payé sa dette. Les Pratt l'avaient aidé à arrêter la drogue, ils lui avaient permis de soulager sa conscience, mais il les avait aidés à nous enlever. Il avait pris ma barque et l'avait ramenée au ponton. Il leur avait parlé de ma tentative d'évasion et, par sa faute, Emma et son bébé avaient manqué se noyer. Par sa faute, nous étions obligées de rester... »

Cass s'interrompit, le visage rouge, comme si elle allait hurler ou pleurer ou taper du poing sur la table. Alors qu'elle avait raconté des histoires *a priori* aussi dures, voire plus dures, avec un calme remarquable.

Abby lui toucha la main.

« Je comprends ce que tu veux dire. Il ne leur devait plus rien.

– Donc selon toi c'était à cause de ses secrets ? » demanda Leo.

Cass acquiesça.

« Au sujet de l'Alaska et de cette femme qu'il n'avait pas aidée ? »

Elle acquiesça encore.

« Il pensait que les Pratt n'avaient jamais confié à personne ce qu'il avait vu sur ce bateau, ce qu'il avait laissé faire. Mais j'étais au courant. Je me rends compte que je suis jeune, alors ça me sidère toujours quand je pense à certaines choses que je sais et que d'autres ignorent. »

Ses yeux se fixèrent de nouveau sur la table.

« Aucun secret n'est en sécurité. Jamais. À moins de ne se confier à personne. C'était évident. Lucy se sentait nulle parce qu'elle n'avait pas de bébé. Elle était fière d'avoir aidé Rick. Ça lui donnait l'impression d'être quelqu'un de bien, même si elle ne pouvait pas avoir d'enfant et qu'elle avait dû voler celui d'Emma. Mais elle se détestait tellement que ça ne lui suffisait pas de le savoir. Il fallait que, nous aussi, on sache cette chose extraordinaire qu'elle avait faite pour lui, et ce besoin était plus fort que la confiance que Rick avait placée en elle.

« Vous n'avez jamais l'impression que c'est un dilemme insoluble ? ajouta-t-elle en regardant Abby.

– Je ne comprends pas.

– Je suis consciente qu'on a tous besoin des autres. On a besoin de leur faire confiance et on cherche tous l'amour, non ? À côté de ça, je ne peux pas ignorer ce qu'il y a dans ma tête. À partir du moment où j'accorde ma confiance à quelqu'un, à partir du moment où vous accordez votre confiance à quelqu'un, il peut vous trahir un jour. Peu importe qui est cette personne, et si elle le fait exprès ou non. Vos amis. Votre mari. Votre femme. Vos frères et sœurs. Votre enfant. Même vos parents. Certains trahissent leurs proches sans aucun scrupule. Ils n'hésitent pas un instant. D'autres le font, mais ils se justifient dans leur tête pour qu'on ne puisse rien leur reprocher. Ils ont leurs raisons. Vous comprenez ce que je veux dire ? »

Abby acquiesça prudemment.

« C'est pour ça que ce genre de loyauté est vulnérable. Parce qu'un secret n'est jamais à l'abri et la personne à qui vous accordez votre confiance vous trahira un jour. C'est ce que Lucy a fait à Rick. Vous comprenez ?

– Oui, je comprends », répondit Leo.

Mais pas Judy Martin, qui semblait sur des charbons ardents. Quelque chose dans cette histoire avait manifestement fait mouche.

« Tu racontes des bêtises, ma chérie. Si c'était la vérité, nous finirions par tous nous entre-tuer ! Certaines personnes sont dignes de confiance. Il faut bien les choisir. Et être soi-même digne de leur loyauté. C'est ce que je crois », déclara-t-elle avec un vigoureux hochement de tête.

Cass ne releva pas.

« Quand j'étais sur l'île et que j'en suis arrivée à ces terribles conclusions, ça ne m'a pas rendue triste. Au contraire. Je les ai ajoutées à l'expression que j'avais surprise sur le visage de Rick, et soudain mon projet d'évasion m'a semblé réel, si réel que je tremblais d'excitation.

« Un jour, je me suis assise sur le ponton et je l'ai attendu. Rick a attaché le bateau et rangé la clé dans une petite poche à sa ceinture pour qu'on ne puisse pas lui la voler. Il a eu l'air étonné de me voir, mais il ne m'a pas demandé ce que je faisais là. Je l'ai regardé s'affairer, puis prendre les courses. Je lui ai proposé de l'aider. Il a refusé. Il s'est éloigné et je lui ai emboîté le pas. "C'est dur ce qui t'est arrivé en Alaska. Je compatis." Quand j'ai dit ça, il a failli trébucher. Il s'est arrêté. Puis il est reparti sans m'adresser un regard et je l'ai laissé. C'était assez. La graine était plantée.

– Tu lui as fait savoir que les Pratt avaient trahi sa confiance, approuva Abby. Ils avaient parlé de ce qu'il avait fait, quelque chose d'horrible dont il avait honte.

– Pour rompre le lien de loyauté qui l'unissait à eux ? » ajouta Leo.

Cass hocha la tête.

« C'était le début, oui. Il a fallu un certain temps, mais petit à petit ça a entamé sa confiance et ça l'a rongé de l'intérieur. Et après, ça a laissé un vide.

– Un vide que tu as rempli ? » intervint Abby, bien que connaissant la réponse.

C'était l'étape suivante logique.

« Oui.

– Est-ce que tu avais une relation intime avec le pilote, Cass ? Tu comprends ce que je veux dire ? »

La jeune fille leva brusquement la tête, posant des yeux clairs et fermes sur Abby.

« Oui. »

Judy poussa un petit cri et porta la main à sa bouche d'un air horrifié.

« Cass ! Pourquoi est-ce que tu ne l'as pas dit tout de suite ? »

Abby l'ignora.

« Comment est-ce que c'est arrivé ? Et quand ? Tu peux nous raconter ?

– Ça m'a pris un certain temps. Je me suis servie de ce pouvoir, vous savez ? Le sexe. Le pouvoir du sexe. C'est comme ça que les femmes font ce qu'elles veulent des hommes, non ? »

Elle regardait sa mère, à présent. On aurait entendu voler une mouche.

Abby était plus que curieuse d'entendre ce qu'elle avait à dire sur la question, mais pas maintenant. Pas en présence de Judy. Aussi, elle la ramena à son récit.

« Tu as donc créé un vide que tu as rempli avec quelque chose de nouveau ?

– Oui. Je l'ai rempli de morceaux de moi. Et chaque fois que je lui en donnais un bout, je voulais tout laisser tomber. Après, il me fallait des jours pour me remotiver. Pour me rappeler pourquoi je faisais ça.

– Ça a dû être très dur. D'être avec quelqu'un pour des raisons qu'il ignorait et que toi seule connaissais », l'encouragea Abby.

Il y eut un autre silence que Leo finit par rompre.

« Alors, le soir où tu t'es glissée dehors, il était là avec le hors-bord. Et un ami routier vous attendait sur le continent ?

– Oui. Comme je l'ai dit, ça n'a pas été facile. Et ça a pris du temps. Des mois.

– Durant tout ce temps, vous avez dû discuter. Il n'a jamais été question de l'endroit où vous étiez ? De l'endroit d'où il venait ? De la façon dont il avait fait la connaissance des Pratt ? De comment ils le payaient ? »

Cass secoua la tête énergiquement.

« Non ! Vous ne croyez pas que je vous l'aurais dit ? Il me parlait à peine. Et si j'avais essayé de l'interroger, il aurait arrêté de me faire confiance !

– D'accord, je comprends. Mais le chauffeur du camion ? Rick le connaissait d'où ? Il n'a rien laissé échapper à son propos ? » insista Leo.

Elle secoua la tête.

« Cass, intervint Abby. Il faut que tu voies un autre médecin. Un médecin pour adultes. »

Elle refusa tout net.

« Je veux que vous me fassiez passer cet examen, celui que ma mère réclame sans cesse. Celui qui prouvera que je ne suis pas folle.

– Personne ne pense que tu es folle, lui assura Leo.

– On le fera demain, promit Abby.

– D'accord, reprit Cass, visiblement soulagée. Mais vous allez continuer à les chercher ? Vous allez retrouver l'île ? Vous allez les attraper, malgré ce que j'ai fait avec le pilote du bateau ? »

Leo regarda Abby. Elle voyait le père en lui prêt à voler à son secours. À cet instant, Cass avait tout d'une enfant. Quand on songeait aux moments où elle se comportait comme quelqu'un de beaucoup plus mûr, le contraste était saisissant.

Et inquiétant.

« Nous les trouverons, répondit Leo avec conviction. Et nous trouverons ta sœur. »

La jeune fille ne parut ni surprise ni rassurée par la réaction qu'elle avait provoquée. C'était autre chose, une forme de satisfaction. Ce qui signifiait que tout cela était calculé.

Cass Tanner les menait en bateau. Et la seule manière d'arriver à Emma était de se laisser embarquer.

13
Cass

La première fois que notre mère nous a parlé du « pouvoir du sexe », Emma avait à peu près 13 ans. C'était juste au moment où elle commençait à coucher avec M. Martin dans le dos de notre père, et je suppose qu'elle était heureuse de constater qu'elle n'avait rien perdu de ce pouvoir. M. Martin était un homme puissant et notre mère ne rajeunissait pas.

Ce n'est pas seulement une question d'âge et de beauté, mes chéries, disait-elle avec ce sourire que je détestais. *Il faut leur faire croire que ce sont eux qui détiennent le pouvoir. Qu'aucun homme ne vous fait cet effet. C'est une ruse qu'utilisent les femmes. Il faut voir ça comme un jeu.*

Elle nous donnait des leçons de vie chaque fois que l'occasion se présentait. Une femme avec des gros seins et un décolleté au country club : *Regardez, tous les hommes lui tournent autour.* Ce genre de choses. Emma faisait semblant de ne pas écouter, mais elle était tout ouïe. Et je faisais semblant d'écouter, mais je m'efforçais d'empêcher sa voix idiote et ses mots encore plus bêtes de m'atteindre.

La première fois que j'ai rencontré la psy, Mme Winter, j'ai compris qu'elle n'utilisait pas le pouvoir dont parlait notre mère. Je ne sais pas comment je m'en suis rendu compte. Peut-être parce qu'elle était toujours célibataire. Peut-être parce qu'elle n'affichait pas ce mélange de jalousie et de mépris que manifestaient toutes ces femmes qui enviaient le pouvoir de Mme Martin, et qui détestaient en avoir besoin pour avancer dans la vie. Quand on rencontre une femme qui possède ce pouvoir et qui choisit de ne pas s'en servir, je pense qu'on peut lui faire confiance.

Alors j'ai envisagé d'accorder ma confiance à Mme Winter, j'ai songé à m'abandonner entre ses bras, et à lui raconter tout ce que ma mère avait fait. Mais j'avais appris ma leçon. Je n'avais pas oublié ce qui s'était passé avec mon père et avec la femme du tribunal au moment du divorce. C'est ce que je dis toujours : les gens croient ce qu'ils ont envie de croire. Et j'ignorais ce que Mme Winter avait envie de croire. Je redoutais d'avoir déjà trop parlé, à propos des cheveux d'Emma.

Le pouvoir du sexe a ses limites. Je le savais à cause de ce qui s'était produit à la maison avant mon départ. Et j'avais pu le constater à nouveau quand Hunter et sa copine étaient passés. Je le voyais aussi quand M. Martin dévorait Emma des yeux, alors que Mme Martin était là, à sa disposition, à toute heure du jour et de la nuit.

Je le savais avant la publication des photos d'Emma sur Internet. Et lorsque je les ai découvertes, j'ai tout de suite compris qui les avait prises. L'adresse IP a indiqué qu'elles avaient été téléchargées chez nous, ce qui signifiait qu'elles avaient été envoyées de l'ordinateur de bureau dont tout le monde se servait, ou du portable de Hunter. On n'avait trouvé de photo d'Emma dénudée ni sur l'un ni sur l'autre, et on en avait déduit qu'elles avaient été supprimées. On aurait pu faire analyser les ordinateurs afin d'essayer de retrouver leur trace, mais M. Martin a refusé sous prétexte qu'Emma était mineure. Selon lui, si un technicien trouvait des photos de nu, il était tenu de les livrer au FBI et ils risquaient d'être accusés de pornographie enfantine. L'informaticien l'a confirmé. Il a raconté à M. Martin que le cas s'était présenté dans une affaire de divorce : une femme soupçonneuse l'avait laissé fouiner dans les fichiers supprimés de l'ordinateur de son mari et il était tombé sur des photos de jeunes filles issues des pop-up qui apparaissent quand on consulte des sites pornos. Le mari ne cherchait sans doute pas des mineures, mais elles étaient là et, une fois sur l'ordinateur, il en restait toujours une trace.

Mme Martin n'a pas insisté. Je pense qu'elle était soulagée. Elle préférait ne pas en savoir plus.

Tout le monde a donc supposé que c'était Hunter qui les avait prises et publiées. Witt lui a démoli le portrait. J'ai demandé à aller habiter chez mon père. Et ma mère a coupé les cheveux d'Emma.

Mais ce n'est pas ce qui s'est passé après leur diffusion sur Internet qui a trahi M. Martin. C'est ce qui avait eu lieu avant.

Tout avait commencé au printemps, quand Emma avait couché avec Joe. Emma n'avait pas parlé à Hunter pendant des semaines après ça, car il l'avait traitée de pute et s'était moqué d'elle. Ça n'avait pas duré non plus.

Hunter regrettait Emma. Se blottir contre elle sur le canapé pour regarder des films d'horreur lui manquait, fumer des joints avec elle lui manquait, faire le mur avec elle pour aller boire à la plage lui manquait. Ses sourires, cette manière qu'elle avait de secouer ses cheveux, les anecdotes sur son quotidien, tout ça lui manquait. Alors, quand elle est rentrée de son camp de vacances, ils se sont réconciliés et la vie a repris son cours. Ils se disputaient toujours, mais après ils fumaient, riaient et se pelotonnaient sur le canapé. Ça n'a pas duré longtemps non plus.

Début août, Emma a commencé à sortir avec un garçon du country club. Hunter était fou de jalousie. Il était plus cruel que jamais. Il lui faisait des sales coups, des mesquineries, comme de voler tous ses sous-vêtements ou de cacher son portable. Le pire, c'était qu'il la traitait continuellement de pute. *Salut, la pute. Le film était bien, la pute ? Tu as encore perdu ton téléphone, la pute ?*

L'attitude de ma mère n'arrangeait rien. Chaque fois qu'elle en parlait à M. Martin, il se fâchait parce qu'il avait l'impression qu'elle critiquait son fils. C'était ce qu'il disait. En fait, il en voulait à Emma parce qu'elle faisait souffrir Hunter, et aussi parce qu'elle les rendait fous tous les deux, ce qui était mal dans les deux cas, mais surtout en ce qui concernait M. Martin.

Un soir, à la fin de l'été, Emma est rentrée d'une fête où elle était allée avec son nouveau copain. Hunter l'attendait. *T'es vraiment qu'une petite pute !* Elle l'a ignoré et s'est dirigée vers l'escalier. Il l'a suivie. Elle l'a repoussé. *Lâche-moi, minable !* Mais il est monté derrière elle et il l'a bousculée si fort contre le mur du couloir que l'une des photos encadrées de Mme Martin est tombée par terre. Il a plaqué son avant-bras contre sa poitrine et a glissé sa main dans sa culotte. *Alors, c'est ce qu'il te fait ? Hein ? Ça te plaît ?*

Emma s'est contentée de le regarder dans les yeux. Je me tenais sur le seuil de ma chambre, paralysée. C'était une scène étrange et effroyable, pourtant Emma n'avait pas peur. Je le voyais à son expression. Elle le narguait. Il pouvait mettre la main dans son slip. Il pouvait même l'embrasser et fourrer sa langue dans sa bouche. Ça n'avait aucune importance. Il était en son pouvoir et il ne l'aurait jamais. Et elle en profiterait pour le torturer.

Le lendemain, Emma était dans sa chambre en train de se préparer pour une autre fête. Elle ne voulait pas que je la regarde s'habiller : elle avait besoin d'intimité et je lui prenais la tête. C'était M. Martin qui devait l'emmener, car notre mère était à un gala de bienfaisance.

Je l'ai entendu l'appeler du rez-de-chaussée. Ma sœur n'a pas répondu. Curieuse, j'ai éteint la musique et j'ai tendu l'oreille. Des pas dans l'escalier, un autre appel du couloir. Un coup à sa porte. Le grincement des gonds. Et plus rien.

Aussi silencieusement que possible, j'ai ouvert la mienne. M. Martin avait disparu à l'intérieur de la chambre de ma sœur. Je n'entendais rien. Au bout d'un petit moment, il est ressorti, l'air égaré. Il m'a regardée. Il s'est détourné un instant, puis m'a regardée de nouveau. Il avait son téléphone à la main. La honte se lisait sur son visage.

Dis à ta sœur de se dépêcher.

Je suis entrée dans sa chambre et je l'ai trouvée souriante, devant son miroir. Elle portait une robe bain de soleil à fines bretelles et des sandales Scholl. Elle venait de passer ses longs cheveux au fer à lisser et ses lèvres rouge vif étaient luisantes de gloss. Ses joues étaient empourprées.

C'était exactement l'allure qu'elle avait sur les photos mises en ligne : la robe, les cheveux, le maquillage, la pièce. Sur l'une d'elles, elle avait baissé le haut de sa robe pour dénuder ses seins. Lorsque je les ai vues, contrairement aux autres, j'ai tout de suite su quand elles avaient été prises. Et par qui.

Emma ne m'a jamais raconté ce qui s'était passé, mais j'ai malgré tout mon idée sur la question : elle en voulait à Hunter parce qu'il avait mis la main dans sa culotte et l'avait traitée de pute tout l'été. Pour se venger, elle a attiré M. Martin dans sa chambre et lui a sans doute demandé de prendre une photo d'elle sous un prétexte innocent : elle voulait la publier sur Instagram, un truc comme ça. Alors, elle a baissé sa robe. Et elle a mis M. Martin à l'épreuve. Finalement, après toutes ces années passées à la mater en douce et à jalouser l'intimité entre Emma et son fils, elle était sienne. Pendant quelques instants. Au lieu de sortir de la chambre, il a donc pris une dernière photo avec son téléphone pour garder un souvenir de ce moment et satisfaire sa concupiscence. Céder à un désir aussi puissant, c'est une pente savonneuse. Même si on n'y cède qu'un tout petit peu.

En revanche, M. Martin n'aurait jamais mis ces photos en ligne. Cela ne représentait aucun intérêt pour lui et, de toute manière, les adultes ne connaissaient pas le site en question.

Donc, à un moment ou à un autre, Emma avait dû en parler à Hunter. Il les avait trouvées et les avait publiées dans le but de se venger. C'était une guerre totale, une guerre sans merci qui ferait rage chez nous pendant encore deux ans. Jusqu'au jour de notre disparition.

J'ai vu Witt le troisième soir. J'avais décidé de passer la nuit chez mon père. J'espérais que ce serait reposant, mais il n'allait pas fort et, bien sûr, je me suis retrouvée entraînée dans son tumulte émotionnel.

Je savais que la psy lui avait donné des conseils. Elle lui avait dit de ne pas paraître trop bouleversé lorsqu'il m'interrogerait à propos de mon séjour sur l'île et de ne pas avoir l'air de me critiquer. C'était compliqué pour lui. Il faisait de son mieux. Je voyais tout son corps se tendre, alors qu'il retenait ses questions et s'efforçait de dissimuler la douleur que lui causait ce qui nous était arrivé. Je voyais saillir les veines sur ses tempes, son cou et ses avant-bras, tandis que nous mangions un plat à emporter au salon.

« La cuisine chinoise a dû te manquer, tu adores ça. »

J'ai admis que ça m'avait beaucoup manqué.

« Et la télé ? Est-ce que tu pouvais regarder tes émissions préférées ? Et des films ? »

Je lui ai parlé de ce qu'on regardait. Il y avait une parabole, mais j'avais l'impression que ce n'était pas tout à fait légal, car la télé ne marchait pas tout le temps. Je lui ai demandé s'il avait vu les mêmes émissions et les mêmes films que nous.

J'ai dit quelque chose qui lui a fait monter les larmes aux yeux et il a dû quitter la pièce. Auparavant, il m'a demandé si ça m'embêtait qu'il sorte pleurer. Il en profiterait pour aller nous acheter de la crème glacée. C'était plutôt délicat de sa part. En même temps, je lui en voulais. J'avais besoin qu'il soit plus fort.

Je voyais bien qu'il énervait Witt, comme toujours. Mon père ne regagnera jamais son estime et je trouve ça bizarre que ça le gêne moins que le fait que notre mère l'ait quitté. Mais je suppose que Mme Martin a raison, quand elle dit qu'on désire toujours ce qu'on n'a pas. En tout cas, lorsque je vois les dégâts que ça cause autour de moi, je préfère ne jamais rien désirer.

En fait, ce n'est pas tout à fait vrai. Jamais je ne cesserai de désirer retrouver ma sœur.

Notre père avait toujours été comme ça. Petites, il nous était impossible d'ignorer ses sentiments et, dans une large mesure, on ne pouvait pas ne pas les ressentir aussi, car c'est ce que font les gens normaux, surtout à cet âge où on apprend l'empathie. Il s'excusait de sa faiblesse. Il était désolé de pleurer devant nous, de ne pas s'être battu pour la garde, d'avoir couché avec notre mère et brisé son premier mariage. Mais ça me faisait une belle jambe, qu'il soit désolé. Ça me faisait une belle jambe, que les millions de gens qui regardaient les infos et faisaient leurs commentaires débiles à la télé soient désolés pour nous. Je ne supportais plus les gens désolés. On est désolé quand il s'est passé quelque chose de grave et que personne n'a rien fait pour l'empêcher. J'en étais arrivée à mépriser tous ces gens qui ne savaient qu'être désolés.

Me retrouver seule avec Witt m'a presque anéantie. Je sentais que je me désagrégeais et que j'étais incapable de ramasser les morceaux et de les remettre en place. Dit comme ça, ça paraît flippant, mais c'était le contraire. Lorsque mon père est sorti, lorsque j'ai entendu la porte se refermer, je suis tombée dans les bras de Witt et j'ai sangloté. Il était au courant de ce qui s'était passé sur l'île et il ne m'a pas posé de questions. Pas une seule. Il m'a dit de ne pas m'en faire, que tout finirait par s'arranger. Je pouvais venir vivre avec lui et sa femme, si je le voulais. On a discuté logistique et stratégie. Il y aurait un moment difficile à passer, le temps de retrouver Emma – et on la retrouverait ! –, mais après il faudrait songer à l'avenir. Une fois les journalistes partis et mon quart d'heure de gloire terminé, il me paierait des cours particuliers pour préparer l'examen de fin d'études secondaires. Puis il m'enverrait à la fac, il me le promettait. Il m'a dit tout ça très vite à l'oreille, tandis que je pleurais entre ses bras. Je hochais la tête et je répétais OK, OK, afin qu'il sache que je l'avais entendu et que je le croyais. Mais je ne le croyais pas. Pas autant que je le prétendais.

« Qu'est-ce qui se passe, Cass ? Est-ce que tu as peur qu'on ne la retrouve pas ? a demandé Witt, reculant pour me regarder dans les yeux.

– Oui.

– Pourquoi ? Il y a eu un problème avec le FBI ou avec la psy ? »

Je lui ai répété la conversation que j'avais surprise entre M. et Mme Martin, alors qu'ils étaient dans leur chambre :

Jonathan, elle a perdu la tête. Tu l'as entendue ? Quand elle parle de ces gens et du bébé d'Emma... Elle est complètement folle !

Et alors ? Il n'y a pas de problème. Il faut qu'ils s'en rendent compte tout seuls. Tu ne peux pas être celle qui leur dit qu'elle est folle. Laisse-les mener leur enquête et ils finiront bien par s'en apercevoir. Quand ils trouveront l'île et le pilote du bateau.

Et si ce n'est pas le cas ?

Comment ?

Si elle n'est pas folle ? Si c'est moi qui le suis ?

Tu ne vas pas recommencer ! Je te jure, Judy... parfois, tu peux être tellement idiote que...

Ne te fâche pas. J'ai peur. Elle dit des choses...

Cass ne va pas bien, un point c'est tout.

Ils ont parlé de tout ce qui clochait chez moi. À les entendre, j'étais paranoïaque. S'ils racontaient à Mme Winter et à l'agent Strauss que je n'étais pas dans mon état normal, on risquait d'abandonner Emma afin de s'occuper de ma santé mentale. C'était aussi pour ça que j'avais demandé à dormir chez mon père. J'avais besoin de me voir à travers le regard de Witt pour m'assurer que les Martin avaient tort. Pour me convaincre que personne ne les croirait et qu'on continuerait à chercher ma sœur, même s'ils avaient raison, même si j'avais perdu la tête.

Witt a ricané. Ce n'était pas qu'il était content ou qu'il trouvait ça drôle. C'était le rire de quelqu'un qui pense à la vengeance.

« Super. Laisse-les croire que tu es folle. Laisse-les se disputer et se ronger les sangs. Merde, chacun son tour. Emma et toi, vous avez eu votre dose quand vous étiez gamines. Écoute, c'est tout simple. Tu vas passer cet examen psychologique demain et ce sera une affaire réglée.

– Et ils continueront à chercher Emma coûte que coûte.

– Oui, ils continueront à la chercher. Et ils parleront à la conseillère d'orientation du lycée. D'une manière ou d'une autre, on retrouvera Emma. »

Je lui ai demandé ce qu'il pensait quand il entendait mon histoire et qu'il me regardait. Est-ce que j'avais l'air folle ? Mme Martin avait le don de faire oublier aux gens ce qui était réel. Peut-être que c'était ce qui m'arrivait.

« Non ! » a-t-il protesté avec véhémence.

Avec un peu trop de véhémence. Mais je n'ai pas insisté.

Il m'a prise dans ses bras.

« Non, Cass, non ! Je te le promets. »

Je me suis remise à pleurer, le visage contre sa poitrine, mes larmes inondant son tee-shirt. Je voulais revenir en arrière, à l'époque où Witt, Emma et moi passions nos week-ends tous les trois dans cette maison, même si je n'étais pas toujours heureuse. Mon père avait peut-être raison. Il valait peut-être mieux ne rien avoir. C'était trop dur de perdre ce qu'on aimait.

Je me rendais compte que Witt s'interrogeait à mon sujet. Mais je voyais aussi que son affection pour moi était la plus forte.

« Viens vivre chez moi, maintenant. Maintenant ! Tu as fait tout ce que tu pouvais pour retrouver Emma. Tu as trop souffert, Cass. »

Notre père est revenu à ce moment-là avec de la crème glacée. J'ai séché mes larmes et Witt s'est tu. On a mangé notre dessert tous les trois à la table de la cuisine.

Après, j'ai réfléchi à la proposition de Witt à tête reposée. Je me suis dit que je pourrais monter dans sa voiture et ne plus jamais regarder en arrière. Jamais je n'avais éprouvé une chose pareille, un soulagement comme si on m'avait injecté un puissant psycholeptique qui effaçait toutes les douleurs. J'avais besoin que la souffrance s'arrête.

Mais je savais aussi que je ne pouvais pas partir avec mon frère et entamer une nouvelle vie. Pas maintenant. Pas encore.

Je n'en avais pas fini avec Mme Martin.

14
Abigail Winter
Quatrième jour

Cass Tanner était rentrée depuis quatre jours lorsque Leo et Abby se garèrent sur le parking de Danbury High School. Ils s'attardèrent un moment pour discuter du pilote du bateau. On venait de l'identifier : il s'appelait Richard Foley. La nouvelle était tombée le matin et tout le reste était en stand-by. C'était leur meilleure piste. S'ils le retrouvaient, ils trouveraient l'île et – ils l'espéraient tous – Emma et le bébé.

« Ils sont sûrs que c'est lui ? demanda Abby.

– Combien y a-t-il eu de viols collectifs d'une fonctionnaire de la direction de la Pêche et de la Chasse en Alaska, à ton avis ? »

Des agents du bureau régional avaient déniché un article du *Ketchikan Daily News* où un pêcheur racontait ce qui s'était passé, sept ans après les faits.

« Ils ont parlé au journaliste. Foley a refusé de dévoiler l'identité de la femme, et, sans sa confirmation, le journal n'a pas pu imprimer le nom des hommes impliqués. »

Sept ans, c'était long, songea Abby. Mais on avait de la mémoire, dans les petites villes.

« D'après le journaliste, Foley a vécu à Ketchikan pendant environ trois ans, à travailler sur les bateaux de pêche. Il est parti après le drame, selon ses propres dires, et n'est revenu que sept ans après pour réparer.

– Trop tard pour des poursuites ?

– Le procureur ne pouvait rien faire sans la coopération de la femme. Tout le monde savait de qui il s'agissait. C'est une petite ville. Mais elle ne voulait plus entendre parler de cette histoire après tout ce temps. C'était derrière elle. L'article a fini dans les dernières pages du journal et il n'y a jamais eu de suite.

– Et Foley ?

– Il est venu et il est reparti. Je suppose qu'il n'avait pas plus envie que ça de bavarder du bon vieux temps avec ses copains pêcheurs.

– Son adresse actuelle ?

– On cherche. Nos agents sur place demandent en ville si quelqu'un se souvient de lui, s'il parlait de l'endroit d'où il venait, de ce qu'il voulait faire. Son employeur nous a fourni son numéro de Sécu. Et son ancienne adresse. Ils interrogeront sa proprio s'ils la trouvent. Elle a vendu l'immeuble peu après son départ.

— Rien avec le numéro de Sécu ?

— Non. Il n'avait que 18 ans quand il est arrivé en Alaska. C'était son premier emploi salarié. Et apparemment le dernier. »

Abby sentait les yeux inquiets de Leo sur elle. Ce n'était pas la première fois. Il l'observait quand elle ne le regardait pas, quand il pensait qu'elle ne faisait pas attention.

« Tu as dormi ? »

Elle hocha la tête. Puis la secoua.

« Un peu, admit-elle enfin.

– C'est un vrai casse-tête, reprit-il, regardant la photo de Foley.

– Pourquoi est-ce que tu dis ça ? On a le pilote », fit Abby, décontenancée.

C'était lui qui lui avait assuré qu'ils trouveraient l'île, et Emma. Ils avaient Cass, ils avaient quelqu'un qui savait ce qui s'était passé. Et à présent, ils avaient Richard Foley. Abby avait fini par y croire.

« Nous avons le nom du pilote. Pas l'endroit où il est. Ce n'est pas la même chose, jeune fille. »

La famille de Richard Foley ne l'avait pas vu et n'avait pas eu de ses nouvelles depuis le jour où il était parti pour l'Alaska, peu après ses 18 ans. C'était un adolescent difficile et ses parents avaient accueilli sa décision avec un certain soulagement. Ils imaginaient que s'il travaillait dur, il trouverait un but dans la vie et deviendrait un adulte responsable. Ils avaient toujours cru qu'il finirait par revenir à Portland, où la famille était installée depuis trois générations.

Abby n'avait pas assisté à l'interrogatoire. Sa mère, son père et ses deux sœurs aînées avaient été stupéfaits d'apprendre qu'il était impliqué dans la disparition des filles Tanner, l'affaire qui faisait la une depuis plusieurs jours. Ils avaient fourni des noms d'amis, de parents, ses dossiers dentaire et médical : tout ce qu'on leur avait demandé. À leur avis, il avait aidé la cadette à s'échapper et à présent il était en fuite, redoutant la vengeance des kidnappeurs qui vivaient sur l'île.

Danbury High School était à une heure au nord de l'académie Soundview, l'établissement que fréquentaient les deux sœurs. Abby avait relu les notes qu'elle avait prises lors de l'audition de la conseillère d'orientation, Lisa Jennings. Elle avait déclaré qu'elle ne connaissait pas très bien Emma et qu'elle ne s'était jamais entretenue avec elle en privé. Les agents de New Haven avaient fait des recherches sur elle et n'avaient rien trouvé de particulier. Pourtant, Cass affirmait qu'Emma la voyait, qu'elles étaient assez proches. Elle semblait attacher de l'importance à cette piste. Il devait y avoir une raison.

« Rafraîchis-moi la mémoire », dit Leo.

Abby sortit ses notes de son sac. Elle n'en avait pas besoin, tant elles étaient succinctes, mais elle les lut quand même.

« Lisa Jennings a été conseillère d'orientation à Soundview pendant six ans. Elle est partie à la fin de l'année qui a suivi la disparition des filles. 34 ans. Célibataire. Elle a obtenu un master en travail social de l'université en ligne de Phoenix.

– Et l'interrogatoire ? »

Abby haussa les épaules.

« Elle avait un tas d'avis très arrêtés au sujet des deux sœurs, même si, de son propre aveu, elle les connaissait superficiellement. Des ragots de salle des profs. Ça nous a permis de nous faire une idée de leur personnalité il y a trois ans, mais je ne vois rien là-dedans qui pourrait nous mettre sur la piste du père ou de la personne qui l'a aidée à s'enfuir.

– Très bien. Allons-y. On va régler ce petit mystère, puis on pourra retourner à Richard Foley. »

Abby gravit derrière lui le perron de l'école. Après être passés à l'accueil, ils prirent l'étroit couloir gris qui menait au bureau de la conseillère d'orientation.

On était à des lieues des sols de marbre blanc de Soundview.

Ils s'assirent sur des chaises métalliques autour d'une table basse sur laquelle était posée une pile bien nette de magazines pour adolescents. À 34 ans, Lisa Jennings n'avait rien perdu de son charme. Seules ses joues qui commençaient à se creuser et les fines ridules au coin de ses yeux trahissaient son âge. Abby remarqua une bague de fiançailles ornée d'un diamant à son annulaire.

« Je suis ravie de vous revoir dans des circonstances plus heureuses, madame Winter », dit-elle avec un large sourire.

Abby lui répondit sur le même ton.

« Oui, moi aussi. Et toutes mes félicitations. C'est une très jolie bague. »

Lisa écarta ses doigts et admira la pierre.

« Merci. Plus que quelques mois avant le grand jour !

– Quelle excellente nouvelle ! »

Leo n'était pas d'humeur à échanger des politesses. Il était assis au bord de sa chaise, ses jambes encadrant l'angle de la table, les coudes sur les genoux.

« Qu'avez-vous lu au sujet du retour de Cass Tanner ? »

La femme le regarda, désarçonnée par sa brusquerie. Elle recula dans son siège et répondit d'un air prudent.

« J'ai lu tout ce que j'ai pu trouver, bien sûr. »

Elle récita les faits connus de tous : elles étaient parties parce qu'Emma était enceinte, avaient vécu sur une île du Maine chez des gens appelés Bill et Lucy Pratt. Il y avait un pilote de bateau qui avait aidé Cass à s'enfuir et Emma se trouvait toujours sur l'île, avec sa fille à présent âgée de 2 ans.

« Il y a autre chose ? demanda Lisa.

– Nous essayons de découvrir qui aurait pu mettre Emma en relation avec les Pratt, intervint Abby. Ce n'est sans doute pas leur véritable nom. Nous devons donc travailler à rebours et chercher des liens antérieurs à la disparition.

– J'aimerais pouvoir vous être d'un quelconque secours, mais je ne savais même pas qu'Emma était enceinte. Je ne risquais pas de lui présenter qui que ce soit susceptible de l'aider à s'enfuir.

– C'est bizarre, dit Leo. Cass nous a dit qu'Emma et vous étiez devenues assez proches. Qu'elle était passée vous voir plusieurs fois à votre bureau, au début du printemps. Elle pensait que vous pourriez nous fournir des informations. Peut-être le nom d'un garçon qu'elle fréquentait. »

Lisa Jennings secoua la tête.

« C'est totalement faux. J'ai essayé de parler à Emma à plusieurs reprises, surtout après les bouleversements occasionnés par le divorce de ses parents. Mais ça ne l'intéressait pas. Je crois vous avoir dit qu'elle avait une façade assez dure. Elle semblait très sûre d'elle. Voire arrogante.

– Mais vous pensiez que cette façade cachait un manque de confiance, acheva Abby. Qu'est-ce qui vous donnait cette impression ?

– Eh bien, si j'ai bonne mémoire, c'était surtout fondé sur des commentaires faits par certains de ses professeurs. Et la manière dont elle utilisait son apparence pour attirer l'attention. Des garçons, en particulier.

– Voyons... son apparence..., fit Abby, feuilletant ses notes. Je suis sûre que j'avais quelque chose à ce sujet, mais les journées sont longues, en ce moment...

– Oh, vous savez, elle abusait parfois du maquillage. Eye-liner, rouge à lèvres. Elle portait toujours ses cheveux détachés et soigneusement lissés. Elle aimait montrer ses jambes, donc jupes courtes et pantalons moulants. L'école avait un règlement strict concernant la tenue, mais les filles se débrouillaient pour le contourner. »

Lorsqu'elle se tut, Abby et Leo ne réagirent pas tout de suite, attendant de voir si elle remplissait le silence, ce qui ne manqua pas.

« Et il y a la fois où elle est arrivée avec les cheveux très courts. Les filles l'ont trouvée courageuse. Et ça excitait la curiosité des garçons. Ils avaient l'impression qu'elle se rebellait contre les codes de séduction imposés aux filles. Et bien sûr, ça n'a fait que les attirer davantage. Elle passait pour quelqu'un qui n'avait pas froid aux yeux. Elle aimait donner cette image. »

Leo rangea son téléphone dans sa poche, signalant que l'entretien s'achevait.

« Donc Emma n'est pas venue vous voir ?

– Non, jamais.

– Vous ne lui connaissiez pas de petit copain particulier au moment de sa disparition ?

– Non.

– Et vous ignoriez qu'elle était enceinte ?

– Je n'en avais pas la moindre idée.

– Vous ne voyez vraiment pas qui aurait pu l'aider à s'enfuir ? Un professeur, des amis, ou des parents qui revendiquaient certaines opinions sur l'avortement ou l'adoption, ou qui s'occupaient d'adolescents en difficulté ? »

Elle secoua la tête.

« Non, je vous l'aurais dit à l'époque. Nous nous perdions tous en conjectures sur ce qui avait pu se passer. Je me souviens avoir déjà répondu à toutes ces questions, à propos des hommes, des amis, des professeurs et des parents. Je suis vraiment désolée. J'ai quitté l'école à la fin de l'année scolaire. »

Leo se leva, mais Abby n'était pas tout à fait prête à partir.

« Est-ce que je peux savoir pourquoi ?

– J'avais besoin de changement. Les établissements publics accueillent une population différente. Je me sens plus utile ici.

– Et ils paient mieux, non ? »

Lisa sourit.

« C'est vrai.

– Je pensais que c'était peut-être à cause de votre fiancé, ajouta Abby.

– Nous nous sommes rencontrés ici, en fait. Il enseigne l'histoire.

– Je vous remercie, déclara Leo. Nous n'allons pas vous déranger plus longtemps. »

Abby se leva à contrecœur. Il y avait une question qui la tracassait mais à laquelle Lisa ne pouvait pas répondre : pourquoi Cass les avait-elle envoyés vers elle ?

« Je suis désolée, je me rends compte que je ne suis pas d'une grande aide. Je vais réfléchir et je vous tiens au courant si je pense à quoi que ce soit.

— Merci », dit Abby.

Elle lui donna sa carte et Leo en fit autant.

« La famille de Cass doit être soulagée. Transmettez-leur mes salutations », ajouta Lisa alors qu'ils s'apprêtaient à sortir.

Abby se retourna, sa curiosité soudain éveillée.

« C'est une famille compliquée, comme vous le savez.

– Oui, hélas. J'étais consciente de la situation. Je n'oublierai jamais la véritable raison qui a poussé Emma à couper ses cheveux si court. Nous pensions que les choses se tasseraient après, même si c'était horrible. »

Leo s'était lui aussi arrêté. Ils la dévisagèrent tous les deux, puis échangèrent un regard.

« Je ne sais pas si quoi que ce soit s'arrange jamais, dans ce genre de situation », dit Abby prudemment.

Une nouvelle porte venait de s'ouvrir, mais elle ignorait où elle menait.

« Ou avec ce genre de personne. À mes yeux, c'était de la maltraitance. Quand j'ai su que Mme Martin avait coupé les cheveux d'Emma en pleine nuit, j'ai essayé de discuter avec les filles. C'est peut-être ce à quoi Cass faisait allusion. J'aurais aimé les aider. Malheureusement, elles refusaient de parler de ça, ou de quoi que ce soit, à vrai dire. Parfois, je regrette de ne pas avoir alerté les services sociaux. Je me demande si la fugue aurait pu être évitée. Mais vous devez comprendre que j'observais le protocole. L'établissement ne voulait pas qu'on se mêle de ce genre d'affaires, et c'était mon employeur. »

Abby feuilleta de nouveau ses notes, s'arrêtant sur une page au hasard.

« Oui, je me souviens. Judy Martin lui a coupé les cheveux pour punir ses filles d'avoir voulu vivre avec leur père. Ça a dû être très difficile pour elles. C'est dommage qu'elles ne se soient pas confiées à vous. »

Lisa Jennings tourna ses paumes vers le ciel.

« Les adolescents...

– Je sais, on est tous passés par là, dit Abby, souriant et touchant le bras de la jeune femme amicalement. Est-ce que vous vous rappelez qui vous en a parlé, si ce ne sont pas les filles ?

– Oh, fit Lisa, prise au dépourvu et s'efforçant de se ressaisir. Je ne suis pas sûre. Ce doit être Owen, leur père. Je ne m'en souviens plus. C'était il y a longtemps.

– Bien sûr, dit Abby, toujours chaleureuse.

– Et je suis sûr que vous avez fait tout ce qui était en votre pouvoir, renchérit Leo. Personne n'aurait pu prévoir le tour que prendraient les choses. »

Ils se saluèrent. Abby s'éloigna à grandes enjambées dans le couloir, courant presque. Leo la talonnait. Aucun des deux ne prononça une parole avant d'être dehors, dévalant les marches de pierre qui conduisaient au parking.

« Putain de merde ! s'exclama Leo.

– Tu l'as dit. »

Abby était essoufflée. Son cœur battait à tout rompre. Ils s'immobilisèrent chacun d'un côté de la voiture, se regardant par-dessus le toit.

« Qu'a dit Cass au sujet de cette histoire ?

– Que seulement quatre personnes étaient au courant de ce qui s'était passé réellement.

– Cass, Emma, Judy...

– Et Jonathan. Jonathan Martin.

– Ce qui signifie qu'Owen Tanner n'a pas pu lui en parler. Il est impensable que ce soit Judy. Et si ça avait été l'une des filles, Lisa Jennings s'en serait souvenue.

– De toute manière, elle affirme qu'elle ne les a jamais reçues en entretien, déclara Abby.

– Reste donc Jonathan Martin. Mais pourquoi ? »

Elle vit à l'expression de Leo qu'ils étaient synchrones.

« Pour la même raison qu'elle n'a pas voulu nous dire que c'était lui. »

15
Cass

Le quatrième jour de mon retour

Après avoir vu Witt, je suis retournée chez Mme Martin et j'ai entrepris de prouver que je n'étais pas folle. J'étais rentrée depuis quatre jours.

Mme Martin ne se tenait plus de joie. J'allais enfin subir cet examen psychologique qu'elle réclamait depuis le début. Elle s'en moquait s'il en ressortait que j'étais « normale ». L'important, c'était que mon état émotionnel et ma santé mentale étaient à présent un sujet de discussion, au même titre que la disparition d'Emma.

Lorsque j'ai entendu les mots « examen psychologique », je m'imaginais allongée sur une table avec des électrodes reliées à mon cerveau. Je pensais que ce serait douloureux, comme les électrochocs. Mais ça n'avait aucun rapport avec mon cerveau. C'était beaucoup de paperasse, 567 questions sur un fascicule appelé MMPI 2, ou Inventaire multiphasique de la personnalité du Minnesota. En général, c'était facile de voir où le test voulait en venir. « J'ai des pensées noires depuis plus d'une semaine », par exemple. Qui répondrait oui à une affirmation pareille ? « Je suis possédé(e) par des esprits maléfiques. » « J'ai des brûlures d'estomac la plupart du temps. » « Si quelqu'un me fait du mal, je dois me venger. »

Ça partait dans tous les sens pour piéger les gens qui pensaient pouvoir tricher. Il y avait quelques questions sur le sommeil et d'autres concernant les symptômes physiques du stress et de l'anxiété, puis soudain une autre sur l'estime de soi. Certaines étaient un peu délicates, à propos des figures d'autorité notamment, ou quand on me demandait « Est-ce que vous vous sentez parfois seule ? », « Est-ce que vous avez l'impression que personne ne vous comprend ? ». Je me rendais compte que si je répondais de manière à paraître parfaite, je passerais pour une menteuse. Personne n'est parfait. Et tout le monde se sent seul de temps en temps.

Je n'ai pas eu de mal à répondre de façon à avoir l'air saine d'esprit. Et en même temps à signaler à Mme Winter que j'étais dans un état de stress émotionnel, en raison de ce qui s'était passé sur l'île et de mon désir obsessionnel de retrouver ma sœur. « Je dors mal. » « Je ressasse sans cesse la même idée. » « J'ai du mal à me concentrer. » À tout cela, j'ai répondu oui.

Mme Martin se réjouissait parce que des professionnels examinaient ma santé mentale, mais aussi parce qu'elle avait l'impression qu'elle pouvait de nouveau me faire confiance. Je l'ai vu à son visage et au temps qu'elle m'a accordé cet après-midi. Nous sommes allées acheter des vêtements ensemble. Nous sommes allées chez la manucure. Nous avons déjeuné en ville. Elle m'a rapporté les derniers potins et j'ai fait semblant de m'y intéresser. Elle m'a parlé de ce que c'était d'être une femme, de mon avenir, de ce qu'elle envisageait pour moi. Elle me trouverait un professeur particulier et m'emmènerait en vacances, peut-être dans un spa en Floride. Et, de temps en temps, elle s'interrompait pour m'examiner. Elle prenait mon visage entre ses mains et elle secouait la tête en disant que j'étais devenue une magnifique jeune femme et qu'elle n'en revenait pas de me voir devant elle.

Mais chaque geste et chaque parole avait un arrière-goût de compassion. J'étais folle. Pauvre Cassandra qui n'avait plus toute sa raison.

Mme Martin a un interrupteur. Il s'éteint ou s'allume en fonction de ce qu'elle ressent pour vous. Si vous l'adorez, si vous êtes de son côté, si vous la flattez ou si vous la valorisez aux yeux des autres, elle vous fait confiance et vous aime. Si vous représentez une menace, si vous êtes en concurrence avec elle, si vous risquez de lui prendre ce qu'elle désire ou ce dont elle a besoin, elle vous méprisera et s'appliquera à vous détruire. Entre les deux, il y a une position neutre. C'est l'indifférence. Elle vous contrôle et vous ne pourrez jamais lui faire de mal. Vous n'avez rien à lui offrir qu'elle désire ou dont elle ait besoin. Vous ne pouvez pas nuire à son image ni la mettre en valeur. Vous ne pouvez lui faire ni bien ni mal.

C'était facile de voir la position de son interrupteur avec mon père. Après le divorce, après sa victoire, il était sur « neutre ». Mon père ne cesserait jamais de l'aimer et de la désirer. Il ne pouvait rien lui prendre. Elle l'avait vaincu aux yeux du monde et avait obtenu la garde de ses filles. Elle ne lui accordait aucune pensée. Il n'y avait eu que la brève période où j'avais tenté d'aller vivre chez lui. Elle avait réglé ça d'un coup de ciseaux. Elle avait coupé les cheveux d'Emma pour me punir et elle y était parvenue car, quand ma sœur avait dû aller à l'école comme ça, j'avais ressenti son humiliation au creux de mon ventre, pire que s'il s'agissait de mes propres cheveux. Je rêvais que mon père rencontre une belle femme et qu'il se remarie, juste pour voir l'interrupteur de ma mère remonter en position « amour ». Elle l'aurait aimé jusqu'à la fin des temps, ou au moins jusqu'à ce qu'elle l'ait reconquis et se sente à nouveau en confiance. Mais ça ne risquait pas d'arriver.

Avec M. Martin, c'était une autre histoire. Ma mère ne relâchait jamais ses efforts, car elle n'était jamais sûre de son désir. La présence d'Emma le lui rappelait constamment, et ça n'avait fait qu'empirer au fil des ans. Mme Martin n'aimait réellement personne, pas au sens où je l'entends, en tout cas. J'utilise plutôt ce mot pour décrire son comportement. Son interrupteur était toujours sur « amour » avec M. Martin.

Avec Emma, il pouvait passer d'une position à l'autre en un instant. Elle se sentait fière d'elle, parce qu'elle était désirable. L'interrupteur était sur « amour ». Puis elle surprenait le regard de son mari qui s'attardait un peu trop longtemps, en particulier quand Hunter était là, alors il passait sur « haine ». Emma savait très bien actionner son interrupteur. Elle avait étudié le circuit électrique pendant des années et elle le connaissait par cœur. Ça ne lui demandait aucun effort. C'était peut-être même inconscient.

Avant ma disparition, Mme Martin était presque toujours sur « neutre » avec moi. Je ne pouvais ni l'aider ni lui faire de mal, et Emma, le paratonnerre, l'occupait tant que c'était à peine si elle me prêtait attention. Depuis que j'étais rentrée, c'était plus compliqué. Elle avait décidé que j'étais folle et, au début, elle me détestait parce que tout le monde me croyait et me plaignait. C'était perceptible, à travers ses sourires en plastique et ses étreintes osseuses. Mais, à présent qu'elle pouvait jouer le rôle de la mère dévouée dont la fille enfin retrouvée était perturbée et avait besoin d'aide, à présent que mes paroles ne représentaient plus une menace, elle pouvait m'aimer de nouveau, et c'était un immense soulagement pour elle.

« Je sais que tu étais dans ta chambre ce soir-là, m'avait-elle répété toute la journée. Tu n'étais pas cachée dans la voiture d'Emma. Tu n'es pas allée à la plage avec elle. Tout te reviendra quand tu seras rétablie. »

Elle l'a dit en en souriant tandis que nos ongles séchaient.

Je savais que bientôt l'interrupteur changerait encore de position. Et que, cette fois, ce serait la dernière.

Plus tard dans la journée, on a localisé le hors-bord de Richard Foley. Il appartenait au propriétaire d'un ponton commercial à South Bristol. Il proposait des emplacements et des bateaux, des locations longue durée aux résidents et aux pêcheurs de homard, ainsi que des locations saisonnières aux touristes et aux plaisanciers. En fait, le bateau avait été retrouvé six jours plus tôt, à la dérive près de Rockland, à plus de trente miles marins au nord de l'endroit où il était normalement amarré. Mais le propriétaire venait seulement d'alerter le FBI. Sa femme avait vu la photo de Richard Foley aux informations ce matin.

Il leur louait ce bateau depuis cinq ans sous un autre nom. Il payait en espèces. Il avait même réglé le dépôt de garantie de 6000 dollars en liquide.

J'avais du mal à cacher mon excitation et ma peur. Je savais qu'ils allaient trouver l'île, à présent, et je sentais la vengeance toute proche. Pourtant, la nouvelle n'avait pas paru troubler ma mère et je commençais à penser que rien ne l'ébranlerait. Elle était devenue plus forte en notre absence, sans les assauts répétés d'Emma contre sa façade de perfection. Et bien qu'on ait établi que j'étais saine d'esprit, elle était convaincue qu'à présent on doutait de moi, simplement parce que j'avais passé le test. C'est pourquoi j'étais aussi effrayée qu'excitée.

Ça m'avait fait bizarre, lorsque j'avais appris qu'on avait retrouvé le bateau. *Est-ce que tu avais une relation intime avec le pilote ?* C'était facile de répondre à cette question. Mais le fait d'avoir eu cette relation l'était beaucoup moins, et je ne pouvais pas chasser le tas de souvenirs qui étaient remontés à la surface quand j'avais entendu son nom entier.

J'avais été la maîtresse de Richard Foley pendant 286 jours. Je ne vais pas m'étendre là-dessus car c'est encore un peu compliqué dans ma tête. Quand j'y pense, j'ai la nausée. Parce que j'ai honte et parce que ça me dégoûte, mais aussi parce que je sais que le mal existe, et qu'il peut prendre les traits de l'amour de manière si convaincante qu'il rend les gens aveugles. Tout ça est écœurant et je préfère ne pas y penser.

J'avais appris trois choses au sujet de Richard Foley. La première, c'est qu'il ne se laissait pas aisément conquérir par le pouvoir du sexe cher à Mme Martin. Aussi puissant soit son désir, sa volonté de ne pas y céder était encore plus forte. La deuxième était liée au viol dont il avait été témoin en Alaska. Il avait une conscience et un sens moral. Ce qu'il avait vu l'avait si profondément perturbé qu'il s'était réfugié dans la drogue pour ne plus y penser. Puis il s'était soigné et il avait voulu réparer en retournant en Alaska afin de révéler à la presse les noms des coupables.

La troisième, c'est que les deux premières choses formaient une combinaison idéale pour moi.

Mon plan était simple. J'ai commencé à faire de longues promenades aux heures où le bateau venait pour nous ravitailler ou pour emmener Bill sur le continent. J'attendais que Rick soit seul sur le chemin et je me trouvais là, pas tous les jours, mais souvent. Il fallait qu'on ait l'air de se croiser par hasard. Et ces jours-là, je marchais lentement, les bras croisés autour de ma poitrine, le visage gonflé par le désespoir. Parfois, j'étais assise sur le ponton, plongée dans la contemplation de l'océan qui me retenait prisonnière, des larmes silencieuses coulant sur mes joues. Je ne le regardais pas, ne le saluais même pas. Cela a duré plusieurs semaines. J'ai attendu qu'il fasse le premier pas.

C'était en mars, un an et demi après notre arrivée à bord de son bateau. Le chemin qui menait au ponton était recouvert de neige. Les arbres étaient nus. Je m'étais arrêtée et j'étais accroupie, le dos à un tronc, les genoux pressés contre la poitrine. Je me balançais d'avant en arrière en frissonnant violemment. Rick m'a vue et s'est immobilisé un instant, comme si je l'avais surpris. Il s'est ressaisi et m'a dépassée, puis il s'est arrêté de nouveau, et, pour la première fois, il m'a adressé la parole.

Tu devrais rentrer. Il va pleuvoir. C'est pas un temps à rester dehors.

J'ai levé la tête et j'ai croisé son regard. Je lui ai tendu la main. Il a hésité, puis il l'a prise et m'a aidée à me relever. J'avais pleuré. Ce n'était pas difficile de recommencer, de faire couler les larmes, de laisser les sanglots soulever ma poitrine. Il m'a lâchée, alors j'ai tiré sur ses bras comme si c'étaient les cordes d'un canot de sauvetage qui s'éloignait sans moi, et j'ai posé le front sur son torse. Je ne suis pas allée plus loin. Je n'ai pas essayé de l'enlacer ou de le forcer à me serrer. J'ai attendu qu'il me repousse, mais il n'en a rien fait. Il m'a laissée ainsi, le front contre sa poitrine, jusqu'à ce que j'aie assez pleuré.

Après, j'ai levé les yeux vers lui l'espace d'une seconde, j'ai séché mes larmes et je suis repartie à grands pas vers la maison.

J'avais beaucoup appris de Mme Martin et d'Emma. J'étais devenue plus intelligente grâce à elles. J'avais notamment retenu de leurs leçons que tout le monde a besoin de quelque chose. Rick, lui, avait besoin de faire ce dont il n'avait pas été capable des années plus tôt, sur le bateau de pêche. Il devait sauver une femme. Alors, je suis devenue cette femme. Je l'ai laissé me sauver grâce à des petits moments comme celui-ci. Puis il m'a sauvée un peu plus en m'écoutant et en me tenant compagnie pendant mes promenades. Enfin, il m'a sauvée vraiment en m'aimant et en se laissant aimer.

En même temps, j'avais planté les graines pour saper sa loyauté. C'est ce que j'ai expliqué à la psy et à l'agent du FBI. Rien de ce que j'avais à lui offrir n'aurait pu en venir à bout. Alors, j'ai commencé par insuffler mon poison. Je n'ai pas pris de risque. Et j'ai été patiente. D'une patience incroyable.

Il y avait des fois où je pensais que j'allais craquer, tant mon désir de partir, d'être libre et de me venger était colossal. Jour après jour, je devais supporter la vue de Lucy avec le bébé, et faire comme si je n'avais pas envie de la tuer, de voler des moments avec l'enfant, parce que je l'aimais autant qu'Emma. Plus, peut-être. J'aimais son odeur, j'aimais son rire. J'aimais ses bras potelés et ses yeux bleus brillants. C'était la première fois que j'éprouvais un sentiment pur, car elle était trop petite pour se faire aimer par la force ou par la ruse. Je l'aimais tellement que c'était un supplice de la voir si proche sans pouvoir la prendre dans mes bras. Après la scène horrible qui s'était déroulée sur le ponton, il m'a fallu 247 jours pour briser la résistance de Richard Foley. Puis il en a fallu 286 de plus afin qu'il reporte sa loyauté sur moi et m'aide à m'enfuir. Et pendant tout ce temps, j'ai dû faire taire cet amour douloureux.

Je ne sais pas à quel moment c'est arrivé, mais à force de désirer Richard Foley pour le manipuler, j'ai fini par le désirer tout court. Il fallait que je le désire vraiment pour qu'il me croie. Alors, chaque fois que je le croisais, chaque fois que nous échangions un regard, avant chaque rencontre – quand je me brossais les cheveux, choisissais mes vêtements, me pinçais les joues pour les faire rosir –, je pensais à ses mains sur mon corps, sa bouche sur ma bouche, sa peau contre ma peau. Je pensais à lui la nuit. Je pensais à lui quand l'air tiédissait et que les premiers rayons du soleil caressaient mon front. Mon désir de partir et mon désir pour cet homme se sont enchevêtrés.

Je revois son expression torturée alors qu'il tenait mon visage entre ses mains puissantes. Il ne voulait pas faire ça, mais il était trop défait pour continuer à lutter. J'avais réussi ; je l'avais vaincu avec mon pouvoir et mes mots. Il y avait du désir dans mes yeux, et il était pur et vrai. J'ai fait semblant de vouloir le repousser. Il a serré mon visage plus fort et l'a attiré vers le sien. Ce baiser, je ne l'oublierai jamais, et pas uniquement parce que c'était le premier. Nous étions tous les deux affamés, sur le point de nous noyer, de mourir, et c'était la seule chose qui pouvait nous sauver.

Nous nous sommes étendus dans l'herbe haute, juste avant les rochers à l'ouest de l'île. Il a cessé de me regarder et j'ai senti que la connexion qui était là, dans nos yeux, nos pensées et nos mots, était passée dans nos corps et qu'elle y resterait tant que nous serions amants. Je l'attendais quelque part : dans l'herbe, au ponton, dans la cabane où se trouvait le groupe électrogène. Alors, il m'embrassait et me déshabillait, puis me plaçait comme il voulait. Parfois face à lui. Parfois devant lui. Mais toujours sous lui, me soumettant à lui comme je l'avais soumis à moi. C'est difficile à décrire. C'est difficile d'y penser aujourd'hui. Il était doux et se retenait, quelle que soit la rage en lui qui ne demandait qu'à se déchaîner. Il aurait pu y donner libre cours. Il aurait pu s'acharner contre mon corps, lâcher la bride à la furie qui l'avait chassé de chez lui quand il était jeune, à la haine qu'il éprouvait contre lui-même pour ne pas avoir aidé la femme sur le bateau de pêche. Mais se retenir, d'une certaine manière, le guérissait petit à petit.

Le quatrième jour de mon retour, j'ai pensé au temps passé avec Richard Foley. Mon corps avait soif du sien. Et j'avais l'esprit embrouillé. C'est là où naît le désir, et il ne disparaît pas comme ça, simplement parce qu'on n'en veut plus. Je sentais un tas de choses que je n'avais pas envie d'éprouver. Le manque. La faim. Le dégoût. Je pensais avoir laissé tout ça sur l'île et je me suis demandé si ces sentiments n'avaient pas toujours été là aussi, à la maison, attendant mon retour.

J'ai pris une longue, longue douche pour me laver de tout ça.

Après l'incident des photographies, la guerre chez nous a connu des phases de conflit ouvert et des périodes de trêve. Mais ce n'était pas la paix pour autant. C'était le moment où chaque partie regroupait ses forces, se réarmait et établissait des stratégies. La guerre froide. Je ne sais pas quand exactement Hunter a découvert que son père avait fait des photos d'Emma, mais c'est durant les trois semaines qui se sont écoulées entre le jour où elles ont été prises et celui où il les a publiées sur Internet. Je pense que tout est allé très vite, qu'il était animé par une fureur aveugle contre Emma et son père. Si celui-ci adorait et vénérait son fils, Hunter idolâtrait et admirait M. Martin. Il fallait toujours qu'il nous fasse des récits enjolivés sur ses succès financiers et sa fortune. Il insinuait même qu'il avait des liens avec le crime organisé. Son père l'avait profondément blessé en convoitant Emma et en cédant à ses pulsions. Et Emma avait été cruelle d'utiliser ça contre lui.

Il a publié ces photos sur un coup de tête. Et il a payé : Witt lui a cassé la figure et Mme Martin le croyait coupable de tout. S'il n'avait pas agi sous le coup de l'émotion, s'il ne s'était pas laissé emporter par la fureur, il aurait certainement concocté un meilleur plan.

Mais on apprend de ses erreurs.

La guerre froide a duré des mois. M. Martin évitait Emma pour ne pas penser à ses seins et Hunter restait en pension pour punir son père. Emma jubilait, même si sa victoire lui avait coûté un petit ami. *Un de perdu, dix de retrouvés*, disait-elle. Les hostilités ont repris à la suite d'une attaque foudroyante pendant les vacances de printemps, alors que toute la famille était à Saint-Barthélemy. L'assaut a été rapide et décisif. Si subtil que j'ai failli le rater. Pourtant, je me consacrais tout entière à l'observation de cette guerre, pour des questions de survie.

J'en prends toute la mesure aujourd'hui, avec quelques années de plus et l'expérience acquise sur l'île.

Les professeurs de l'académie Soundview nous enseignaient que l'être humain avait en lui le désir d'apprendre. Je pense qu'il serait plus juste de dire qu'il a en lui le désir d'apprendre ce dont il a besoin pour survivre. Sur l'île, cela signifiait apprendre à connaître les autres, à lire leurs expressions, à comprendre ce qui les animait, ce qui les faisait agir et réagir. Et ce à quoi ils aspiraient dans les recoins les plus sombres de leur âme. Il y avait des choses qu'on ne trouvait pas dans les manuels qu'achetait Lucy, mais je me suis débrouillée pour les apprendre quand même. Et je l'ai fait sans m'en rendre compte.

Lorsque je suis rentrée à la maison, j'ai eu l'impression qu'on avait soudain injecté cette connaissance dans mon cerveau. Ce n'est pas évident à décrire. C'était comme de chausser des patins à glace pour la première fois et de découvrir qu'on savait se réceptionner après un triple saut. Ça m'a servi à aider le FBI à trouver l'île et ma sœur. Et à analyser les souvenirs qui me revenaient. Des choses inexplicables à l'époque devenaient soudain évidentes. Des choses qu'avaient faites ma mère, M. Martin, Hunter et Emma, et aussi certaines que j'avais faites.

Pas pardonnées. Mais comprises.

Pendant ces vacances de printemps où les combats ont repris, nous avions une villa sur les hauteurs de l'île. Elle dominait l'océan et je pense que c'était la maison la plus cool que nous avions louée en trois ans. Saint-Barth est un endroit très chic. Et très cher. C'est une île française, ce qui signifie qu'il y a beaucoup de restaurants raffinés et des discothèques ouvertes toute la nuit. On y croise des mannequins et des stars de cinéma. C'est pour ça que, depuis son remariage, Mme Martin en avait fait notre destination de prédilection au printemps. Mon père avait toujours refusé de l'y emmener. Il trouvait ça trop bling-bling. En plus, il adorait le ski. Il la traînait dans l'Utah, où elle boudait et ne mettait pas les pieds dehors. Elle ne tenait pas à se ridiculiser sur les pistes. Mon père, qui était un excellent skieur, lui aurait volontiers offert des cours particuliers, mais elle aimait mieux faire la grève.

Hunter avait toujours quelques copains du lycée qui allaient à Saint-Barth à la même période et il les rejoignait en ville ou à la plage. En raison du refroidissement de leurs relations, cette année Emma n'était pas invitée à l'accompagner. Je voyais bien que ça l'embêtait de se retrouver coincée à la piscine avec notre mère et moi, et seulement avec moi le soir quand les adultes sortaient. Ça l'embêtait à tel point qu'elle a fait une offre de paix à Hunter. Elle lui a demandé de lui mettre de la crème solaire dans le dos. Ça n'a l'air de rien, je sais. Mais ce qu'elle lui proposait réellement, c'était que tout redevienne comme avant. Elle s'excusait d'avoir laissé M. Martin prendre les photos et pardonnait à Hunter de l'avoir traitée de pute et de ne pas l'avoir prévenue que Joe avait une copine avant qu'elle ne couche avec lui. Elle était même prête à lui pardonner les photos publiées sur Internet. C'étaient de sacrées concessions.

Mais, comme je l'ai dit, Hunter avait appris de ses erreurs. Il savait que ça ne servait à rien de porter des coups sans stratégie et il préparait sa prochaine attaque depuis des mois. Alors, il a répondu que non. Il ne pouvait pas lui passer de crème.

Je suis pressé, Em. Demande à Cass.

Ma sœur s'est enfermée dans sa chambre et n'en est pas ressortie de la journée.

Le lendemain après-midi, Hunter n'est pas allé retrouver ses amis. Il est resté à la maison, au bord de la piscine avec ma sœur, ma mère et moi. M. Martin n'aimait pas le soleil, alors il se rendait en ville tous les jours, pour boire du vin et se promener. Il faisait d'une pierre deux coups : ainsi, il n'avait pas à voir Emma dans son minuscule bikini. En fait, il nous évitait tous depuis le début du séjour, ce qui arrangeait Mme Martin, car elle pouvait se repaître de magazines idiots sans baisser dans son estime. Je pense que si elle ne s'était pas sentie aussi comblée, elle aurait compris ce qui se passait et ça ne lui aurait pas plu du tout.

Hunter était assis face à l'océan. Avec ses lunettes de soleil, on ne voyait pas ce qu'il regardait : nous, l'horizon ou rien du tout. Un long moment s'est écoulé. Emma écoutait de la musique et échangeait des SMS avec ses copines, riait de temps en temps, et passait la main dans ses cheveux courts. Je lisais un livre pour le collège, *Le Passeur*, un roman qui parle d'un endroit imaginaire où les gens n'ont plus de sentiments. C'était bizarre, d'être là entre deux ennemis qui faisaient semblant d'être en vacances alors qu'ils ne pensaient qu'à se faire du mal.

Juste avant le déjeuner, Hunter a lancé une offensive meurtrière, provoquant une intensification des combats qui finirait par mener Emma à sa perte. Et moi à la mienne.

Qu'est-ce qu'il fait chaud, aujourd'hui ! a dit Mme Martin. Elle a posé son magazine, pris une gorgée de son cocktail au rhum et attrapé la crème solaire.

Hunter, qui n'avait pas bougé depuis le petit déjeuner, hormis pour faire un plongeon dans la piscine, a bondi sur ses pieds et s'est assis au bord de la chaise longue de Mme Martin. *Je peux t'en mettre dans le dos.*

Mme Martin a eu un sourire étonné. Peut-être même prudent. Je la voyais qui réfléchissait, et maintenant que j'ai appris à connaître les gens, je comprends pourquoi. Si elle refusait, elle admettait que son beau-fils n'était pas censé toucher sa peau nue et lui passer de la crème dans le dos. Mais si elle acceptait, son beau-fils toucherait sa peau nue et l'enduirait de crème. Elle est restée indécise un quart de seconde, puis elle a remarqué l'expression blessée d'Emma.

Ce serait adorable, mon grand.

Hunter a souri. Il a pris le tube, l'a pressé et a frotté ses mains l'une contre l'autre, avant de les poser sur notre mère.

Il ne s'est rien passé de plus pendant ce séjour. Mais c'était largement assez. Hunter a regagné sa pension. Nous ne le reverrions pas avant les vacances d'été, quand Emma porterait le coup suivant.

Le quatrième jour de mon retour, on a sonné. J'étais au salon. M. Martin est allé ouvrir.

C'était Mme Winter et l'agent Strauss. Ils n'ont pas demandé à entrer. Ils voulaient lui parler sur la véranda, en privé. Je les voyais par l'ouverture en arche entre le salon et le vestibule : les gestes, le haussement d'épaules surpris de M. Martin et la porte qui se refermait sur lui. Je ne pouvais être sûre de rien, toutefois j'étais optimiste. On n'avait toujours pas retrouvé l'île, mais on n'avait pas cessé de me croire pour autant. Et je voyais bien que ça perturbait ma mère. Les messes basses avec son mari se faisaient plus fréquentes ; des plis d'inquiétude creusaient son visage.

Ce n'était pas suffisant. Rien de tout ça n'était suffisant.

Mais les choses commençaient à bouger.

Bientôt, ils découvriraient où vivait Richard Foley et ça les conduirait à l'île. En attendant, ils avaient trouvé ce que je voulais qu'ils trouvent. Ça valait bien une journée d'incertitude anxieuse, à subir Mme Martin en mode « amour » qui me traitait comme une malade mentale. Une journée à endurer sa jubilation et son arrogance. Ça valait tout, même ce que ça a fait à Mme Winter.

16

Abigail Winter

Abby et Leo retournèrent chez les Martin en fin de journée.

Ils s'installèrent sur les chaises en fer forgé de la véranda. Jonathan Martin croisa les jambes, s'assit confortablement et sourit comme s'il prenait un verre avec des amis au country club.

« Que puis-je faire pour vous ? »

Leo lui rendit son sourire. Il était à son affaire. Il connaissait le jeu, même s'il avait peu d'atouts en main.

« Lisa Jennings. »

Jonathan Martin prit un air surpris.

« Pardon ? Qui ça ?

– La conseillère d'orientation. De l'académie Soundview.

– Ah oui, bien sûr. Je m'en souviens maintenant. »

Le sourire de Leo s'élargit.

« Elle aussi, elle se souvient de vous. Et même très bien.

– Je ne comprends pas. Venez-en au fait.

– Vous avez eu une liaison avec elle. Elle était toujours votre maîtresse au moment de la disparition des filles, répondit Leo sans se départir de son calme. Vous vous êtes rencontrés à une journée portes ouvertes de l'école. Elle est plutôt séduisante.

– C'est absurde. »

Abby étudiait son visage tandis que Leo énonçait les faits avec assurance. Après avoir interrogé Lisa Jennings, ils s'étaient replongés dans le dossier. Lors de la première enquête, l'agent chargé d'analyser les communications de Jonathan Martin avait rédigé un rapport, avec la liste des appels émis et des SMS envoyés au cours des deux années précédentes. Il y en avait des dizaines adressés à Lisa Jennings. À présent, il s'était écoulé trop de temps pour obtenir le contenu des messages en question. Il n'y avait pas de facture de carte bancaire : ni hôtel, ni repas, ni voyage. Pas de concierge qui aurait pu les voir entrer et sortir du petit immeuble où elle vivait. En fait, ils n'avaient rien, hormis les aveux de la conseillère d'orientation.

« Je m'efforçais d'aider, comme je vous l'ai dit. Je me demandais si elle savait quelque chose. »

À l'époque, Leo avait accepté son explication. Lisa Jennings avait longuement été interrogée et rien de suspect n'avait attiré leur attention. On cherchait plutôt un inconnu, un individu extérieur qui aurait pu enlever les jeunes filles ou s'en prendre à elles. Les relations entre les gens qui s'efforçaient de les aider dans leur enquête n'étaient pas leur priorité.

A posteriori, il apparaissait étonnant que le beau-père ait cherché à contacter qui que ce soit à l'école. À présent, ils savaient pourquoi.

« Nous sommes retournés interroger Lisa Jennings après avoir ressorti le journal de vos communications, et ce n'est pas l'explication qu'elle nous a donnée. Elle nous a parlé du flirt à la journée portes ouvertes, du lent jeu de séduction par SMS, puis des après-midi chez elle. Cela durait depuis plusieurs mois lorsque les filles ont disparu. Vos belles-filles. »

Lisa Jennings n'avait pas nié longtemps. Ils l'avaient mise face à son mensonge : elle ne pouvait pas avoir appris l'histoire des cheveux coupés d'Emma par Owen Tanner. Il ne savait rien. Et ils avaient les appels et les SMS. Elle appartenait à une génération consciente des traces indélébiles laissées dans les réseaux sociaux. Il avait été aisé de la persuader que son opérateur avait conservé le contenu de ses messages.

Elle avait les larmes aux yeux lorsqu'elle leur avait parlé du jour où elle avait réalisé que Jonathan Martin ne l'avait jamais aimée, de la facilité avec laquelle il avait rompu par téléphone. Elle comprenait, ce n'était pas la question. Bien sûr qu'ils ne pouvaient pas continuer à se voir, au moins pendant un temps, jusqu'à la fin de l'enquête. La famille, l'école : ils étaient sous les projecteurs. Mais c'était son indifférence qui l'avait blessée. Il ne ressentait rien, ni tristesse ni nostalgie, aucune sensation de vide. Elle s'était investie dans la relation parce qu'il l'avait laissée croire qu'il éprouvait des sentiments pour elle : « Maintenant, je me rends compte que c'étaient des mensonges. La tendresse dans ses yeux, les paroles qu'il me murmurait : rien que des mensonges. Et il était extrêmement doué pour ça. »

« Ma foi, répondit Jonathan Martin sur la véranda. Cette jeune femme est manifestement très perturbée. »

Il n'avait pas quitté son air suffisant. Il savait qu'ils ne pourraient jamais prouver qu'il avait couché avec Lisa Jennings. Mais ce n'était pas le but d'Abby et Leo. Il ne s'agissait pas d'une mise en examen. Son impassibilité forcée lorsqu'ils avaient prononcé le nom de la jeune fille avait confirmé leurs soupçons. Et c'était tout ce qu'ils demandaient : une confirmation.

La conseillère d'orientation leur avait également avoué qu'il était obsédé par son fils. Il parlait de lui comme si c'était « un don du ciel », selon elle. Pourtant, quand elle l'avait croisé, elle n'avait vu qu'« un poseur maigrichon qui pensait que tout lui était dû ». Et même si elle avait cru pendant un temps que Jonathan était amoureux d'elle, elle n'avait jamais douté qu'il l'abandonnerait sans hésiter pour préserver sa réputation.

Elle avait accepté de collaborer avec un agent de New Haven. De mettre à leur disposition son journal téléphonique. De passer le test du détecteur de mensonges pour prouver qu'elle n'avait rien à voir avec la disparition des sœurs Tanner et qu'il s'agissait uniquement d'une liaison avec leur beau-père. Elle allait sans doute engager un avocat et demander l'immunité en échange. Mais elle ferait ce qu'elle avait promis.

Qui savait où cela pourrait mener. Jonathan Martin lui avait parlé, il s'était confié au sujet de sa femme, des filles et de son fils. Il lui reviendrait peut-être un détail en apparence anodin qui leur permettrait de remonter jusqu'aux Pratt ou d'identifier le père de l'enfant d'Emma.

Leo allait explorer cette piste : les liens éventuels entre Lisa Jennings, Jonathan Martin et les Pratt.

Mais il y avait quelque chose qui titillait Abby. Pourquoi Cass avait-elle semé les miettes de pain qui conduisaient à cette porte ? Elle avait menti au sujet des relations entre sa sœur et la conseillère d'orientation. Abby ne mettait pas en doute la parole de Lisa sur ce point. Cela signifiait donc que Cass était au courant de la liaison et qu'elle voulait qu'ils l'apprennent. Sinon, son mensonge n'avait aucun sens. Elle voulait les inciter à retourner voir Lisa. Elle voulait qu'ils interrogent Jonathan Martin, puis sa mère, pour qu'elle soit elle aussi au courant. Mais dans quel but ? Se venger de ce qu'elle leur avait fait subir tout au long de leur enfance ? En tout cas, Abby était sûre que Cass savait très bien ce qu'ils découvriraient en allant voir Lisa Jennings.

Leo resta silencieux un moment. Puis il posa une question qui n'était pas prévue.

« Est-ce que vous avez déjà parlé d'Emma Tanner en l'appelant Lolita ? »

Le dos de Jonathan Martin se redressa brusquement. Son expression de dégoût semblait surjouée.

« C'est assez », déclara-t-il en se levant.

La sélection naturelle : c'était l'une de ses idées fixes, à en croire son ancienne maîtresse. L'histoire avait prouvé que la tribu était plus forte que l'individu isolé, affirmait-il. Seule l'infiltration d'éléments étrangers pouvaient la fragiliser. Il pouvait citer une longue liste d'exemples pour appuyer sa thèse et il avait des opinions politiques assez extrêmes concernant la manière de se prémunir d'une telle éventualité. Lisa lui avait demandé comment il appliquait sa théorie à sa famille recomposée et il avait évoqué les filles. Cass, affirmait-il, ne représentait pas une menace. C'était une faible. Une suiveuse. Emma, en revanche, était une source potentielle de problèmes. Elle était attirée par le pouvoir, mais ne connaissait pas sa place, contrairement à sa mère. Il avait insinué qu'elle était consciente de l'effet qu'elle produisait sur les hommes et qu'elle avait commencé à s'en servir. Et c'est alors qu'il l'avait traitée de Lolita.

Leo et Abby se levèrent à leur tour. Leo se tenait entre Jonathan et la porte de la maison, lui bloquant le passage.

« Je trouve tout cela répugnant. Ma fille a disparu et vous perdez du temps avec ces absurdités. Je vous prie de partir. Ma femme a bien assez de soucis comme ça. »

Leo s'écarta. Abby, qui retenait son souffle, attendit que Jonathan se soit engouffré à l'intérieur pour expirer.

Elle regarda Leo et sourit.

« Quoi ? Tu es surprise ? »

Elle l'était. Il posait des questions sur la famille.

« Qu'est-ce que tu as en tête, Leo ? Lolita est une toute jeune fille qui séduit un homme plus âgé…

– Il n'était pas à Paris cet été-là, si c'est là où tu veux en venir. Ni son fils, Hunter.

– Tu as cherché ? Pourquoi est-ce que tu ne m'as rien dit ? »

Leo l'invita à s'éloigner de la maison. Ils descendirent les marches de la véranda.

« Ne t'emballe pas, mais quand je regarde ce type, ça me paraît évident qu'il se contrefiche de ses belles-filles. Il est entré dans leur vie alors qu'elles approchaient de l'adolescence. Elles avaient 11 et 13 ans. Leur demi-frère a pris Hunter Martin en grippe et les gamines vouaient un culte à Witt. Hunter était obsédé par Emma et je suis sûr que le père estimait que c'était sa faute à elle : la tentatrice qui perturbe un jeune homme sain travaillé par ses hormones. C'est une histoire vieille comme le monde. Quand Cass nous a révélé qu'Emma était enceinte, mais refusait de révéler le nom du père, j'ai pas mal cogité. Évidemment, j'ai pensé à Jonathan Martin et à son fils. Ç'aurait été une bonne raison de s'enfuir, d'avoir peur des conséquences, si l'un des deux était le père.

– Sauf qu'elle était en France à ce moment-là, non ? Cass affirme qu'elle a accouché en mars. L'enfant aurait donc été conçu en juin ou en juillet au plus tard. Emma n'est rentrée que mi-août.

– Oui. Je me suis assuré qu'aucun des deux n'était à Paris pendant cette période, voilà tout. Par acquit de conscience.

– Et maintenant ? »

Leo haussa les épaules.

« On tente notre chance avec Judy Martin dans une heure. C'est parfait : il a nié, nous avons donc une bonne raison de l'interroger. Ça lui laisse une fenêtre étroite pour lui avouer la vérité lui-même.

– Très bien. »

Ils s'arrêtèrent devant la voiture d'Abby et elle sortit ses clés.

« J'ai lu ta thèse, tu sais. »

Elle se retourna.

« Quand ?

– L'an dernier. Et je l'ai relue hier soir. J'étais couché, Susan dormait. Elle a une photo des enfants quand ils étaient petits sur sa table de chevet. Je dois voir cette photo dix fois par jour, parce qu'elle est là, tu sais. Et je songeai à cette histoire de coupe de cheveux. Quelle mère ferait un truc pareil ? C'est vraiment cruel. Sadique. Et pour punir son autre fille, en plus. »

Leo s'interrompit. Il regardait ses chaussures en secouant la tête.

« Ce que tu as écrit sur les enfants. La façon dont la mère narcissique en choisit un et fait tout pour qu'il ne lui échappe pas. Afin de renforcer l'alter ego...

– Emma. C'est ce qu'elle faisait à Emma.

– Et Cass, l'enfant délaissé qui considère le favori comme un parent de substitution. Un gosse qui en élève un autre alors que les parents sont là. C'est dégueulasse.

– Je sais. »

Abby ignorait où il voulait en venir, néanmoins elle était soulagée. Leo comprenait enfin. Il commençait enfin à voir cette famille comme elle. Cela représentait beaucoup à ses yeux.

« Ça me rend malade pour ces gamines. Et ça me rend malade pour toi. »

Abby ne savait pas quoi dire. Elle songeait aux paroles de Cass, à la manière dont elle avait décrit le conflit : le besoin d'aimer et d'être aimé, tout en étant conscient qu'« à partir du moment où on accorde sa confiance à quelqu'un, on peut être trahi un jour ». La plupart des gens l'ignoraient et tant mieux pour eux. Mais Judy Martin avait privé sa fille de cette innocence. Et on ne la regagnait jamais. Est-ce qu'il fallait le regretter ? Où était-ce ce qui les protégeait ?

Soudain, une idée lui traversa l'esprit. Abby referma sa main sur le bras de Leo.

« Qu'est-ce qu'il y a, jeune fille?

– À partir du moment où on accorde sa confiance, on peut être trahi.

– Qu'est-ce que c'est censé vouloir dire ? demanda Leo, dérouté.

– C'est ce que Cass veut que sa mère apprenne. C'est pour ça qu'elle nous a mis sur la piste de Lisa Jennings : pour qu'on découvre la liaison, pour que sa mère croie ou sache que son mari l'a trahie !

– Et après ?

– Je n'en sais rien...

– Pourquoi est-ce qu'elle ne s'est pas contentée de nous le dire ? Pourquoi est-ce qu'elle nous a laissés penser que c'était lié à Emma ?

– Parce qu'il faut que Cass soit celle en qui Judy peut avoir confiance... Et ne me demande pas pourquoi, car je n'en sais rien non plus. Tout ce que je peux affirmer, c'est qu'elle veut que sa mère se fie à elle, qu'elle la croie elle, plutôt que Jonathan Martin.

– Abby, je ne vois pas en quoi tout ça va nous aider à retrouver Emma… »

Leo fut interrompu par la vibration de son portable dans sa veste. Il le sortit.

« Oui ? »

Ses yeux s'écarquillèrent.

Abby attendait, observant les changements sur son visage. La surprise céda la place à l'excitation. Il raccrocha et sourit. Et quand il parla, le temps se figea.

« Ils ont trouvé l'île. »

17
Cass

La découverte de la liaison de M. Martin a provoqué un cataclysme à la maison. Bien sûr, il a nié, alors ils ont interrogé ma mère. Et c'est comme ça qu'elle a su.

Mme Martin se croyait très maligne. Après tout, elle était parvenue à échapper à sa condition de secrétaire, elle avait séduit mon père et M. Martin, nous tenait tous sous sa coupe, et avait réussi à nous empêcher de la quitter à force de manœuvres judiciaires et d'intimidations. Pourtant, jamais elle n'avait envisagé que son mari couche avec une femme plus jeune et plus jolie. Et je pense que c'était ça le pire pour elle : n'avoir rien vu, avoir été bernée. Après un coup pareil, on doute de tout. On se méfie de son propre jugement, de vérités qu'on tenait pour acquises, parfois si profondément enracinées en nous qu'on ignorait qu'elles étaient là et façonnaient nos pensées.

M. Martin ne pouvait pas nier l'évidence. C'était écrit noir sur blanc, son numéro de téléphone encore et encore, sans parler des aveux larmoyants de Lisa Jennings. Je suis sûre qu'il regrettait de ne pas avoir été plus prudent, de ne pas avoir utilisé une carte SIM prépayée ou la ligne fixe du country club.

Il ne pouvait pas nier. Pourtant, c'est ce qu'il a fait.

Mme Martin a tenté de lui arracher la vérité. Je n'ai pas entendu toute la conversation du couloir, mais j'en ai compris assez.

« Tu ne me trouves pas séduisante…

– C'est faux ! Tu as toujours été très séduisante. Très sexy…

– Pas assez, manifestement. Pas assez !

– Je n'ai pas couché avec cette femme ! Pourquoi est-ce que tu refuses de me croire ?

– Je pense que tu as un faible pour les jeunes femmes !

– Non...

– Les filles...

– Assez ! Je n'ai rien à voir avec ce qui est arrivé aux filles...

– Les jeunes filles...

– Arrête !

– Je voyais bien la manière dont tu regardais Emma... Mon Dieu, est-ce que je suis en train de devenir folle ? Est-ce que j'ai perdu la tête ? Oh, mon Dieu ! Tu le connais, n'est-ce pas ? Tu connais cet homme. Ce Bill ! Emma est là-bas ! Emma est là-bas ! Et tu l'as toujours su ! C'est toi ! Tu t'es débarrassé de mes filles et tu les as livrées à ce monstre !

– Tais-toi ! Je refuse d'écouter tes élucubrations. Je n'ai rien à voir avec cette île et c'est la dernière fois que j'essaie de me justifier...

– Rien n'est vrai. Rien de ce que tu dis n'est vrai !

– Assez. Je vais à New York. Tu divagues ! Tu es en train de perdre la tête ! »

M. Martin est donc allé à New York, décrétant qu'il dormirait à son club de sport. Et pendant son absence, il s'est passé deux choses. La première, c'est que Mme Martin s'est laissé gagner par une de ses humeurs hivernales.

J'ai collé mon oreille contre sa porte. Je l'entendais sangloter dans son oreiller, comme autrefois quand j'étais plus jeune, et j'ai dû réunir tout mon courage pour ne pas m'enfuir en courant dans le couloir, jusqu'à la chambre d'Emma. J'ai hurlé silencieusement. *Emma n'est pas là !* Et j'ai essayé de me ressaisir. *Tu es revenue pour une raison.*

Je suis entrée et je me suis immobilisée, attendant de voir comment elle réagissait. Si elle réagissait tout court. Depuis mon retour elle m'aimait uniquement parce qu'elle pensait que j'étais folle et que personne ne me croyait. Mais à présent son univers s'écroulait. Son mari l'avait trompée et il lui avait menti. S'il lui en avait préféré une autre, c'est qu'elle n'était pas la meilleure.

« Cass ! a-t-elle hoqueté, le corps flasque comme un liquide répandu sur le lit. Viens ici, Cass ! »

Je me suis approchée. Je me suis assise et je l'ai laissée m'entourer la taille et presser son visage contre mon ventre.

« Rien n'est réel, Cass ! Dis-moi ce qui est vrai. Dis-moi que tu n'étais pas dans la voiture d'Emma ce soir-là. Dis-moi que tu étais dans ta chambre, la porte fermée… »

J'aimerais pouvoir dire que je suis restée imperturbable. Que j'ai souri d'un air satisfait en la voyant s'effondrer. Mais je ne suis pas si forte.

J'ai dû me battre contre moi-même. J'ai senti ma tête se vider de son sang et mon cœur cogner contre mes côtes. Il tapait si fort que j'avais mal. J'ai attendu que le sang irrigue de nouveau mon cerveau, puis j'ai murmuré :

« Chuuut.

– Cass ! Dis-moi !

– Chut, madame Martin. Tout va bien. »

Je caressais ses cheveux soyeux en parlant.

Son corps se tordait de douleur.

Les souvenirs se bousculaient dans ma tête. Moi dans le coin. Emma sur ce lit, cajolant notre mère.

« Chut, madame Martin », ai-je murmuré.

Puis j'ai dit ce que ma sœur disait toujours dans ces circonstances.

« Tu es une mère extraordinaire. Il n'y en a pas de meilleure au monde. »

Je suis restée auprès d'elle jusqu'à ce qu'elle se calme. Puis je suis allée lui chercher à boire en bas. Elle a pris une petite pilule blanche, a bu son verre et s'est endormie entre mes bras.

J'espérais que ce serait suffisant. Que M. Martin n'userait pas de son charme pour défaire mon travail. C'était tout ce que j'avais : sa liaison avec Lisa Jennings. J'en avais découvert l'existence juste avant de disparaître. M. Martin était très imprudent et il laissait son téléphone mobile traîner presque tous les soirs. Je rêvais de lui dire la vérité, à l'époque. Allongée dans mon lit, parfois avec Emma, je me demandais comment et quand je ferais ce cadeau à ma sœur : cette arme qui détruirait certainement notre ennemie. Puis nous avions disparu.

Le second événement qui s'est produit ce jour-là, c'est qu'on a découvert l'endroit où habitait Richard Foley. Et à partir de là, on n'a eu aucun mal à localiser l'île.

Ils se sont rendus sur place le soir même. Huit membres du FBI, dont l'agent Strauss et la psy. Ils ont passé la nuit dans un petit hôtel et ont mis les lieux sous surveillance. Ils ont obtenu des images par satellite, des cartes, des permis de construire, tout ce dont ils avaient besoin pour élaborer un plan d'attaque d'ici au matin.

Je n'ai pas fermé l'œil de la nuit. On ne nous avait avertis ni de la surveillance, ni des images satellite, ni des détails du plan. Mais je savais que tout irait très vite. Et je savais que ce serait dangereux, car ils m'avaient demandé s'il y avait des fusils, des armes ou quoi que ce soit qui pourrait servir à fabriquer des explosifs. Je n'arrêtais pas d'imaginer que les gens que j'aimais pouvaient mourir.

J'ai donc passé une bonne partie de la nuit à réfléchir à la mort. Personne n'en est revenu pour nous dire ce que ça faisait. Mais je pense que ça doit faire mal, même si ça ne dure qu'une fraction de seconde. Même si on vous coupe la tête ou qu'on vous tire une balle dans le cœur. La vie est trop puissante en nous pour se retirer sans aucune souffrance.

L'idée que la vie puisse nous quitter, Emma, Witt ou moi, rendait notre père complètement paranoïaque. Il devenait fou, quand on n'écoutait pas ses recommandations. Le pire, c'étaient les casques de vélo et les ceintures de sécurité. Je ne sais pas ce qui se passait dans la tête de Witt et d'Emma lorsqu'ils ne les mettaient pas. Peut-être le faisaient-ils exprès, parce qu'ils ne voulaient pas d'entrave. En ce qui me concerne, j'oubliais, tout simplement. Notre père nous faisait la morale. Les enfants se sentent invincibles, répétait-il. Ils ne comprennent pas qu'ils peuvent mourir. Qu'un jour, ils mourront vraiment. Qu'ils sont destructibles. Emma gloussait et je voyais bien que ça lui passait totalement au-dessus de la tête. Elle se moquait de découvrir un jour qu'elle n'était pas invincible. C'était comme la beauté. Elle voulait en profiter tant qu'elle pouvait. Sinon, à quoi bon ?

Si un jour je pense comme papa, je préfère me consumer dans une grosse boule de feu. J'aime mieux vivre deux fois moins longtemps et me sentir vivante que vivre deux fois plus longtemps en me sentant déjà à moitié morte.

Emma m'a chuchoté ces mots à l'oreille un soir qu'elle était couchée dans mon lit. Elle avait 16 ans. Elle ne faisait plus de vélo et elle mettait sa ceinture de sécurité quand elle conduisait parce qu'elle n'avait pas envie d'avoir d'amende. Il n'empêche, avec notre père, il y avait toujours un tas de règles et de limites. À l'époque, j'avais eu l'impression qu'elle se sentait très adulte quand elle disait ça. Qu'elle se figurait avoir trouvé un truc auquel personne n'avait pensé avant elle. À présent, je me rends compte qu'elle cherchait juste une manière d'expliquer ce qui se passait en elle.

Quand le cri veut sortir, rien ne peut l'arrêter. Ni les règles ni les limites. Ni même l'instinct de survie.

Je ressemblais plus à mon père. Aussi loin que je me souvienne, j'avais en moi la peur de mourir et le sentiment que ça allait m'arriver pour me punir. Chaque fois que je fumais une cigarette, je me disais que j'allais avoir le cancer. Chaque fois que je buvais de l'alcool, je m'imaginais à l'hôpital avec la peau toute jaune parce que mon foie me lâchait. Et quand je conduisais la voiture d'Emma sans permis ni autorisation de conduite accompagnée, j'étais persuadée que j'étais vouée à une fin sanglante au bord de la route.

Depuis, j'ai appris que ça ne marchait pas comme ça. La mort n'est pas juste. Elle ne recense pas les cigarettes, les verres et les comportements irresponsables pour venir nous chercher le jour où on a atteint notre quota. Il y a des tas de gens qui meurent jeunes alors qu'ils ont toujours été prudents et n'ont jamais fait d'excès. Et d'autres qui ont fait n'importe quoi et se sont mal conduits toute leur vie pour finir par mourir de leur belle mort. Mme Martin vivra sans doute jusqu'à 100 ans. Et M. Martin aussi.

Quand j'étais plus jeune, je ne méritais pas la mort. Même quand j'ai commencé à boire et à fumer, à avoir des mauvaises pensées et à faire des bêtises, je n'ai jamais rien commis justifiant une telle punition. Pourtant, je la redoutais comme si le simple fait d'être moi était un motif suffisant. Et je pense que je ne cesserai jamais de le penser, jusqu'au jour où ça arrivera pour de bon.

Lorsque j'ai réussi à chasser la mort de mes pensées, j'ai songé à l'île et à ce qui se passerait le lendemain matin quand le FBI débarquerait là-bas. Je n'ai pas fermé l'œil. Pas une minute.

Emma me manquait plus que tout, alors que je me retournais dans mon lit, me demandant ce qu'ils trouveraient sur l'île. Et sachant ce qu'ils n'y trouveraient pas.

18
Abigail Winter

Cinquième jour

L'île de Freya se trouvait à huit kilomètres au large de South Bristol, dans le Maine. C'était son dernier propriétaire en date, une SARL du nom de Freya Investments, qui l'avait rebaptisée ainsi, en hommage à la déesse de l'amour et de la fertilité dans la mythologie nordique.

Freya Investments était inscrite au registre des sociétés du Delaware, avec à sa tête un certain Carl Peterson.

Il avait fallu cinq jours pour localiser l'île. C'était un bateau, retrouvé à la dérive à plusieurs kilomètres au nord, près de Rockland, qui les avait mis sur la piste. Il appartenait au gérant d'un ponton et d'une petite marina de South Bristol. Foley lui louait le hors-bord sous le nom de Richard Conroy. Puis l'épouse du propriétaire l'avait reconnu quand on avait diffusé sa photo aux informations et avait alerté la police.

Abby, Leo et un groupe d'intervention rapide du FBI s'étaient rendus à Rutherford Island, qui était reliée à South Bristol par un pont tournant, le point le plus proche de l'île accessible en voiture. Ils avaient analysé les images par satellite de toutes les îles à l'embouchure de la baie, en se basant sur les indications de Cass. Ils en cherchaient une avec trois bâtiments et un ponton. La maison principale, à l'est, tournait le dos à l'Atlantique. Le ponton, au sud, faisait face à une île plus grande. Au nord de la maison, on avait deux constructions de taille réduite, une serre et la remise qui abritait le groupe électrogène. Et à l'ouest se trouvaient les rochers vers lesquels le courant avait entraîné Cass lors de sa première tentative d'évasion.

Une seule île correspondait à la description.

« Tu es prête ? » demanda Leo alors qu'ils se tenaient sur l'embarcadère.

Abby et l'équipe scientifique attendraient à bord d'une vedette des gardes-côtes que les lieux soient sécurisés, tandis que Leo accompagnerait le groupe d'intervention.

« Je suis nerveuse », répondit-elle.

Elle examina la carte fournie par le satellite. On voyait la position de Freya et les bâtiments. Elle imaginait Cass et Emma sur le ponton, contemplant la grande île appelée Thrumcap et au-delà le continent, si proche et pourtant hors d'atteinte. Ce n'était pas envisageable de faire la traversée à la nage sans combinaison de plongée. Et les gardes-côtes avaient confirmé l'existence de forts courants. C'était comme de franchir une distance deux fois plus longue. Et avant cela, il fallait se débrouiller pour ne pas être entraîné vers les rochers à l'ouest.

Tout était allé très vite. Trop vite pour qu'Abby ait le temps d'analyser quoi que ce soit. Le bateau avait été retrouvé six jours avant que le propriétaire n'alerte la police, autrement dit deux jours avant le retour de Cass, qui affirmait pourtant s'être enfuie la veille. Et on l'avait récupéré à la dérive, avec le contact allumé et le réservoir vide.

« Ça ne lui ressemble pas », avait déclaré le propriétaire : Rick avait toujours pris grand soin du bateau. « On n'avait pas idée qu'il était soupçonné de quoi que ce soit jusqu'à ce qu'on le voie aux infos. J'avais bien appelé le shérif pour signaler sa disparition, mais comme ce n'était pas son vrai nom, personne n'a fait le rapprochement avant. »

Le FBI s'était rendu sur place dès que l'alerte avait été donnée. On avait trouvé l'appartement de Foley à Damariscotta, à une quinzaine de kilomètres de South Bristol. Il l'avait loué sous l'identité de Conroy. Une équipe scientifique fouillait les lieux. Pour l'instant, on n'avait rien découvert de significatif. Pas de papiers, pas d'archives. Richard Foley était inconnu de l'administration, comme les Pratt, usant d'un nom d'emprunt et payant tout en espèces.

Par ailleurs, on avait interrogé Lisa Jennings pendant plusieurs heures, sans grand résultat. Tout ce qu'on pouvait en conclure, c'était que Jonathan Martin possédait un sens moral limité et qu'il était prêt à tout pour protéger les intérêts de son fils. Mais ils n'avaient trouvé aucun lien entre eux et les Pratt ; rien n'indiquait qu'ils auraient pu être au courant de la grossesse d'Emma et l'avoir aidée à fuir. Leur liaison semblait n'avoir aucun rapport avec la disparition des sœurs Tanner. Ce qui n'avait pas surpris Abby outre mesure.

Lisa Jennings avait repris le travail ce matin. Et Judy Martin avait refusé d'être interrogée.

De la vedette, Abby vit le groupe d'intervention débarquer et se disperser dans l'espace boisé autour de la maison. Ils communiquaient sur la fréquence des gardes-côtes et elle pouvait suivre leur progression alors qu'ils vérifiaient chaque bâtiment. « *Maison : R.A.S. Remise : R.A.S. Serre : R.A.S.* »

Deux des membres de l'équipe restèrent à l'intérieur avec Leo, tandis que les autres s'enfonçaient dans les bois. Enfin, on autorisa les gardes-côtes à accoster et à escorter Abby et les techniciens à terre.

Les descriptions de Cass défilaient dans la tête d'Abby alors qu'ils approchaient de l'île. La maison perchée au sommet d'un promontoire avec l'océan en arrière-plan. Le ponton de bois, l'escalier d'un côté et l'endroit où Bill Pratt avait menacé de noyer le bébé de l'autre. Elle imaginait les filles terrifiées, et Bill repoussant Emma qui s'accrochait au bord, les doigts en sang, transie.

Abby et les techniciens débarquèrent avec l'un des gardes-côtes. Il les accompagna sur le sentier, à travers un bois clairsemé, jusqu'à l'entrée de la maison, où les accueillit Leo.

« C'est incroyable, tout est exactement comme elle l'a décrit, dit-elle.

– Je sais, acquiesça Leo. Attends d'avoir vu l'intérieur. »

La porte s'ouvrait sur un petit vestibule. L'escalier était juste en face et Abby distinguait le palier au premier étage. Il y avait une grande baie vitrée, puis deux couloirs, l'un partant à droite, l'autre à gauche. Toutes les fenêtres étaient closes et il régnait une odeur de renfermé. Des mouches bourdonnaient contre les vitres, cherchant à s'échapper.

L'équipe scientifique se mit au travail sans attendre. Deux techniciens escaladèrent les marches, tandis qu'un troisième s'affairait déjà dans la chambre du rez-de-chaussée.

« Ne touchez à rien », lancèrent-ils à Abby.

Elle n'avait pas besoin qu'on le lui dise, même si c'était la première fois qu'elle mettait les pieds sur une scène de crime, ou, plus exactement, une scène de crime potentielle. Jusque-là, son travail au FBI consistait à analyser des individus : leur santé mentale, leurs émotions, leurs motivations. Et voilà qu'elle se retrouvait en combinaison de protection, les chaussures soigneusement emmaillotées, les mains revêtues de sous-gants et de gants. Elle sentait son corps agité d'une trépidation nerveuse.

« Il faut qu'on sache où ils sont partis. Papiers, documents, ordinateurs, il faut tout éplucher, cria Leo aux techniciens qui étaient montés à l'étage.

– La barque, nota Abby. Elle n'était pas au ponton. »

Leo hocha la tête.

« Oui, j'ai remarqué. Tu crois qu'ils ont pu s'enfuir à la rame à quatre ? Et Emma ? Ils avaient un pistolet pointé sur sa tempe ? Une fois sur le continent, je me demande comment ils auraient pu les retenir, elle et sa fille.

– Je ne sais pas. Mais je veux voir chaque pièce de cette maison. »

Ils commencèrent par le rez-de-chaussée. Dans le salon, il y avait la barre de danse classique et la télévision mentionnées par Cass. Dans la salle à manger, ils reconnurent la longue table rectangulaire et ses huit chaises, avec des coussins de velours rouge. Un tableau représentant une ferme était accroché au-dessus du vaisselier. Une salière et une poivrière étaient posées de travers, comme si on avait débarrassé à la hâte. La cuisine était également telle que Cass l'avait décrite. Le four à gaz. Les assiettes blanches bordées de petites fleurs bleues. Quatre d'entre elles étaient alignées dans un égouttoir à côté de l'évier, avec un poêle, des spatules et des verres. Des mouches bourdonnaient autour d'une poubelle métallique.

« On dirait qu'ils sont partis le matin, dit Abby. Ils ont dîné, lavé la vaisselle et sont allés se coucher. Le lendemain, à leur réveil, Cass avait disparu. »

Ils passèrent ensuite à la chambre du rez-de-chaussée, adjacente à la cuisine. Elle était grande, mais banale. À l'origine, elle devait être destinée aux domestiques et non aux maîtres des lieux. Elle contenait trois lits une place. Deux d'entre eux étaient défaits, le troisième était nu.

« Hé ! s'écria Leo. Pourquoi avoir pris les draps sur celui-ci et pas sur les autres ?

– C'était celui de la fille d'Emma. Le lit du fond. Tout correspond à ce qu'elle nous a dit. »

Ils ne touchèrent à rien et s'écartèrent pour laisser travailler les techniciens. Les placards révélèrent des habits destinés à un homme corpulent et à une petite femme ronde, qui portait des soutiens-gorge bonnets D. Il y avait des vêtements de fillette dans le tiroir du bas d'une commode : un legging rose, des tee-shirts et des robes à fleurs. Plusieurs paires de socquettes blanches à volants. Tout était lavé et bien plié. Dans la salle de bains, ils trouvèrent une brosse avec de longs cheveux gris. Et des boîtes de teinture Grecian Formula sous le lavabo, dans une petite armoire en bois. Un flacon de shampoing pour bébés était posé sur le bord de la baignoire.

« Je veux voir les chambres à l'étage », déclara Abby.

À droite du palier, au premier, se succédaient deux chambres et une salle de bains. L'une d'elles donnait sur l'avant de la maison et les bois, à l'ouest. L'autre, orientée au nord, avait une fenêtre sur la cour. De la salle de bains, on voyait l'Atlantique, à l'est.

Les tiroirs des chambres, l'armoire à porte-miroir et le placard sous le lavabo étaient vides, certains encore ouverts comme si on était parti précipitamment.

Des pensées traversaient l'esprit d'Abby alors qu'elle examinait les lieux où Cass avait vécu pendant trois ans. *C'est de là qu'elle contemplait les bateaux de pêche au homard... C'est là qu'elle s'allongeait, rêvant de rentrer chez elle... C'est là qu'elle se douchait, se lavait pour se débarrasser de Foley, de sa culpabilité et de sa souffrance.*

De là, ils se rendirent de l'autre côté de la maison où ils trouvèrent une grande chambre et une salle de bains adjacente. C'était, ou cela avait dû être la chambre principale. Là aussi, les tiroirs avaient été vidés. Il ne restait même pas un savon, un rasoir ou une brosse à dents.

Leo se planta au centre et pivota lentement.

« Vous avez quelque chose ? demanda-t-il à une technicienne.

– Pas beaucoup d'empreintes. Ils ont tout essuyé derrière eux. Mais on trouvera. À force de chercher. »

Abby soupira, les mains sur les hanches, perplexe.

« Donc ils se réveillent et se rendent compte que Cass a disparu. Richard Foley est injoignable. Ils emballent tous les vêtements des filles, font le ménage pour effacer leurs traces, puis partent en barque ? Ça fait quatre personnes et combien de sacs ?

– Ils ont jeté les sacs à l'eau, suggéra Leo. Bien fermés, lestés avec des pierres. »

Abby s'approcha de la fenêtre et contempla l'océan.

« Hé ! s'écria la technicienne, agenouillée à côté du lit. J'ai trouvé un truc. C'était scotché au cadre. Quelqu'un l'avait caché là, manifestement. »

Abby et Leo la rejoignirent, examinant l'objet qu'elle tenait dans sa main gantée de latex blanc.

Un pendentif. Une fine chaîne d'argent avec un médaillon représentant un ange. La chaîne était cassée, comme Cass l'avait dit.

« Le collier d'Emma », murmura Abby.

Leo la regarda avec de grands yeux.

« Elle l'a laissé ici.

– Oui.

– Elle l'a caché pour que les Pratt ne le voient pas.

– Oui.

– Pourquoi est-ce qu'elle ne l'a pas pris ? s'interrogea Leo.

– Parce qu'elle voulait qu'on le trouve », répondit Abby.

19
Cass

Le cinquième jour de mon retour

Au printemps de son année de terminale, Hunter a fait une grosse bêtise. Fin mars, juste après notre retour de Saint-Barth, il avait reçu une lettre annonçant qu'il était accepté à Hamilton College. Son père était aux anges. Ils prenaient tous les deux des grands airs. M. Martin avait étudié à Hamilton et, à l'entendre, on aurait cru qu'il s'agissait de Harvard. Aujourd'hui encore, ça m'énerve rien que d'y penser. J'étais en quatrième, ma sœur en seconde. À Soundview, on était censé commencer à réfléchir à la fac très tôt. Si bien qu'à la maison, entre Emma et Hunter, il n'était question que de tests d'admission et d'évaluation, de classes préparatoires et de cours d'été. Même quand son fils n'était pas là, M. Martin était obsédé par son entrée à l'université : et pas n'importe où, à Hamilton s'il vous plaît ! Pour ne pas être en reste, Mme Martin ne parlait que des établissements où Emma voulait aller. Elle estimait que sa fille était aussi importante que le fils de son mari, et s'il avait été question qu'il fasse l'école du cirque, elle aurait payé à Emma des cours de funambulisme.

Elle ne pouvait pas admettre que M. Martin avait fait de meilleures études ou qu'il était plus cultivé qu'elle, car il lui aurait fallu reconnaître qu'il la dominait, ce qu'elle n'acceptait qu'au lit. Même si, en réalité, il était plus instruit et plus cultivé. Et que la chambre était le seul lieu où il la laissait prendre le dessus. Ce qui confirme mon opinion sur ce prétendu pouvoir sexuel des femmes. Aussi grand soit-il, il ne faisait pas le poids devant le pouvoir que le statut et l'argent procuraient à M. Martin, et elle le savait. En son for intérieur, elle le savait.

Il avait dû dépenser un paquet d'argent pour que Hamilton considère la candidature de Hunter, car ses notes étaient médiocres et ses résultats aux tests d'entrée à l'université ne valaient pas mieux. Il était médiocre en général. Il n'était membre d'aucune équipe sportive, n'appartenait à aucun club, ne faisait pas de bénévolat. Je ne sais pas combien lui avait coûté cette lettre d'admission, mais M. Martin s'en était plaint pendant des mois, donc ça devait faire une jolie somme. Cependant, quoi qu'il dise, pour lui, ça en valait la peine. Hunter était son fils unique. Il portait le nom de son grand-père décédé et, jusqu'au lycée, il avait toujours vécu avec M. Martin. Tout ce qu'il faisait concernait de près ou de loin son garçon. Sa progéniture sacrée. Son héritier.

Ma mère n'était jamais allée à la fac, mais elle parlait de Hamilton avec dédain quand M. Martin n'était pas dans les parages. Elle disait que c'était une université de seconde zone et répétait à Emma qu'elle avait intérêt à travailler pour continuer à avoir de bonnes notes si elle voulait faire mieux. La famille du côté de mon père avait des relations à Columbia. C'est là qu'il avait étudié et Witt aussi, même s'il aurait pu être admis sans aide, car il avait également été accepté à Princeton, alors qu'on ne connaissait personne là-bas. Ma mère avait découvert la différence entre Columbia et Hamilton seulement cette année-là, et elle ne s'y intéressait que parce que ça lui était utile. Personne n'avait le droit d'être meilleur qu'elle. Aucun enfant n'avait le droit de surpasser les siens.

La lettre avait été accueillie avec soulagement. M. Martin était fier. Ma mère déterminée. Moi exaspérée. Et Hunter insupportable. Il était tellement imbu de lui-même, en fait, qu'il se croyait invincible. Il est devenu arrogant. Et imprudent. Au point que, un week-end, il s'est fait attraper avec de la coke dans l'enceinte de la pension.

M. Martin n'arrêtait pas de répéter que, *dans le temps*, ce genre de chose lui aurait simplement valu une expulsion provisoire.

Mais pas aujourd'hui. On portait un autre regard sur la drogue, et si on voulait attirer les meilleurs élèves et les parents les plus riches, il fallait être intraitable. Il y a eu un conseil de discipline composé d'étudiants et de professeurs, qui avaient le droit d'interroger Hunter, d'entendre ses excuses et de l'obliger à implorer leur clémence pour sa dernière année. M. Martin a encore signé un gros chèque, cette fois pour l'école. Un très gros chèque.

Malheureusement, ça n'a pas suffi. Hunter étant Hunter, il n'avait pas beaucoup d'amis. La plupart des profs et des élèves dignes d'être au conseil de discipline le détestaient. Certains le haïssaient même, semble-t-il. Ils ont recommandé l'expulsion. Après avoir casqué pendant trois ans et sept mois pour pouvoir se vanter de sortir d'une école prestigieuse, il a donc été renvoyé. Bien sûr, Hamilton a aussitôt retiré son offre et a informé M. Martin que Hunter pourrait poser de nouveau sa candidature l'année suivante, mais qu'il serait « bien avisé » d'avoir une activité utile entre-temps et de se racheter une conduite.

En mai, il est donc rentré à la maison. Il a terminé l'année au lycée public, ce qui était très humiliant. Il a dû passer des examens dans des matières qu'il n'avait pas pris la peine d'étudier et il a eu des notes déplorables, encore pires que celles d'avant. Il connaissait pas mal d'élèves, qu'il croisait aux fêtes en été ou avec qui il était en primaire autrefois. Il ne l'a pas bien vécu. M. Martin non plus. Le père et le fils s'en voulaient mutuellement. Il y a eu beaucoup de coups de fil pour trouver un moyen de tirer Hunter du mauvais pas dans lequel il s'était fourré et laver la honte qui rejaillissait sur la famille.

Je comprenais M. Martin. Il avait dépensé beaucoup d'argent afin que le nom de cet établissement figure sur le CV de son fils. C'était quelque chose qui le poursuivrait toute sa vie. N'importe qui pouvait être diplômé d'une école publique. À partir du moment où on habitait la ville, le lycée ne pouvait refuser personne. Ainsi que M. Martin se tuait à le répéter, il arrivait un moment dans la vie où les notes et la réussite scolaire avaient peu d'importance. Ce qui comptait, c'était le nom de l'établissement qu'on avait fréquenté et celui de l'université à laquelle il permettait d'accéder. Puis c'était le nom de l'endroit où on travaillait, de son employeur, et pourquoi pas de la fac si on devenait professeur. Des noms, des noms et encore des noms. Ce n'était pas différent quand on faisait les courses. *Est-ce que tu vas acheter du ketchup Heinz ou une marque générique ? Si tu as les moyens, tu choisiras le Heinz.* Il voulait lui faire rentrer ça dans le crâne.

Hunter n'avait rien à dire pour sa défense et il n'a même pas essayé. De toute manière, il savait que c'était son père qui avait pris les photos d'Emma et il estimait qu'il était mal placé pour lui donner des leçons de morale. Il s'appliquait donc à se dédouaner de toute responsabilité.

L'enjeu était énorme. Tu avais tout à perdre. Tout ce qu'on te demandait, c'était de tenir encore sept semaines. C'est tout. Sept malheureuses semaines ! Tu aurais pu attendre d'être à la maison pour sniffer ta coke. Est-ce que tu voulais être renvoyé rien que pour m'emmerder ? Eh bien, bravo. Tu n'as réussi qu'à te faire du mal à toi !

M. Martin a juré qu'il ne signerait pas d'autre chèque à Hamilton. Mais je savais qu'il le ferait quand même. Il ne supporterait pas que son fils n'étudie pas là-bas, qu'il n'ait pas ce nom sur son CV.

La théorie officielle était que Hunter avait décidé de prendre une année sabbatique pour acquérir de l'expérience et s'investir au service de la collectivité. Mon père lui a trouvé un travail bénévole dans une résidence pour personnes âgées pendant l'été. Après, il passerait trois semaines à construire des maisons au Costa Rica. Puis il rentrerait, chercherait un emploi, et, le week-end, il ferait du bénévolat quelque part. Il participerait aussi à un stage d'information sur l'alcool et la drogue. Ça n'avait pas l'air marrant. Même moi, ça m'aurait déprimée.

Cette histoire est le résultat d'une telle conjonction de circonstances ! Un élément en moins et tout aurait pu se terminer autrement. Et je ne parle pas seulement des événements importants, comme la rencontre de notre mère avec M. Martin, le divorce, la défection de notre père qui avait renoncé à la garde parce qu'il fumait de l'herbe, ou l'histoire avec Joe. Il a aussi fallu que Hunter traite Emma de pute, qu'elle montre ses seins à M. Martin, que celui-ci cède à ses pulsions et prenne des photos, puis que son fils les mette en ligne. Il y a eu l'épisode de la crème solaire à Saint-Barth, un autre été d'insultes et de chatteries sur le canapé. Ce à quoi sont venus s'ajouter le renvoi de Hunter et le retrait de Hamilton. Et, bien entendu, il y avait nous tous, avec nos manques et nos désirs. Ma propre quête de pouvoir, dont je vais parler. Notre histoire est le produit d'une recette compliquée qui exigeait chacun de ces ingrédients.

Je me souviens du jour où Emma a appris que Hunter était renvoyé et que Hamilton avait fait marche arrière. J'étais en train de faire mes devoirs, lorsqu'elle est entrée. Elle s'est jetée sur mon lit, les bras en croix. C'était un événement rare. D'habitude, c'était toujours moi qui allais la trouver, qui la dérangeais, la suppliais et qui me faufilais en douce dans sa chambre. Elle ne venait dans la mienne que la nuit, quand elle avait besoin de dire des choses qu'elle ne pouvait confier à personne d'autre, parce qu'elles étaient moches, des choses nées de la colère, de la tristesse ou de la peur. Emma ne pouvait pas tolérer qu'on pense qu'elle était laide, à l'intérieur ou à l'extérieur, et elle savait qu'à mes yeux, elle serait toujours belle.

Ah ah !

Elle jubilait.

Ce petit con. Cette couille molle. Il croyait que tout lui était permis. Eh bien, il se trompait.

Quand elle m'a raconté ce qui s'était passé, je suis restée sans voix. Pas parce que j'étais surprise que Hunter puisse être aussi bête, mais parce que je le pensais invincible, l'un de ceux que la mort n'emporterait jamais en dépit de tout ce qu'il avait fait pour le mériter. L'idée qu'il puisse être puni me paraissait invraisemblable.

Je vais le faire souffrir. Il a cru m'avoir blessée, à Saint-Barth. Il n'a encore rien vu ! Tout le monde dans cette ville va savoir ce qui s'est passé. Il va devoir se balader avec un sac sur la tête !

Ce n'étaient pas des mots en l'air. Elle l'a dit à tous ceux qu'elle connaissait, et elle connaissait un tas de monde. Hunter n'a même pas eu le temps de donner sa version. Lorsqu'il est rentré le lendemain soir, il n'était question que de sa chute sur les réseaux sociaux.

Ensuite, elle lui a offert sa compassion. Elle voulait être sa bouée de sauvetage dans ce tourbillon d'émotions. Son oasis dans le désert. Bien sûr, son attitude n'était pas motivée par la générosité. Personne n'aime accepter une gorgée d'eau de son ennemi intime.

Tu sais ce qui fait l'effet du sel sur une blessure, dans ce genre de situation ? La gentillesse. L'autre se sent pitoyable parce qu'on a pitié de lui.

Elle a submergé Hunter de sa pitié, cet été-là. Elle a recommencé à passer du temps avec lui, à la maison et en ville. Ils se promenaient ensemble, allaient à des fêtes et des dîners. Elle regardait des films avec lui. Centimètre par centimètre, elle se rapprochait de lui, au sens propre – sur le canapé – comme au figuré.

J'ignore si c'était une ruse ou si son expulsion avait réellement anéanti Hunter, mais il se conduisait à présent comme un chiot qui lapait dans sa main les quelques gouttes d'eau qu'elle voulait bien lui accorder. Et Emma a cru que c'était gagné.

De son côté, M. Martin ignorait son fils. Je ne pense pas qu'il ait posé les yeux sur lui de l'été. Ma mère et lui sortaient beaucoup et ils ont même fait quelques escapades de plusieurs jours. Quand ils s'absentaient, Emma restait à la maison en compagnie de Hunter, et j'allais chez mon père. Il était triste de ne pas voir ma sœur. Et inquiet. Witt aussi se faisait du souci pour elle.

Ma mère buvait du petit-lait. L'échec de son fils était une plaie purulente qui tourmentait M. Martin et l'affaiblissait. De temps en temps, il laissait échapper un gémissement, comme si le souvenir de ce qui s'était passé l'avait assailli par surprise, lui causant une douleur qui devait s'exprimer verbalement. Ma mère lui frottait le dos et lui lançait des regards énamourés. Alors, il appuyait sa tête contre son front et la serrait en lui disant qu'il l'aimait plus que tout.

Elle aussi dégoulinait de pitié. Elle ne parlait plus d'études supérieures devant lui, réservant le sujet à des conciliabules avec ma sœur. Mme Martin se conduisait avec le père comme Emma avec le fils, et je pense qu'elles en étaient conscientes toutes les deux. Elles en discutaient peut-être, élaborant des stratégies quand elles s'enfermaient dans la cuisine ou pendant que j'étais chez mon père. Leur relation s'est renforcée, tandis qu'elles pansaient leurs hommes blessés et leur volaient leur pouvoir.

C'était bizarre. La guerre à la maison avait encore changé de nature. C'était devenu une guerre de subterfuges, une guerre souterraine. Le moi secret vindicatif d'Emma faisait semblant d'être l'ami de Hunter, tandis que le moi jaloux et colérique de Hunter faisait semblant de lui avoir pardonné sa trahison. Par moments, je me persuadais que c'était réellement la fin des affrontements et que j'avais trop d'imagination. Mais non. C'était loin d'être terminé.

Mon père a été anéanti quand il a su qu'on avait trouvé l'île, mais pas Emma. Nous attendions ensemble chez les Martin. Ma mère étant remontée dans sa chambre et M. Martin étant toujours à New York, nous étions seuls au salon lorsque le policier est venu nous annoncer la nouvelle. Il avait reçu un appel du FBI. Mon père s'est levé et il s'est mis à arpenter la pièce, pleurant et s'arrachant les cheveux.

« Il l'a prise ! Il l'a emmenée ! »

Il a téléphoné au bureau de New Haven, les suppliant de passer à la vitesse supérieure à présent que Bill et Lucy avaient été délogés de leur cachette.

« C'est comme avec les cafards ! Ils s'éparpillent et courent dans tous les sens, mais c'est là qu'on peut leur tomber dessus, parce qu'ils sont à découvert, qu'ils n'ont plus de nid ! C'est là qu'on peut trouver ces monstres, quand ils détalent en pleine lumière ! »

Il n'avait pas besoin de leur dire tout ça. En fait, il essayait de les sonder. Pensaient-ils qu'Emma avait décidé de ne pas rentrer à la maison, qu'elle avait suivi les Pratt de son plein gré ? Après tout, comment avaient-ils pu emmener une femme et une fillette de 2 ans dans une barque sans alerter les autorités ? C'était une perspective terrifiante.

Le policier s'est attardé un moment. Il s'est mis à parler des victimes « enlevées » qui ne voulaient plus quitter leurs geôliers. Comme Patty Hearst, l'héritière kidnappée par un groupe d'extrême gauche qui avait fini par participer aux actions de ses ravisseurs, mais aussi ces gens qui avaient rejoint des sectes ou des communautés. Ça doit être très dur pour les familles. Parce qu'elles ne cessent jamais d'espérer qu'elles vont sauver l'être perdu, reprogrammer son cerveau ou exorciser le démon qui a pris possession de lui. Comme Linda Blair dans *L'Exorciste*. Et elles ont sans doute raison. Je pense qu'au fond, on ne change jamais. Si un individu avait une certaine personnalité avant de se faire envoûter par des hippies psychotiques, on doit pouvoir le désenvoûter. Mais personne ne va les aider, à moins d'une grosse somme d'argent.

Voilà ce que j'ai appris ce jour-là. Les adultes ont le droit de faire ce qu'ils veulent, tant qu'ils n'enfreignent pas la loi. Donc, si ça leur chante d'aller vivre sur une île avec des dingues, personne ne les en empêchera. Et ils peuvent même élever leurs enfants comme ça.

Mon père m'a interrogée sans relâche pendant tout l'après-midi sur les dispositions d'Emma, ses croyances, sa santé mentale. C'était horrible de le voir dans cet état et j'ai été soulagée quand il est parti. J'avais besoin d'être seule avec ma mère. Il fallait que je sache si elle était toujours effondrée. Les Pratt s'étaient enfuis et on n'avait pas retrouvé Emma. Il fallait qu'il se passe quelque chose. Si je n'obtenais pas ma vengeance, si je ne retrouvais pas Emma, alors, à quoi bon ? La veille au soir, j'avais laissé Mme Martin recroquevillée en position fœtale sur son lit. J'espérais que c'était la fin, sa fin à elle. Je croyais qu'ils allaient arrêter les Pratt, trouver ma sœur et que je pourrais souffler. *Allez !* avais-je envie de crier à la cantonade. J'avais l'impression de tirer sur une corde et que rien ne se produisait. Elle s'enroulait, c'est tout, mais rien ne bougeait. Rien ne bougeait ! Rien ne se passait !

Puis j'ai entendu la voiture de M. Martin, ce qui signifiait qu'elle l'avait appelé pendant la nuit.

Ils ont recommencé à se disputer dès qu'il est entré dans la chambre. Je n'avais pas besoin d'écouter pour savoir ce qu'ils disaient. Ce qu'elle lui reprochait, ce qu'il répondait sur sa liaison avec Lisa Jennings, et ce que ça signifiait. Elle n'était pas tombée dans ses bras, elle ne lui avait pas pardonné. Elle ne le croyait plus lorsqu'il affirmait qu'il l'aimait. Exactement comme Emma et moi, quand nous étions petites.

L'interrupteur avait changé de position.

Je pensais à la sorcière du *Magicien d'Oz*, quand on lui jette de l'eau dessus. C'était ma mère. Sauf que ce n'était pas de l'eau. C'était la réalité. Et même si ce n'étaient pas les mots qu'elle employait, je les entendais dans ma tête, quand je la voyais tourner en rond, se ronger les ongles et fumer en douce derrière la maison, au cours de cette journée où ils ont trouvé l'île, mais pas ma sœur.

Je fonds...

En septembre, un an avant notre disparition, à la fin de l'été, Hunter est parti construire des maisons au Costa Rica et Emma est retournée au lycée. Il ne lui a pas fallu longtemps avant de trouver un nouveau copain. Ou avant qu'un nouveau copain ne la trouve. Quoi qu'il en soit, elle était avec un garçon en octobre. Il s'appelait Gil, il avait 26 ans et il était le gérant du snack où on se retrouvait tous après les cours.

Gil était mignon, il faut l'admettre. Grand, mince, les yeux bleus et les cheveux noirs. Et surtout il affichait une désinvolture suprême. Pourtant, ça ne devait pas être marrant tous les jours : servir des gosses de riches pourris gâtés, leur faire leurs sandwichs et leur vendre des bières quand ils avaient des faux papiers qui tenaient la route. Mais il semblait au-dessus de tout ça. C'est ce qui a séduit Emma. Elle avait l'habitude de déchaîner les passions autour d'elle, entre la jalousie de notre mère, les sentiments conflictuels qui torturaient M. Martin et l'obsession de Hunter. Ce type qui ne se traînait pas à ses pieds la rendait folle.

Emma me parlait de lui sur le trajet de l'école. Elle disait qu'il était *authentique*. J'écoutais et je me taisais, de peur de tout gâcher. Si j'abondais dans son sens, elle risquait de se désintéresser de lui, parce qu'elle ne me trouvait pas très intéressante en général. Si j'exprimais mon désaccord, elle risquait de se rendre compte que ce mec n'était qu'un loser de 26 ans sans projet d'avenir, qui avait les boules de devoir faire des sandwichs à des gosses de riches, mais qui se protégeait derrière un masque d'indifférence. D'une manière ou d'une autre, je ne voulais pas qu'Emma se lasse de Gil. Je ne voulais pas qu'elle continue de dorloter Hunter comme un bébé. Je voulais qu'elle arrête de prendre toute la place dans la maison et qu'elle me laisse respirer.

Car c'était l'impression que j'avais : que je ne méritais même pas l'air que je respirais, tellement tout tournait toujours autour d'elle. Hunter qui ne pensait qu'à coucher avec elle. M. Martin, inquiet, furieux, mais aussi curieux, et Mme Martin qui se sentait menacée par la curiosité de son mari et insultée par sa cruauté, notamment quand il surnommait Emma « Lolita ». Je voulais que ça s'arrête avant qu'il ne se produise quelque chose de grave.

Un seul de mes vœux a été exaucé.

Lorsque Hunter est rentré du Costa Rica, il s'attendait à reprendre les choses où il les avait laissées. Emma ne s'affichait pas avec Gil sur les réseaux sociaux, car elle ne tenait pas à ce que Mme Martin l'apprenne. Notre mère trouvait toujours le moyen de s'insinuer dans sa vie privée. En plus, je pense qu'au fond d'elle-même elle avait honte de sortir avec le gérant du snack, mais que c'était aussi ce qui l'attirait. Parfois, j'avais du mal à la comprendre. Elle possédait un truc incroyable. Elle rendait les gens fous. À sa place, j'en aurais fait meilleur usage. J'aurais visé le grand amour ou le pouvoir absolu, rien de moins.

Quand Hunter est rentré, il s'est pris la nouvelle en pleine figure. J'ignore si son attitude pendant l'été était sincère ou tactique, mais ça n'avait plus d'importance, car les hostilités ont repris de plus belle. Emma lui a déclaré sans détour qu'il devait se trouver une petite copine et qu'ils devaient essayer d'être amis. Elle lui a rappelé qu'ils étaient frère et sœur par alliance. Quels que soient leurs sentiments, ils ne pourraient jamais être ensemble, car tout le monde les traiterait de monstres. Des monstres incestueux. Les gens portent un regard très critique là-dessus, pourtant, à en croire la Bible, nous sommes tous liés par le sang et donc tous incestueux. C'est un truc qui m'a toujours paru bizarre. Mais ce n'est pas la question. Pour la première fois, l'un des deux mettait des mots sur ce qu'il y avait entre eux et Hunter ne l'a pas supporté. Pendant le reste de l'année, notre maison s'est transformée en un champ de bataille : insultes, portes claquées et regards noirs. Il a raconté à tout le monde qu'elle sortait avec Gil. Emma lui a piqué son herbe et sa coke et a tout balancé aux toilettes. Hunter ne l'appelait plus que « pute », et elle le traitait de « loser ».

La situation s'est détériorée au point que Mme Martin a demandé à Emma si elle voulait aller vivre chez son père, ce qu'elle a refusé. Je n'imaginais pas voir ça un jour. C'est dire si ça allait mal.

Ça allait si mal que, lorsqu'on a reçu une nouvelle lettre de Hamilton en mars annonçant que Hunter était accepté, personne n'a réagi, à part M. Martin.

Hunter a fini par se ressaisir. Au printemps, il a commencé à fréquenter une très jolie fille qui était en terminale à Soundview et il se conduisait comme si c'était le grand amour. Il l'amenait chez nous aussi souvent que possible afin que Mme Martin lui fasse fête, que M. Martin se montre ostensiblement indifférent à son charme et que tout le monde puisse enfin se sentir normal. Emma s'est retrouvée le bec dans l'eau. Quand Hunter et sa copine étaient à la maison, c'était comme si nous étions tous sur scène. La même pièce rejouée jusqu'à la nausée. Si je faisais simplement partie du chœur, Emma n'avait aucun rôle. À l'approche de l'été, elle s'est donc organisée pour faire un séjour linguistique à Paris, ce qui m'a paru une attitude très saine. De mon côté, j'avais prévu d'aller en Angleterre. Parfois, on peut gagner la guerre en battant en retraite avant que son armée ne soit décimée.

C'est alors que Hunter a décidé de révéler la vérité au sujet des photos à Mme Martin. Ce devait être très calculé, car l'aveu et ce qui a suivi ont fait beaucoup trop de ravages pour qu'il ait agi sur un coup de tête.

C'était fin mai. Le lundi était férié parce que c'était Memorial Day, le jour des Morts pour la patrie. Emma et moi passions le week-end chez mon père avec Witt. M. Martin faisait du golf en Floride avec ses anciens copains de fac, comme chaque année à cette époque. Mme Martin et Hunter étaient donc seuls à la maison.

Lorsque nous sommes rentrées, il a dit à Emma qu'il était enchanté de ce week-end en tête à tête avec notre mère. Le dimanche matin, au petit déjeuner, il lui avait tout raconté. Le secret était trop lourd. Il ne supportait pas qu'elle ait une mauvaise image de lui parce qu'elle croyait que c'était lui qui avait photographié sa fille. Et il avait lâché sa bombe : c'était son père le coupable. Il avait une photo de l'écran du téléphone de M. Martin pour le prouver. Le soir même, Mme Martin demandait des explications à son mari et – aussi simplement que ça – la guerre s'était étendue à notre mère et à notre beau-père.

Mais ce n'était pas fini. Hunter avait d'autres bombes en réserve. En fait, il attendait patiemment, le doigt au-dessus du bouton rouge.

Ce sentiment que j'avais alors, je l'ai éprouvé sur l'île, et de nouveau à la maison après mon retour. Une force s'était mise en branle que rien ne pourrait arrêter. Les mensonges étaient trop nombreux. Les enjeux trop énormes. À l'époque, comme aujourd'hui, je voulais sortir de mon corps et me réfugier quelque part où tout était calme et silencieux. Après le week-end de Memorial Day, je sentais cette force incontrôlable qui nous poussait dans le dos. Sur l'île, je suis devenue la force, et c'était encore moi la force quand je suis rentrée. Pourtant, je n'avais aucune envie d'être une force. Je voulais simplement être une fille. Mais c'était une chose que je n'aurais jamais avec Mme Martin pour mère. Et ça me démangeait d'aller dans sa chambre et de serrer son cou jusqu'à ce qu'elle expire son dernier souffle.

20
Abigail Winter

Le pendentif. C'était le seul objet appartenant aux filles qu'ils avaient trouvé. L'équipe scientifique avait réalisé un tas de prélèvements dans la maison, pris les serviettes dans le panier à linge sale, recueilli des cheveux sur les meubles. Ils n'auraient pas les résultats des tests ADN et des rares empreintes partielles qu'ils avaient relevées ici et là avant plusieurs jours.

Toutefois, ils savaient qu'Emma portait ce bijou le soir de la disparition. Elle le portait tous les jours pour rappeler à sa sœur qui était la préférée de leur mère.

Abby sirotait son whisky au bar du motel de Damariscotta. L'équipe était là pour quelques jours, le temps de fouiller la ville, d'éplucher les archives à la mairie et de ratisser les trois hectares de bois de l'île de Freya. Il était plus de minuit à présent et tout le monde était allé se coucher après une longue journée riche en émotions. Tout le monde, sauf Abby.

Elle repensait à tout ce qu'ils avaient vu aujourd'hui. Des images de l'île, de la maison, des chambres et des bois défilaient dans sa tête. Et, à présent qu'elle commençait à sentir les effets de l'alcool, les histoires de Cass prenaient vie. Ils avaient fouillé les tiroirs et les placards, trouvé les manuels qu'elle leur avait décrits, la vidéo de danse classique, le livre de berceuses. Dans la poubelle, il y avait des restes de poisson blanc et de gâteau de riz, ainsi qu'un carton de lait vide. Abby voyait Cass et Emma à table, se forçant à manger, faisant semblant d'être heureuses, dociles. Elle les voyait aussi avant que la situation ne se gâte, avec le sentiment d'être acceptées et choyées, de former une famille. Rieuses, à l'aise. Et dans les bois près du ponton, elle voyait Cass qui attendait Rick, prête à l'aimer et à le haïr, puis à se haïr elle-même d'avoir pu faire une chose pareille.

C'était ce que Cass leur avait raconté. Pourtant, à présent qu'elle était seule, contemplant l'océan par la petite fenêtre à côté du miroir tapissé de bouteilles du bar, elle s'interrogeait.

Il y avait des incohérences dans son récit. Le bateau retrouvé beaucoup plus au nord, sans essence, deux jours avant son retour. Ses réponses au test psychologique presque trop parfaites, pas pour l'ordinateur qui les avait évaluées, mais pour Abby qui les avait lues attentivement, cherchant la vérité entre les lignes.

On n'échappait pas facilement à l'emprise d'un parent narcissique. C'était ce que ses travaux et sa propre vie lui avaient appris. Mais également ce qu'elle savait de l'enfance de sa mère. On pouvait remonter plusieurs générations ainsi. Et ça marchait aussi dans l'autre sens.

Quand Abby pensait à sa mère dans le contexte des cycles qu'elle avait analysés, elle avait du mal à la détester. On lui avait raconté que, petite fille, elle avait été négligée et maltraitée. Leur père avait essayé d'expliquer la situation à Meg et à Abby. C'est facile de juger quand on est enfant : « Pourquoi est-ce qu'elle ne décide pas d'arrêter ? Pourquoi est-ce qu'elle ne peut pas être comme tout le monde ? » Mais autant demander au ciel de ne pas être bleu ou à la terre d'être plate. L'empathie se mêlait donc parfois à la colère quand elle pensait à ce que leur mère leur avait infligé à Meg et à elle, et ça l'exaspérait. C'était plus facile quand elle pouvait donner libre cours à sa rancune.

Et Cass, alors ? songea Abby. Comment voyait-elle les choses ?

Est-ce pour ça qu'elle est revenue chez sa mère ? Mais dans ce cas, pourquoi tous ces efforts pour la briser ? Si elle voulait se venger, le moment semblait mal choisi. Ce n'était pas Abby qui allait lui reprocher son désir de voir sa mère souffrir. Après tout, c'était parce qu'elle avait créé un foyer malsain qu'Emma avait dû fuir quand elle était tombée enceinte. Et c'était ainsi qu'elles s'étaient retrouvées sur l'île, que Cass avait subi des années d'emprisonnement par loyauté envers sa sœur, et que cette dernière s'était vue privée de sa fille.

Mais pourquoi se venger maintenant ? s'interrogeait Abby. *Qu'est-ce qui nous a échappé ? Est-ce lié à Lisa Jennings ? À sa liaison avec Jonathan Martin ? À l'île ?*

« Un autre ? » demanda le barman.

Abby tendit son verre. Elle ne dormirait pas cette nuit. Elle le savait d'avance. Et l'alcool apaisait son esprit.

Elle s'était montrée très prudente avec Leo. Elle avait gardé pour elle ses doutes, par crainte de sa réaction. Elle avait travaillé sur cette affaire une main attachée dans le dos. C'était peut-être ça, le problème.

Assez..., songea-t-elle. Alors, elle laissa venir tout ce qu'elle savait, sentait ou devinait, contemplant l'océan qui scintillait au clair de lune.

Judy Martin souffre d'un trouble de la personnalité narcissique caractérisé. Si ce n'était qu'un soupçon trois ans plus tôt, à présent c'était une certitude. *Quels sont les principes de base ?* L'ego parfait, mais fragile, qui a constamment besoin d'être nourri. Toujours affamé. Owen Tanner avait flatté l'ego de Judy en lui offrant un statut social et de l'argent. Elle qui avait connu la pauvreté, et sans doute une enfance malheureuse, de l'autre côté du fleuve, à Newark, s'en était contentée pendant quelques années. Mais c'était trop facile. Il était trop malléable, trop faible. Elle s'était rendu compte qu'il n'était pas digne de sa beauté et de son intelligence. C'était un paradoxe fatal. Les hommes narcissiques étaient parfaitement heureux avec des compagnes soumises, tant qu'elles étaient séduisantes et convoitées par d'autres. Les femmes narcissiques, en revanche, avaient parfois besoin d'un faire-valoir puissant. Le séduire était le signe de leur propre supériorité. Être capable de le garder nourrissait l'alter ego.

Jonathan Martin correspondait parfaitement à ce profil. C'était un homme viril, arrogant, qui avait réussi. Il ne passait pas inaperçu quand il entrait dans une pièce. Tous les yeux se tournaient vers lui : les hommes parce qu'ils voulaient lui ressembler, et les femmes parce qu'elles voulaient qu'il les remarque, pour se sentir sexy ne serait-ce qu'un instant, avant de rentrer chez elles où les attendait un mariage monotone et usant.

Elle était parvenue à le retenir en dépit des ans et de la disparition de ses filles. Mais qu'allaient déclencher les dernières révélations ? Qu'allait-il se passer, à présent qu'elle savait qu'il l'avait trompée ? Elle allait douter de lui et d'elle-même. L'attelle allait se briser. Son alter ego allait paniquer, tandis que sa personnalité profonde allait refaire surface. Et ce serait insupportable.

Elle allait être le théâtre d'une bataille intérieure. Son moi et son alter ego allaient se disputer le contrôle de son esprit. Le bébé blessé et abandonné allait hurler que le monde s'apprêtait à le broyer et qu'il n'y avait personne pour l'aider. Personne qui sauverait ce petit être sans défense. Tandis que l'alter ego allait tenter de le persuader que tout allait bien. Qu'il maîtrisait la situation. Qu'il était tellement parfait que personne ne pouvait le toucher et encore moins causer sa défaite.

Mais quel gage pourrait-il offrir au bébé pour le rassurer, face à ce fait irréfutable ? Son mari lui avait menti. Son mari l'avait trompée. Son mari ne la trouvait plus séduisante. Elle n'était donc pas exceptionnelle.

Au sujet de quoi d'autre avait-il menti pendant toutes ces années ? demanderait alors le bébé. Que lui avait-il dit, que lui avait-il murmuré dans le noir ou juré en plein jour sans le penser ? Et sa fille, Cass ? Au sujet de quoi mentait-elle ? Judy croyait qu'elle mentait, c'était évident. Ou qu'elle était folle. Mais si ce n'était pas le cas ? D'une manière ou d'une autre, le bébé en elle hurlait.

Abby ferma les yeux et prit une longue inspiration, puis elle expira. Soudain, une vision de la chambre de Cass sur l'île lui apparut. Sa caméra mentale balaya le lit. La commode. Les livres sur l'étagère. La fenêtre donnant sur la cour.

Et il y avait ce livre que Cass avait lu là-bas, *La Maîtresse du lieutenant français*.

Qu'avait-elle dit à ce propos ? Elle parlait des raisons qui poussaient Sarah Woodruff à mentir. *Parce que les gens croient ce qu'ils ont envie de croire.*

Cass comptait tout, c'était un mécanisme de survie qu'elle avait adopté enfant et c'était devenu presque inconscient. Mais elle n'avait pas compté le temps passé dans la voiture d'Emma. Ni le temps qu'il avait fallu au bateau pour rejoindre l'embarcadère où les attendait le camion. Et l'accouchement d'Emma : c'était le genre de situation stressante qui aurait dû l'amener à compter. C'était précisément ce qui la rassurait dans ces circonstances. Et où était-elle pendant ces deux jours, entre le moment où on avait retrouvé le bateau de Richard Foley à la dérive, près de Rockland, et celui où elle s'était présentée à la porte de sa mère ?

Alors qu'elle songeait à la chambre sur l'île, elle eut une illumination soudaine. *Merde !* pensa-t-elle, portant la main à sa poitrine.

Elle posa un billet de 20 dollars sur le comptoir et bondit de son tabouret. Elle traversa le hall et gravit les marches quatre à quatre. Elle était hors d'haleine lorsqu'elle arriva au deuxième étage, mais elle tambourina comme une furie à la porte de Leo. Il ouvrit, l'air ensommeillé.

« Abby ?

– Ferme la porte », dit-elle en entrant dans la chambre.

Il obéit et la rejoignit.

« Qu'est-ce qui se passe ?

– Si je te dis quelque chose, est-ce que tu peux me croire sur parole ? »

Elle savait, à présent. Être élevé par un parent qui ne pouvait pas vous aimer vous obligeait à regarder en face une vérité fondamentale que la plupart des gens niaient toute leur vie. C'était exactement ce que Cass avait dit. Aucune relation n'était sûre. On ne pouvait se fier à personne. Il y avait des forces plus puissantes que l'amitié ou même l'amour. L'amour ne rendait pas loyal, en dépit de ce que les gens voulaient croire. Le paradoxe de la situation n'échappait pas à Abby : voilà qu'elle se retrouvait là, devant cet homme qui avait été un père pour elle et c'était précisément ce qu'elle était en train de lui demander. De la loyauté.

Leo soupira et s'appuya contre la commode.

« Oh, jeune fille… »

Il la regarda et son visage devint plus grave.

« Bien sûr. Je te croirai. Qu'est-ce que tu voulais me dire ? »

Abby avala sa salive. Elle n'était pas très loin d'être une autre Judy Martin. D'être sa propre mère. Elle savait ce que c'était d'avoir besoin de se protéger de soi-même, de la peur d'être trahie. Mais elle ne pouvait pas agir seule. Et il fallait agir. Ça ne faisait aucun doute.

Alors, elle se jeta à l'eau.

« Je sais comment trouver Emma. »

21
Cass

Le sixième jour de mon retour

Mon père a eu un nouvel accès de désespoir lorsqu'il a appris qu'on avait relevé des traces de sang sur le ponton et à l'avant du bateau de Richard Foley.

J'aurais tout nettoyé, si j'avais pu. Mais je n'avais pas eu le temps.

Le même jour, ils ont découvert la véritable identité des Pratt. La société qui possédait l'île était au nom d'un certain Carl Peterson. À partir de là, c'était simple. Bill s'appelait en fait Carl Peterson et Lucy, Lorna Peterson.

Ils vivaient en Caroline du Nord jusqu'à il y a sept ans. Carl était charpentier. Lorna couturière. Elle travaillait à la maison. Mais je ne peux pas continuer à les appeler ainsi. Pour moi, ils seront toujours Bill et Lucy.

Ils habitaient les Outer Banks, un chapelet d'îles le long de la côte où beaucoup de gens ont un bateau et connaissent bien les marées et les courants. C'est pour ça que ça ne les dérangeait pas de vivre à l'écart du monde sur Freya.

Comme je l'avais appris sur l'île, ils ne pouvaient pas avoir d'enfants. Ils avaient adopté un petit garçon, Julian, par l'intermédiaire d'une agence. La mère habitait à proximité et elle était très pauvre. Elle était célibataire et avait déjà cinq enfants. Elle n'avait pas les moyens d'en élever un sixième. Ils l'avaient adopté légalement, cependant cette femme, la mère biologique, avouerait plus tard qu'ils lui avaient versé de l'argent. Ça, ce n'était pas légal. On peut payer les frais médicaux, ce genre de choses, mais pas donner d'argent en espèces. Même si ça se fait souvent, en réalité. Les gens qui veulent des enfants et ne peuvent pas en avoir, parfois, ils se moquent de ce que dit la loi. Cette femme avait besoin d'argent et ils avaient besoin d'un bébé.

Les parents de Bill étaient décédés et lui avaient laissé tout ce qu'ils avaient. Un joli magot. Assez pour acheter un bébé. Et pour disparaître après la mort du petit garçon. La maison des Outer Banks appartenait à la mère de Lucy. Elle ne voyait plus son père depuis des années. Elle avait un frère aîné en Louisiane, qui était marié et avait des enfants. Et sa mère lui avait légué sa maison. C'était peut-être un lot de consolation. Peut-être se sentait-elle coupable d'avoir donné à sa fille un corps stérile. J'ai beaucoup pensé aux parents de Lucy, car ce n'était certainement pas un hasard si elle était comme ça. Et je ne crois pas que c'était seulement à cause de ce qui était arrivé au petit Julian.

Il est mort lors d'un accident de bateau.

Il venait d'avoir 2 ans. Ils étaient sortis faire une courte promenade en mer. Il portait un gilet de sauvetage et le temps était calme.

On ne sait pas ce qui s'est passé au juste, mais la proue a percuté un rocher et le bateau s'est immobilisé brutalement. Une amarre est tombée à l'eau et s'est coincée dans l'hélice. La corde, qui s'était entortillée autour de la jambe du petit garçon, l'a entraîné et il a été déchiqueté par les pales. Lorsque j'ai appris ce qui s'était passé, je me suis demandé si Lucy était à bord, au moment du drame.

Je suis aussitôt allée vérifier en ligne. Je me suis servie de l'ordinateur de ma mère. J'ai trouvé plusieurs articles dans les archives de l'*Outer Banks Sentinel*. Les premiers parlaient d'un tragique accident dans lequel Lucy et Bill tenaient le rôle de victimes d'un drame douloureux. Après avoir attendu si longtemps pour être parents, ils avaient perdu leur enfant dans des circonstances horribles. Il y avait des photos d'eux à l'enterrement, en pleurs, vêtus de noir. La légende disait : UNE FAMILLE FRAPPÉE PAR LA TRAGÉDIE : TOUTE LA VILLE EST BOULEVERSÉE.

Puis les faits ont commencé à suinter par les fissures de l'histoire qu'ils avaient racontée : l'argent versé à la femme, les mensonges sur le formulaire d'adoption. Bill avait été condamné pour fraude et détournement de fonds lorsqu'il était employé dans une petite librairie de Boston. Et Lucy avait été renvoyée de la maternelle où elle enseignait pour un motif non spécifié. Après enquête, il avait été révélé qu'on lui reprochait de s'attacher de manière obsessionnelle à certains élèves. Non, ce n'étaient pas de braves gens respectueux de la loi qui avaient perdu leur fils. C'étaient des voleurs d'enfants menteurs et tricheurs qui avaient profité de la détresse d'une pauvre mère pour lui arracher son bébé et qui avaient causé sa mort du fait de leur négligence.

L'accident n'avait pas donné lieu à des poursuites. En revanche, le procureur s'intéressait à la question de l'argent versé.

Ça n'avait pas fait les gros titres nationaux. Un jour, les Peterson avaient simplement disparu. Ils n'étaient pas accusés de quoi que ce soit et rien ne les empêchait de partir. Ils avaient retiré 500000 dollars sur leurs comptes et s'étaient volatilisés.

Quand j'ai appris toute l'histoire, d'abord de la bouche d'un agent du FBI puis en effectuant ma petite enquête, j'ai repensé à Lucy dans notre maison sur l'île, qui contemplait l'océan par la fenêtre du salon. Je crois qu'elle cherchait son enfant, celui qu'elle avait vu mourir. Julian. Puis je me suis souvenue de son attitude avec le bébé, la petite fille qu'elle avait baptisée Julia : son assurance quand elle la câlinait, la faisait sauter sur ses genoux, la portait sur sa hanche en préparant le dîner. Je l'imaginais sur le bateau, le visage satisfait, parce qu'elle était mère. Vengée de l'affront que lui avait infligé Dieu, sa mère, ou l'univers. Mais elle n'avait pas pensé à ranger l'amarre. Elle ne tenait pas l'enfant. Elle n'avait pas vérifié sur la carte s'il y avait des récifs. Je la voyais. Sûre d'elle. Imbue de la certitude qu'elle méritait cet enfant, qu'elle en était digne. Tout en commettant négligence sur négligence.

J'ai songé à toutes les cartes que j'avais écrites à ma mère. *Maman numéro un ! La meilleure maman du monde !*

Je pense que ce n'était pas pour rien que Lucy Pratt ne pouvait pas avoir d'enfant.

Et je pense que certains administrateurs légaux ne sont pas aptes à décider avec qui un enfant doit vivre.

Mais je n'ai pas eu le temps de réfléchir aux implications philosophiques de cette histoire et de me demander s'il existait une justice divine dans l'univers, car mon père était plus accablé que jamais depuis qu'on avait retrouvé du sang. À présent, il était persuadé qu'Emma était morte.

« Il a tué Emma ! Je le sais ! Je sais qu'elle est morte ! Il l'a tuée et il s'est enfui avec ma petite-fille ! »

Il a continué sur ce ton pendant tout l'après-midi, jusqu'à ce que les analyses établissent que le sang sur le bateau et l'embarcadère appartenait à un homme.

Mais avant qu'on obtienne les résultats – ce qui m'a paru une éternité –, son désespoir était une fenêtre béante sur son âme. Et quand j'ai regardé à l'intérieur, j'ai vu que, pour mon père, l'espoir n'était qu'un vain mot. J'avais beau être rentrée, le FBI avait beau remuer ciel et terre afin de retrouver Emma, il était incapable de se réjouir et d'espérer, parce qu'il avait peur de nous perdre de nouveau, de découvrir que nous avions subi des dommages psychologiques irréversibles ou d'apprendre que le monde allait finir dans les flammes de l'apocalypse. Il ne pouvait pas s'autoriser à être heureux. Mais je ne sais pas si mon père est comme ça parce que ma mère a couché avec M. Martin et l'a quitté, ou si c'est parce qu'il était comme ça qu'elle est partie.

Witt a regardé dans la béance, lui aussi. Nous nous sommes retrouvés chez mon père après avoir appris la nouvelle. Witt est très fort et il l'a étreint pendant qu'il pleurait. Nous étions assis dans la cuisine et Witt s'est agenouillé pour l'enlacer. Une fois calmé, mon père est allé s'allonger dans sa chambre. Je suis sûre qu'il avait fumé ou qu'il avait avalé un sédatif parce que je sais d'expérience que, quand on est dans cet état, on ne peut pas simplement aller se coucher. Je ne le juge pas. J'avais moi-même pris les pilules du Dr Nichols.

Après son départ, Witt est resté avec moi à la table. Il m'a demandé franchement ce qui s'était passé le soir où je m'étais échappée de l'île, et si j'avais menti.

Ce que je lui avais dit était vrai. Pendant que je gagnais la confiance de Rick, je travaillais à l'autre partie de mon plan à l'intérieur de la maison. Lucy rangeait ses somnifères dans la salle de bains. Je savais que j'en aurais besoin. Il fallait donc que je me tienne bien. Que je montre que j'étais heureuse d'être avec les Pratt. Que je reconnaisse que j'avais fait une erreur en essayant de les quitter. Ils ont fini par relâcher leur surveillance. Ils ont cessé de se faire du souci à mon sujet. Ils avaient d'autres chats à fouetter.

J'ai du mal à me remettre dans l'état d'esprit où j'étais le soir où j'ai subtilisé les somnifères de Lucy. Après des jours à trembler. Des jours à rêver. Des jours à faire semblant et à me détester quand j'éprouvais des sentiments sincères dans ce lieu maudit. Des jours à regarder la terre si proche et si loin. Des jours à faire l'amour avec un homme que je faisais semblant d'aimer et à me doucher après pour me débarrasser du souvenir de sa peau sur la mienne.

La perspective de retrouver ma liberté m'emplissait d'une joie indescriptible et la perspective de me faire prendre m'emplissait d'une terreur indescriptible. Des vagues d'euphorie et d'effroi déferlaient en moi, se brisant les unes derrière les autres.

Le cœur battant, le visage ruisselant de sueur autant à cause de la peur que de la chaleur estivale, je regardais un film sur le canapé avec Bill. Lucy était allée se coucher depuis une bonne demi-heure et on ne l'avait pas entendue depuis. Elle avait pris son somnifère. J'ai apporté à Bill son verre de vin. J'avais dissous une pilule dedans. Peu après, il s'est plaint de ne pas se sentir très bien. On n'est pas censé mélanger les médicaments avec de l'alcool. Je lui ai dit que c'était peut-être la chaleur. Je lui ai proposé d'aller lui chercher de l'eau et je suis allée à la salle de bains.

J'ai attendu quelques minutes. Jusqu'à ce que je n'entende plus rien. Quand j'ai ouvert la porte, j'étais terrorisée à l'idée de trouver Bill de l'autre côté, les mains tendues pour m'étrangler, parce qu'il avait senti que le vin avait un goût bizarre et avait tout compris. J'ai appuyé sur la poignée et j'ai failli hurler lorsque je l'ai vu endormi sur le canapé.

J'ai laissé échapper un soupir et je me suis forcée à bouger. Bill avait toujours un vieux téléphone portable bon marché sur lui. Il s'en servait pour avertir Rick par SMS lorsqu'il avait besoin du bateau. J'ai glissé la main dans la poche de son pantalon et je l'ai retiré délicatement. J'ai envoyé un message. Je savais que Rick viendrait. Il venait toujours. À n'importe quelle heure du jour et de la nuit. J'ai raflé tout l'argent que j'ai trouvé dans le portefeuille de Bill et dans les tiroirs de la chambre, puis je suis allée au ponton. Et j'ai guetté les lumières du bateau.

22

Abigail Winter

Septième jour

Le corps de Richard Foley fut découvert le lendemain matin. Il était coincé entre les rochers à la pointe ouest de l'île de Freya. La cause de la mort était vraisemblablement la noyade, car il avait de l'eau de mer dans les poumons. Il présentait aussi des contusions sur le torse, une large plaie à l'arrière du crâne et on trouva des éclats de bois fichés dans sa peau.

On n'avait pas établi l'heure exacte du décès, toutefois l'état de décomposition permettait de penser qu'il était mort peu de temps avant que son bateau avait été signalé près de Rockland.

Abby et Leo regagnèrent le Connecticut comme prévu. Ils échangèrent des appels avec le bureau régional du FBI sur le trajet.

On se demanda si Cass avait tué Richard Foley, bien entendu : « Ça expliquerait pourquoi elle a menti au sujet du temps qui s'est écoulé entre sa fuite et son retour... les deux jours... Elle l'a tué, puis il a fallu qu'elle réfléchisse à ce qu'elle allait faire, qu'elle trouve le moyen de rentrer chez elle... Il n'y a jamais eu de camion... »

Mais d'autres penchaient pour les Pratt, ou plutôt les Peterson puisque tel était leur véritable nom : « Ils ont paniqué, ils se sont disputés. Il a peut-être menacé de les dénoncer. Une discussion houleuse qui a mal tourné. »

Abby aurait aimé le croire, mais alors, comment expliquer les incohérences du récit de Cass ?

« Qu'est-ce qu'elle a dit, déjà ? lui demanda Leo. Au sujet du soir de leur arrivée, quand il a sauté à bord ? »

Abby pensait à la même chose.

« Elle a dit que c'était dangereux de faire ça parce qu'on risquait de tomber à l'eau. Que son père l'avait prévenue qu'on pouvait se faire écraser contre l'embarcadère si le bateau reculait. »

Leo baissa la tête.

« Mon Dieu.

– Tu es toujours partant ? » demanda Abby alors qu'ils arrivaient devant chez les Martin.

Elle avait un plan, un moyen de trouver Emma. Mais il faudrait qu'ils mentent tous les deux. Et qu'ils mentent bien.

« Allons-y », répondit Leo sans hésitation.

Cass

Après le septième jour, j'ai cessé de compter les jours qui s'étaient écoulés depuis mon retour. C'est celui où la psy nous a annoncé qu'on avait retrouvé Emma.

Elle nous l'a dit alors que l'agent Strauss et elle venaient à peine de rentrer de l'île de Freya, où ils avaient trouvé le pendentif de ma sœur, mais aucune trace d'Emma ni des Pratt.

J'ai un souvenir très net de la scène. Elle portait un jean et un tee-shirt bleu ciel de la même couleur que ses yeux. Le soleil qui pénétrait dans le salon illuminait ses cheveux blonds. Mais les ombres de ses pommettes et de son nez faisaient aussi paraître son visage plus sombre. Il a fallu que je me répète plusieurs fois que c'était à cause du contre-jour. Pas à cause de moi. Pas parce qu'elle avait décidé de me faire confiance et de dire qu'ils avaient retrouvé Emma. Je me sentais responsable et c'était lourd à porter.

Mme Winter a expliqué qu'ils avaient localisé le frère de Lucy Pratt, ou plutôt de Lorna Peterson, et qu'il avait été très coopératif. Il leur avait parlé d'un petit chalet dans le nord, près du parc national d'Acadia, que possédait la famille. Ils avaient vérifié sur le testament de la mère et retrouvé l'acte de cession. Ils avaient placé le chalet sous surveillance et venaient de recevoir une confirmation. Emma et sa fille se trouvaient à l'intérieur. Avec les Pratt.

J'ai cru que j'allais éclater. Je n'aurais pas su dire si c'était de la joie, du soulagement ou la tension. Tout ça se mêlait dans mes veines, une potion toxique qui se diffusait dans mon corps.

L'agent Strauss était présent lui aussi. Il nous a demandé de ne pas en parler, pas même à mon père, car ils ne voulaient pas prendre le risque d'alerter les Pratt. Ils allaient poursuivre la surveillance pendant un jour ou deux pour évaluer la situation. Ils allaient s'assurer qu'il n'y avait pas d'arme dans la maison et voir où Emma et sa fille dormaient. Il n'y avait pas d'urgence. Elles ne semblaient pas courir de danger immédiat. Ils ne voulaient pas agir dans la précipitation. Quelqu'un pourrait être blessé. Ils me mettaient au courant uniquement parce qu'ils avaient besoin de mon aide : ils souhaitaient que j'interprète ce qu'ils voyaient, les comportements, les horaires, notamment de la fille d'Emma. À quelle heure faisait-elle la sieste ? À quelle heure lui donnait-on son bain ? Et ils préféraient mettre les Martin au courant, car j'aurais besoin de soutien psychologique. Mais nous n'avions pas le droit d'en parler à qui que ce soit.

La découverte du pendentif avait déjà bouleversé ma mère. Je vous laisse imaginer dans quel état elle était, à présent. Elle ne voulait pas croire qu'Emma était avec moi sur l'île. Elle voulait croire que j'étais folle, même si j'étais la seule personne dans sa vie qui pouvait encore lui dire qu'elle était belle, intelligente et parfaite.

Et je commençais à me demander si elle n'avait pas raison, si je n'avais pas perdu la tête, quand on nous a annoncé la nouvelle. Quand, enfin, après tous ces jours d'attente, c'est elle qui a perdu la sienne.

Lorsqu'ils sont partis, elle est montée dans sa chambre en criant et elle a claqué la porte. M. Martin m'a dit qu'elle était en colère, car si c'était vrai, cela signifiait qu'Emma ne voulait pas rentrer à la maison. Et ma mère avait du mal à l'accepter.

Il mentait. Mais je n'ai pas protesté. J'ai fait semblant de le croire. Et j'ai retenu mon souffle.

Abigail Winter

C'est la vue depuis la fenêtre qui a trahi Cass. Elle avait pourtant été très prudente; elle n'avait négligé aucun détail, quand elle avait raconté son histoire. Tout était parfaitement vraisemblable, chaque émotion, chaque réaction et chaque échange.

Sa seule erreur était la vue depuis la fenêtre.

Elle leur avait décrit la nuit de la disparition avec précision. La dispute au sujet du pendentif à la maison. La voiture d'Emma. Les phares qui illuminaient son visage, alors qu'elle se tenait sur le sable au clair de lune.

Puis le long trajet, la musique. L'endroit où elles s'étaient garées, près d'un petit embarcadère dans les bois. Le sentiment d'être fortes et pures, comme si elles pouvaient tout recommencer à zéro. Et Rick, le pilote du bateau qui les avait conduites sur l'île. Lucy, prévenante, mais la séparant d'Emma. Cass disant qu'elle voyait sa sœur par la fenêtre, de l'autre côté de la cour. La fenêtre par laquelle Abby elle-même avait regardé lorsqu'ils avaient fouillé la maison.

Elle avait décrit l'expression sur le visage d'Emma : *Elle avait un petit sourire, comme si elle était sûre d'être là où elle devait être et de faire ce qu'elle devait faire.*

Le problème, c'est que la chambre d'Emma se trouvait au bout du second couloir. Et qu'elle donnait sur l'océan. La seule fenêtre côté cour était dans le couloir.

Cass n'avait pas pu voir sa sœur de sa propre chambre.

Lorsque Abby l'avait fait remarquer à Leo, il avait hoché la tête sans rien dire, la laissant continuer.

« Il y a d'autres choses bizarres, des petites choses. »

Elle lui avait alors parlé de cette manie qu'avait Cass de tout compter. Elle ne pouvait pas être dans la voiture de sa sœur, ce soir-là, sinon elle aurait compté les secondes, elle aurait pu leur dire combien de minutes exactement s'étaient écoulées. Pareil pour l'accouchement. Et la traversée en bateau pour rejoindre l'endroit où les attendait le camion.

Et puis il y avait la liaison entre Jonathan Martin et la conseillère d'orientation. Elle voulait déstabiliser sa mère. Parce qu'elle savait ce qu'Abby avait seulement compris au bar du motel, lorsqu'elle avait revu la disposition des chambres.

Emma n'avait jamais mis les pieds sur l'île.

Cass

Hunter est parti pour Hamilton à la fin de l'été. Cinq semaines avant notre disparition. Il avait quitté sa jolie copine et semblait apprécier sa liberté, la possibilité d'avoir des aventures avec les femmes qui le désiraient. C'est M. Martin qui nous a dit ça. Il parlait de nouveau de son fils avec fierté. Mme Martin, en revanche, était furieuse.

Quelque chose avait changé chez notre mère depuis l'incident de la crème solaire à Saint-Barth, deux ans plus tôt. Ce n'était pas qu'elle était soudain tombée sous le charme de Hunter, mais plutôt qu'elle s'était attachée à l'idée qu'il était tombé sous son charme à elle. Cette pensée devait lui mettre du baume au cœur lorsqu'elle était jalouse d'Emma, jalouse de l'effet qu'elle faisait aux hommes. Quand Hunter lui avait avoué que son père était l'auteur des photos, son besoin de croire qu'il la désirait a sans doute pris des proportions monstrueuses.

C'était subtil, mais je le voyais. Je voyais tout. Quand Emma et moi sommes rentrées d'Europe, moi d'Angleterre, elle de Paris, Hunter et Mme Martin étaient devenus très complices. Ils échangeaient des plaisanteries compréhensibles par eux seuls et regardaient la télé ensemble. Mme Martin était aux petits soins pour lui, lui apportait à manger, lavait son linge, et, lorsqu'il la remerciait poliment, elle répondait quelque chose comme : *Oh, ce n'est rien !* C'était exaspérant et ça irritait Emma. Malgré tout, ça restait relativement inoffensif. Ça faisait penser à ces films où une grand-mère rougit quand un jeune homme remarque qu'elle est séduisante. Les gens trouvent ça mignon, en général, mais si la grand-mère était Mme Martin, eux aussi ça les irriterait.

C'est pathétique, Cass, me disait Emma. *Elle ne se rend même pas compte qu'il est gentil avec elle uniquement pour me contrarier et pour emmerder Jonathan. Tu sais, après, elle lui dit des trucs du genre : « Pourquoi est-ce que tu ne peux pas être aussi galant avec moi que ton fils ! » Hunter est un salaud, mais c'est un salaud intelligent. Il se débrouille pour qu'on la déteste tous, nous et son père, et elle n'y voit que du feu ! Quand il partira à la fac et qu'il cessera de s'intéresser à elle, elle se retrouvera comme une conne.*

Les cours avaient commencé en août, mais Hunter est rentré passer un week-end à la maison fin septembre. Le temps se rafraîchissait. Les feuilles changeaient déjà de couleur. Je m'en souviens très bien parce que c'est le week-end suivant que nous avons disparu.

Ma mère était folle de joie, mais, ainsi que l'avait prédit Emma, il ne lui accordait aucune attention. On voyait son incompréhension et sa déception tourbillonner, comme un cyclone qui arrive dans la plaine et qui accumule de la puissance. Elle faisait claquer les plats en les posant devant nous. Elle poussait des soupirs et des grognements. Et elle s'asseyait, jambes croisées, un coude sur la table et le menton dans sa paume, regardant ailleurs avec une moue dédaigneuse pendant qu'il nous parlait de sa vie d'étudiant.

Le samedi, Emma devait retrouver des amis au centre de loisirs. Mme Martin lui a demandé de m'emmener et elle a accepté à contrecœur. M. Martin avait une soirée poker au club. Ce qui laissait Hunter et Mme Martin seuls.

Il avait rendez-vous avec d'anciens copains du lycée à 22 heures, mais il lui a proposé de l'aider à faire la vaisselle avant d'y aller. Alors que nous nous apprêtions à partir, il a murmuré à Emma : *Tu vas te faire sauter par combien de gérants de snack ce soir, sale pute ?* Et elle a répondu sur le même ton : *Par tous ceux qu'il me plaira, loser.* Emma ne voyait plus Gil depuis plusieurs mois déjà, mais elle ne parviendrait jamais à faire oublier qu'elle était sortie avec le gérant du snack.

Le centre de loisirs était bondé. Je suis tombée sur des copines et j'ai fait semblant de m'intéresser à la conversation sur les profs, le ciné et les garçons, alors que je ne pensais qu'à Hunter et Mme Martin. Hunter et Emma. J'étais sur les nerfs.

Je suis allée voir ma sœur qui était en train de flirter. Je lui ai dit qu'il fallait qu'elle me ramène à la maison. Sinon j'appellerais notre mère pour qu'elle vienne me chercher et elle se ferait disputer. Elle était furieuse. En même temps, je pense qu'elle était curieuse de voir si Hunter était vraiment sorti retrouver des amis. Leurs passes d'armes lui manquaient, et si elle pouvait seulement détourner son attention de Mme Martin, ça suffirait à son bonheur.

En arrivant, nous ne sommes pas entrées directement. Nous nous étions disputées tout le long de la route, et nous avions toutes les deux besoin de nous calmer. Emma a déclaré qu'elle irait au sous-sol par la porte de derrière, parce que c'était là qu'on cachait la vodka et les cigarettes. Elle espérait que Hunter avait laissé de l'herbe. La cuisine était éclairée, alors nous nous sommes arrêtées avant la fenêtre. Emma a jeté un coup d'œil à l'intérieur, et moi aussi, par en dessous. Si Mme Martin était là, nous ramperions pour qu'elle ne nous voie pas passer.

Abigail Winter

Ils laissèrent les Martin abasourdis. Au fil des jours, Abby était parvenue à gagner la confiance de Judy à force d'amabilités et de flatteries. Ce n'était pas bien compliqué. Elle savait exactement quoi faire et quoi dire. Aussi Judy l'avait-elle crue quand elle lui avait annoncé qu'on avait retrouvé sa fille. De toute manière, elle n'avait aucune raison de mettre sa parole en doute.

Elle avait essayé de paraître heureuse, mais elle n'avait pas été très convaincante. Ils l'entendirent exploser alors qu'ils se dirigeaient vers la voiture d'Abby. Judy hurla après son mari. Puis une porte claqua.

Ils s'immobilisèrent, les yeux tournés vers la chambre des Martin. Les stores étaient clos.

« C'est le moment de vérité », dit Leo.

Abby avait le vertige. Sa respiration était saccadée. Elle s'appuya à la portière et baissa la tête.

« Hé, fit Leo d'un air inquiet. Ne stresse pas. »

Elle expira lentement, tandis que la panique refluait.

« Et si je m'étais trompée ? »

Leo haussa les épaules en souriant.

« Et si tu avais vu juste ? »

Cass

Emma et moi avons regardé par la fenêtre en même temps. Et nous avons vu la même chose au même instant. Mme Martin penchée sur le plan de travail, sa culotte autour de ses chevilles, pendant que Hunter la besognait par-derrière, les mains sur ses hanches nues. Une horreur indescriptible nous a emplies toutes les deux, mais nous étions incapables de nous détourner de cette scène. Notre mère s'accrochait des deux mains au rebord du plan de travail. Elle avait un petit sourire satisfait, tandis que son bassin allait et venait sous les coups de reins de Hunter. Ses yeux grands ouverts nous fixaient, mais ne voyaient que les ténèbres. Quant à lui, il avait les paupières closes et la bouche béante. Il paraissait content de lui et j'ai compris pourquoi il était rentré ce week-end. Pourquoi il s'était conduit ainsi avec notre mère. L'indifférence était la seule chose qu'elle ne pouvait pas supporter. Il savait qu'elle ferait le nécessaire pour obtenir l'attention à laquelle il l'avait rendue accro au cours des mois précédents.

Et alors, il détiendrait l'arme fatale qui tuerait ma sœur à l'intérieur : la kryptonite d'Emma entrerait dans son arsenal.

Nous étions assises par terre, dégoûtées. J'ai regardé Emma, me demandant ce qu'elle allait faire. Pleurer, rire, hurler. Elle est restée là un moment à fixer la nuit en secouant la tête. Puis elle m'a prise par la main et m'a entraînée vers la porte du sous-sol, où nous pourrions boire et fumer pour essayer d'effacer ce que nous venions de voir.

Abigail Winter

Ils attendaient dans la voiture d'Abby, au bout de la rue en cul-de-sac. Une rangée d'arbustes bordant les bois les dissimulaient.

Ils avaient des provisions : sandwichs, chips, café. Ils étaient prêts à rester ici toute la nuit s'il le fallait, et la suivante et celle d'après.

Au début, ils parlèrent de l'enquête pour passer le temps. Le sang trouvé sur le ponton et sur la proue était bien celui de Richard Foley. Les agents interrogeaient les employés de toutes les principales gares ferroviaires et routières et on avait lancé un appel au public pour aider à retrouver le couple disparu, Emma Tanner et sa fille.

Lorsqu'ils eurent épuisé le sujet, le silence s'installa. Il y avait beaucoup de choses qu'Abby aurait aimé dire, à propos du passé, de son empressement à juger Leo, de la manière dont elle avait coupé les ponts avec lui et sa famille, alors qu'il l'avait toujours accueillie à bras ouverts. C'était clair dans son cœur, mais quand elle formulait les mots dans sa tête – les mots qui pourraient expliquer ce qu'elle avait ressenti lorsqu'il avait refusé de la soutenir et ce qu'elle éprouvait à présent qu'il jouait sa carrière sur une intuition folle –, ils lui paraissaient absurdes et elle n'arrivait pas à les prononcer.

Ils restèrent donc sans rien dire et attendirent, tandis que la nuit tombait.

Cass

Le jour où ils nous ont annoncé qu'on avait retrouvé Emma, ma mère a enfin perdu son sang-froid. Cela montait peu à peu depuis que j'étais rentrée.

Ma sœur aurait été fière de moi.

Lorsqu'elle venait me voir, la nuit, elle me parlait de l'avenir. *Un jour, quand nous serons plus âgées, nous lui dirons la vérité. Nous lui dirons qu'elle n'est pas si belle, qu'elle n'est pas si intelligente, et qu'elle n'est pas une bonne mère. Nous lui dirons qu'elle est vieille, moche, stupide et méchante. Au début, elle refusera de nous croire, mais nos paroles la rongeront petit à petit, comme de l'acide, jusqu'à ce qu'il ne reste rien.*

Lorsqu'elle parlait, je sentais son cœur battre très vite contre moi et son haleine aussi brûlante que l'air autour d'un brasier. J'entendais son hurlement dans la nuit, quand elle venait dans ma chambre. Puis je sentais mon propre cœur se briser, parce que je savais que rien de ce que je pourrais dire ou faire ne pourrait réparer les choses.

Plus tard dans la soirée, après la visite de l'agent Strauss et de Mme Winter, ils ont recommencé à se disputer, M. Martin et elle. Je ne distinguais pas ce qu'ils disaient, hormis « Pauvre conne ! ». M. Martin a crié ça plusieurs fois avant que leurs voix diminuent, puis finalement se taisent. Je suis sortie dans le couloir et je les ai vus s'engouffrer dans la petite pièce où on rangeait les manteaux. M. Martin tirait ma mère par le coude.

Dès que j'ai entendu la porte du garage s'ouvrir, je suis descendue en courant et j'ai trouvé les clés de Mme Martin accrochées à leur place. J'ai attendu que la voiture disparaisse au bout de l'allée, et je les ai suivis avec celle de ma mère. Je n'ai allumé les phares qu'en arrivant sur North Avenue. J'ai veillé à laisser assez d'espace entre nous pour qu'ils ne me remarquent pas. De toute façon, ils n'auraient pas vu une soucoupe volante au-dessus d'eux, ce soir-là. Ils étaient perdus dans leur colère. Perdus dans leur peur. Perdus dans le passé.

Abigail Winter

« C'est parti », dit Leo doucement lorsque la voiture émergea de l'allée.

Abby démarra et s'apprêtait à les suivre, quand ils virent le second véhicule.

« Cass ? »

Leo regardait les feux arrière s'éloigner dans la rue.

« Vas-y, ils vont nous semer. »

Cass

Ils se sont garés à l'entrée des gorges et sont descendus de voiture. M. Martin avait une pelle dans une main et traînait ma mère de l'autre. Elle hurlait : *Je ne te crois pas ! Tu me mens ! Tu me mens depuis le début !* Et il bouillonnait de colère : *Tu vas nous perdre tous les deux ! Pauvre idiote !*

Je me suis garée un peu plus loin et après j'ai dû courir pour les rattraper. Mais quand j'ai atteint les bois et que le sentier a disparu, j'ai dû m'arrêter parce que les feuilles crissaient sous mes pas. J'ai parcouru quelques mètres et je me suis cachée derrière un arbre, guettant le son de leurs voix et les sanglots de ma mère. Ils ne faisaient pas attention au bruit, et finalement j'ai pu les suivre sans trop de difficultés.

Les gorges forment un parc de trente hectares qui appartient à la ville voisine. C'est une zone humide avec plein de sentiers de randonnée. Notre père nous y traînait tout le temps quand nous étions petites, parce qu'il voulait qu'on profite de la nature. Mais on détestait les insectes et le sol boueux dans lequel on s'enfonçait et qui crottait nos baskets. On n'y était jamais retournées.

Lorsqu'ils se sont arrêtés, je me suis accroupie derrière des ronces. Ils murmuraient à présent et M. Martin a planté sa pelle dans la terre molle près des marais. Mme Martin sanglotait de plus belle.

Soudain, j'ai senti une main couvrir ma bouche et me plaquer au sol. J'ai cru que j'allais mourir, j'ai cru que j'avais mal vu, que Mme Martin ne se trouvait pas là-bas à côté de M. Martin, ou alors que Richard Foley avait survécu et qu'il était venu me tuer. *Voilà... c'est fini*, ai-je pensé.

Emma et moi avons disparu une semaine après que Mme Martin avait couché avec Hunter. Il était reparti à Hamilton, tout gonflé d'avoir remporté une victoire sur nous tous, et surtout sur Emma. Il ignorait que nous étions au courant, mais il détenait la kryptonite et je voyais qu'il jubilait intérieurement de savoir qu'il pourrait l'utiliser au moment de son choix.

Ce soir-là, Emma m'a retrouvée dans ma chambre après dîner. Elle était dans tous ses états depuis le samedi précédent. Ni la vodka, ni les cigarettes, ni même l'herbe qu'elle avait piquée à Hunter n'étaient parvenues à la calmer.

Je vais lui dire ce soir. Je vais lui dire ce qu'on a vu.

Je l'ai suppliée : *Non !* Nous pouvions utiliser l'information de manière plus habile pour obtenir quelque chose, peut-être pour pouvoir enfin aller vivre chez notre père. Mais ça n'intéressait pas Emma. Pas plus que Hunter et Mme Martin, elle ne pouvait se passer de leurs guerres et de leurs jalousies.

Alors, dis-lui autre chose, Emma. Dis-lui que tu es enceinte ! Dis-lui que c'est le bébé de Hunter.

Emma a glapi. *Tu es géniale, Cass ! Ça va la tuer ! Ça va la faire mourir à l'intérieur !* Elle est sortie de ma chambre en riant, même si elle n'était pas heureuse. Je ne l'ai pas suivie. Je suis restée à la porte et j'ai écouté. Quelques instants plus tard, j'ai entendu des voix venant de la chambre de Mme Martin. Ce n'était qu'un murmure au début, mais le ton a monté et bientôt elles se sont mises à hurler.

Tu vas ruiner la réputation de cette famille ! Espèce de putain !

Moi ? Et toi, dans ce cas ? Tu baisais avec Jonathan alors que tu étais encore mariée à papa ! C'est toi qui les as amenés dans cette maison, et maintenant regarde ce qu'ils ont fait !

Regarde ce que tu as fait, Emma ! TOI !

Des phares ont illuminé la mezzanine par la fenêtre du premier étage. M. Martin rentrait. Les hurlements se sont interrompus. J'ai jeté un coup d'œil dans le couloir. La chambre aussi était éclairée et je voyais le visage furieux de Mme Martin. Emma est sortie en courant. Elle l'a rattrapée par les cheveux. Ma sœur s'est remise à crier, d'abord de douleur, puis de rage.

Lâche-moi, connasse ! Je vais tout lui dire ! Je vais tout lui dire ! Je vais lui dire ce que son fils m'a fait ! Je vais lui dire qu'il m'a violée et que je suis enceinte.

Mme Martin a tiré plus fort. Emma a écarté la main comme si elle allait la gifler, mais elle a heurté un des portraits encadrés au mur, qui s'est fracassé par terre. Mme Martin lui a saisi les bras pour l'empêcher de recommencer. Ma sœur s'est débattue et a fait un tour sur elle-même. Elles se sont toutes les deux écrasées contre la balustrade de la mezzanine, Emma le dos au vide, tandis que Mme Martin appuyait sur elle, emportée par son élan. Emma a crié une dernière fois. Je sais ce que ça fait quand on est sur le point de tomber, quand le corps envoie un signal pour qu'on s'agrippe à quelque chose, qu'on reprenne pied ou qu'on se rétablisse, en faisant des moulinets avec les bras. Son dos s'est arqué. Ses bras se sont tendus vers notre mère. Mais Mme Martin l'a écartée comme une mouche irritante et elle a reculé, si bien qu'elle n'avait plus rien à quoi se raccrocher. Plus rien pour la sauver.

Étendue par terre dans les bois, je regardais Mme Winter qui avait plaqué sa paume contre ma bouche, et je pensais au bruit qu'avait fait ma sœur lorsqu'elle avait basculé par-dessus la balustrade avant de s'écraser au sol. Je pensais à ma mère qui contemplait son corps immobile, ses mains devant son visage.

Abigail Winter

Lorsque Cass la reconnut, elle cessa de se débattre. Abby mit un doigt devant ses lèvres pour lui intimer le silence et elle hocha la tête. Elles s'agenouillèrent côte à côte et regardèrent ensemble Jonathan Martin creuser, tandis que Judy se tenait à côté, sanglotant comme un enfant.

Sur une butte, accroupi derrière un mur de buissons, Leo observait la scène.

Cass

Je suis retournée me tapir dans ma chambre, aussi silencieuse qu'une petite souris. Je tremblais de tout mon corps. J'étais incapable de penser. J'ai entendu M. Martin et j'ai entrouvert la porte. Il a poussé un cri d'horreur lorsqu'il a découvert Emma gisant sur le sol de l'entrée. Je ne pouvais pas la voir, mais je savais qu'elle ne bougeait pas. Et elle ne saignait sans doute pas, car les enquêteurs ne trouveraient aucune trace de sang dans la maison, après notre disparition. Cependant, au ton de leurs voix, j'ai compris que c'était grave.

De la mezzanine, Mme Martin a crié que c'était un accident. Elles se disputaient, Emma l'avait bousculée, elle l'avait repoussée et elle était tombée.

M. Martin s'est accroupi auprès d'Emma. *Appelle les urgences, bon sang ! Qu'est-ce que tu attends ? Vite !*

Mme Martin a dévalé l'escalier. Emma lui avait dit que Hunter l'avait violée et qu'elle était enceinte. Elle voulait garder l'enfant. Hunter était fini. Il irait en prison et serait considéré comme un délinquant sexuel jusqu'à la fin de ses jours. Elle menaçait de le raconter et alors le monde entier saurait ce que cette maison était devenue.

J'ai entendu ces explications paniquées se déverser de la bouche de ma mère, quand M. Martin a demandé : *Qu'est-ce qui s'est passé, Judy ? Bon Dieu, qu'est-ce qui s'est passé ?* Après, ils ont discuté un moment : *Qu'est-ce qu'on va faire ? Qu'est-ce qui va arriver à mon fils ? Ils vont trouver le bébé dans son ventre ! Ils vont découvrir l'identité du père ! Qu'est-ce qu'il va devenir ? Qu'est-ce qui va m'arriver ? Mon Dieu ! Qu'est-ce qu'il faut faire ?* J'étais trop terrorisée pour pleurer. La peur formait un voile blanc devant mes yeux. Malgré tout, j'ai remarqué le pendentif au pied du mur où ma mère accrochait ses précieux portraits de nous. La chaîne s'était brisée et il gisait en un petit tas enchevêtré entre la plinthe et la bordure du tapis.

J'ai rampé jusqu'au collier et j'ai aussitôt regagné ma chambre. À présent, je n'entendais que des murmures. Ils s'étaient calmés et discutaient. Puis il y a eu des soupirs, des frottements et des gémissements. Des pas, la porte du vestiaire, puis celle du garage et une voiture qui s'éloignait dans l'allée. La voiture d'Emma. Quelqu'un est remonté du sous-sol. Ma mère pleurait et parlait toute seule dans l'entrée, où Emma était tombée.

Elle a fini par se rendre compte qu'elle ne m'avait ni vue ni entendue depuis un moment. Elle a pénétré dans ma chambre. La lumière était éteinte.

Cass ? Cass, où es-tu ?

Je n'ai pas répondu. J'étais cachée sous le lit.

Lorsqu'elle est sortie pour faire le tour de la maison, je suis restée là quelques minutes, le temps de me faire à cette idée. J'avais compris pas mal de choses ces dernières années. Je me croyais très adulte et très maligne, mais jamais je n'avais songé à ça avant. Jamais je n'avais imaginé un instant que ma mère pourrait me tuer pour de bon.

Abigail Winter

Jonathan Martin s'affaira pendant près d'une heure. Sa pelle s'enfonçait facilement dans le sol limoneux. Mais il creusait profondément. Lorsqu'il s'arrêta, Judy ne pleurait plus. Elle braquait la lampe de son téléphone au fond du trou. Son visage était dénué d'expression. Il avait déterré quelque chose qui ressemblait à une bâche de jardin. Il la nettoya grossièrement. Il avait l'air pressé d'en finir, pressé de trouver ce qu'il cherchait.

Abby serra Cass contre elle, parce qu'elle savait déjà.

Cass

Il a tiré du trou quelque chose de vert. Puis il s'est remis au travail. On ne voyait pas très bien, mais c'était suffisant. Il a continué de creuser, à genoux à présent, jusqu'à ce qu'il sorte autre chose. Il l'a brandi en l'air et a regardé Mme Martin assez longtemps pour qu'elle comprenne qu'il tenait les os de la main de ma sœur.

Lorsque M. Martin était parti avec la voiture d'Emma, ce soir-là, j'avais prié pour qu'il la conduise à l'hôpital. Même si je craignais que ma mère me cherche pour me tuer, je n'arrivais pas à croire qu'Emma était morte. Et même quand je m'étais glissée dehors par la fenêtre de la chambre, sans manteau, ni sac, ni rien, je ne pouvais pas y croire. M. Martin avait porté ma sœur jusqu'à sa voiture. C'était la dernière chose que j'avais entendue. Et il avait très bien pu l'emmener aux urgences.

J'ai parcouru à pied les six kilomètres qui nous séparaient de la gare. J'ai grimpé dans le train de New York puis je suis à allée à pied à Penn Station. J'y étais venue avec mon père une fois. Il m'avait dit que de là on pouvait prendre un train pour n'importe quelle destination. Dans un couloir, j'ai vu une annonce scotchée à un mur. Il y avait un numéro pour les adolescents en difficulté. J'ai téléphoné en PCV, comme le recommandait l'annonce. Un homme a répondu. Il s'appelait Bill. On a discuté un moment et il m'a dit qu'il pouvait m'aider, mais je n'étais pas sûre de ce que je voulais et j'ai raccroché. Je ne savais pas où aller. J'ai envisagé d'appeler Witt. J'ai envisagé d'appeler mon père. Je me suis endormie avant de prendre une décision.

À mon réveil, l'homme nommé Bill était assis à côté de moi. Il tenait un gobelet de chocolat chaud et un donut, et il souriait d'un air amical. Une femme l'accompagnait. Elle semblait gentille. Ils m'ont demandé si j'avais faim. J'étais affamée.

Abigail Winter

Quand Cass vit les os d'Emma, elle se dégagea et s'élança en direction de la tombe. Leo dévalait la butte, arme au poing. Il arriva le premier et leur ordonna de s'agenouiller. Ils étaient estomaqués, cependant Judy ne tarda pas à se ressaisir. Elle éclata en sanglots et jura qu'elle ignorait que sa fille était morte.

Elle revint sur cette déclaration par la suite. Elle avait trouvé Emma au pied de l'escalier en descendant mais ignorait comment elle était morte, et c'était son mari qui avait insisté pour qu'ils cachent le corps. Elle était enceinte de son fils et il voulait le protéger. Il l'avait enterrée dans les bois, puis avait laissé sa voiture à la plage afin que tout le monde croie qu'elle s'était noyée. Elle rejeta toute la responsabilité sur lui, révélant qu'il ne pensait qu'à son fils, qu'il la maltraitait psychologiquement et qu'il était attiré par Emma.

Après avoir consulté ses avocats, Jonathan Martin livra un récit très différent, la version qui fut retenue par le procureur et qui servit de base à l'accord qu'il passa avec l'accusation. Il avait trouvé sa belle-fille morte en arrivant à la maison. Il avait craint pour sa femme qui venait de tuer sa propre fille, et également pour son fils, parce qu'Emma avait déclaré être enceinte. La peur de ce que risquait Hunter lui avait fait perdre la tête. Il avait enterré le corps et laissé la voiture à la plage pour qu'on croie à une noyade. Il fit appel à la compassion du jury, et de tous les parents à qui il était arrivé de faire des choses idiotes pour protéger leurs enfants.

Jonathan accepta de passer le test du détecteur de mensonges. Judy refusa.

L'autopsie des restes d'Emma Tanner ne permit pas de déterminer si elle était enceinte.

Cass

Pendant des jours et des semaines après m'être enfuie, j'ai regardé à la télé tous les journaux et les émissions où il était question de notre disparition. J'en avais parlé aux Pratt, mais je ne leur avais pas dit la vérité au sujet d'Emma. J'ai prétendu qu'elle était partie après s'être disputée avec notre mère et que je ne pouvais pas rester à la maison sans elle.

Au début, quand j'espérais encore que M. Martin l'avait conduite à l'hôpital, je priais pour entendre à la télé qu'il y avait eu un grave accident dans une famille, mais que la fille se rétablissait. Cependant, lorsqu'ils ont dit qu'on avait retrouvé sa voiture à la plage, j'ai compris qu'ils avaient mis en scène sa disparition et se servaient de mon absence pour rendre leur histoire plus crédible. Malgré tout, une part de moi continuait d'espérer en dépit du bon sens que j'avais tort, qu'elle était en sécurité quelque part. Que M. Martin l'avait payée pour partir et que la somme était assez importante pour qu'elle accepte. Peut-être pensait-elle qu'elle pourrait toujours revenir en réclamer plus et continuer de les torturer. Peut-être s'était-elle installée dans une contrée exotique où elle vivait avec un bel indigène. Ou encore, elle était adorée par une île entière d'indigènes et avait enfin trouvé le bonheur. C'était idiot, mais c'est ce qui m'a permis de tenir le coup lorsque je me suis enfuie. À Penn Station, j'ai accepté de partir avec Bill et Lucy et ils m'ont emmenée dans le Maine. Là, quand j'ai grimpé à bord du bateau de Rick, quand nous avons traversé la baie pour rejoindre le plus bel endroit que j'avais jamais vu, je me suis sentie libre et puissante.

Après m'être échappée de l'île, je suis rentrée à la maison parce que je voulais retrouver ma sœur. Je me raccrochais toujours à l'espoir qu'elle était en vie quelque part : j'ai parié que je pourrais les forcer à la faire sortir de sa cachette. Ou que le battage médiatique la pousserait à se manifester. J'ignorais ce que j'allais découvrir. Néanmoins, je savais que si je parvenais à instiller le doute dans l'esprit de ma mère, à lui faire croire que M. Martin lui mentait depuis le début, elle craquerait peut-être. Ce serait l'hiver dans sa tête et elle menacerait de révéler ce qui s'était passé ce soir-là. Alors, M. Martin serait obligé de lui montrer des preuves. C'est ce qui se produit quand on n'a plus confiance. On veut des preuves. Les mots et les promesses ne suffisent plus.

Je savais que si je pouvais faire ça, si je parvenais à la briser, la vérité éclaterait au grand jour.

Alors, quand j'ai vu M. Martin brandir ce qui restait de ma sœur, je me suis précipitée vers sa tombe. J'ai couru rejoindre Emma, enfin, après toutes ces années.

Mon beau-père et ma mère étaient à genoux, et l'agent Strauss avait son arme braquée sur eux. Ils ont levé les yeux lorsqu'ils m'ont entendue et Mme Martin a protesté de son innocence encore plus fort. M. Martin se taisait. Il a eu la présence d'esprit d'attendre son avocat.

Mais moi, tout ce que je voyais, c'étaient les os de ma sœur. Et tout ce que j'entendais, c'était le cri dans mon ventre qui résonnait à travers la nuit.

23
Abigail Winter

L'histoire ne s'acheva pas avec la découverte du corps d'Emma Tanner, elle ne faisait que commencer.

L'enquête était désormais du ressort des autorités locales. La police et le bureau du procureur se tournèrent vers Cass, les Martin et le FBI, les assaillant de questions pour reconstituer les événements des trois dernières années.

En face, il y avait deux équipes d'avocats, celle de Judy Martin et celle de son mari. Ils s'allièrent brièvement contre le FBI, l'agent Strauss et Abigail Winter, réclamant l'abandon pur et simple des poursuites. Ils prétendaient que les preuves et les témoignages recueillis lors de la soirée où le couple les avait conduits au corps de l'adolescente n'étaient pas recevables au motif qu'on leur avait tendu un piège. Sauf que le FBI n'avait pas incité les Martin à commettre un délit. Seulement à dévoiler les preuves d'un délit antérieur. Légalement, l'argument de la défense ne tenait pas, néanmoins, c'était bien essayé.

Leo ne se laissa pas démonter lorsqu'on l'appela à la barre : « C'est un procédé tout ce qu'il y a de plus classique. On ment aux suspects au sujet de ce qu'on sait. Nous avions un soupçon et nous avons tenté le coup. »

Quand on lui demanda d'où venait ce soupçon, il mentionna la disposition des chambres : « Mme Winter en a conclu qu'Emma ne se trouvait pas sur l'île. En outre, elle avait remarqué des incohérences dans le récit de Cassandra Tanner. Non, nous ignorions ce qui était arrivé à Emma. Nous pensions seulement qu'elle n'avait jamais mis les pieds sur l'île et que quelqu'un chez les Martin savait peut-être où elle était. » Il n'entra pas dans les détails. Mais il endossa l'entière responsabilité de la tactique qu'ils avaient utilisée. C'était son idée. Son affaire. C'était lui qui dirigeait l'enquête et il avait décidé de suivre cette piste sans impliquer personne d'autre, hormis, bien sûr, Mme Winter. « Pourquoi ? Parce qu'elle connaissait cette famille mieux que personne. Parce que j'avais besoin d'elle. »

Quand on interrogea Abby, elle avança une théorie qui mettait Cass à l'abri de toute poursuite. « Je crois que Cassandra Tanner était dans un état de grand stress émotionnel, ce qui a causé chez elle des troubles dissociatifs passagers. C'est assez courant après un traumatisme grave. Elle est rentrée dans sa famille, encore choquée par sa captivité et sa fuite, et elle a revécu la mort de sa sœur. Elle se trouvait face à un conflit insoluble. Elle avait besoin de la protection de sa mère, tout en sachant ce que celle-ci avait commis. C'était une situation insoutenable. Alors, elle a créé une réalité psychiquement supportable. Une réalité où sa mère n'était pas responsable de la mort de sa sœur, où sa mère était quelqu'un auprès de qui elle pouvait se sentir en sécurité. Plus que tout, elle avait besoin de se sentir en sécurité. »

Elle expliqua ce qu'étaient les troubles dissociatifs passagers et affirma que, selon elle, Cassandra avait retrouvé sa santé mentale : elle se rappelait désormais parfaitement ce qui était arrivé à Emma et comprenait qu'elle était décédée. Elle reconnaissait qu'elle était seule prisonnière sur l'île et ignorait tout de la mort de Richard Foley. Elle s'était souvenue qu'elle avait rencontré Bill et Lucy Pratt à Penn Station, qu'ils lui avaient offert un chocolat chaud, et qu'ils l'avaient emmenée chez eux quand ils avaient su qu'elle avait fugué.

Quant à la description méticuleuse du rendez-vous sur la plage, avec des détails comme le clair de lune et la dameuse, cela faisait partie de sa folie passagère. Son esprit ne pouvant pas nier la disparition d'Emma, il l'avait intégrée dans son délire.

Bien sûr, Abby n'y croyait pas un instant. Elle était consciente que Cass savait très bien ce qu'elle faisait lorsqu'elle leur avait raconté son histoire. Elle n'avait rien laissé au hasard, faisant en sorte que les éléments de son récit correspondent aux événements établis par l'enquête, pour que le FBI prête foi à ses paroles et que sa mère, qui savait seulement que son mari était parti avec le corps d'Emma, imagine le pire.

Cassandra Tanner ne fut pas poursuivie. Son avocat s'appuya sur la sympathie du public et les déclarations d'Abigail Winter pour qu'elle n'ait pas à subir d'évaluation psychologique supplémentaire. Elle vit son pédiatre une seconde fois, mais parvint également à éviter un autre examen médical.

Jonathan Martin passa un accord avec le bureau du procureur. En échange de son témoignage, on retint seulement contre lui l'accusation d'entrave à l'exercice de la justice. L'autopsie médico-légale confirma qu'Emma était morte d'une rupture des vertèbres : la chute l'avait tuée sur le coup. L'avocat de Cass utilisa la théorie d'Abby afin d'expliquer son comportement et convaincre le jury qu'elle était aujourd'hui saine d'esprit. Tous deux témoignèrent donc contre Judy, qui fut elle aussi condamnée pour entrave à la justice. En revanche, en l'absence de mobile apparent, ignorant ce qui se jouait réellement entre les membres de la famille, et certains n'excluant pas que Jonathan, et non Judy, ait pu pousser Emma, les jurés ne parvinrent pas à un verdict unanime concernant l'accusation d'homicide involontaire.

Entre la découverte du corps d'Emma dans les bois et le jour du jugement, près de sept mois s'étaient écoulés, pendant lesquels Abby et Leo ne s'étaient pas retrouvés dans la même pièce. Ils ne pouvaient pas se permettre de prêter le flanc aux soupçons de collusion. Abby avait néanmoins vu Cass pour procéder à son évaluation psychologique. De son côté, Leo avait écrit des rapports, fait des dépositions et présenté un compte rendu circonstancié des événements à ses supérieurs, au bureau de New Haven.

La condamnation de Judy Martin n'avait pas clos l'affaire. La police d'État du Maine enquêtait sur la mort de Richard Foley, en partenariat avec le FBI. Les soupçons se portaient sur les Peterson. On avait retrouvé leur barque dissimulée parmi les arbres au bord de l'eau, dans l'anse la plus proche de l'île sur le continent. Tout indiquait qu'ils s'étaient enfuis à la hâte. Le FBI était toujours à la recherche de Carl et Lorna Peterson, alias Bill et Lucy Pratt, peut-être accompagnés d'une fillette non identifiée dont les vêtements se trouvaient dans la commode.

Il restait deux zones d'ombre dans ce dossier, à commencer par l'enfant mystérieux.

Hormis un livre de berceuses, des habits dans un tiroir et un berceau découvert au sous-sol de la maison sur l'île, on n'avait rien au sujet de cet enfant. On avait effectué des prélèvements sur la vaisselle, les tuyaux et les draps, mais tous les examens avaient été interrompus à la mort d'Emma. Sous la conduite d'Abby, Cass avait reconstitué ce qui s'était réellement passé et avait rapidement déclaré que la fillette faisait partie de son délire. La théorie qui prévalait désormais était que les vêtements, le berceau et le livre étaient des souvenirs de l'enfant que les Peterson avaient perdu des années plus tôt, même s'il s'agissait d'un petit garçon de 2 ans alors que les habits appartenaient manifestement à une fille. Cependant, il n'avait pas été jugé nécessaire d'allouer plus de ressources à ces analyses, tant qu'on n'avait pas retrouvé le couple fugitif et établi un délit relatif à un enfant.

Le second mystère concernait les événements familiaux qui avaient conduit à l'accident fatal. On supposait qu'Emma et sa mère avaient une relation difficile. Au procès, Owen Tanner confirma qu'elles se disputaient fréquemment. Witt aussi. Mais Owen ne pouvait se résoudre à croire que Judy avait pu tuer leur fille. Son témoignage accabla Jonathan et Hunter. La défense utilisa les photos d'Emma seins nus, ce qui donnait un mobile au beau-père et entamait sa crédibilité. De son côté, l'accusation fit appel à Hunter Martin pour discréditer Judy. Il parla des mœurs légères de la fille et de la jalousie de la mère : rivalité à laquelle il affirmait avoir assisté en tant que témoin innocent. Il nia avoir mis Emma enceinte. Cass raconta à la barre l'épisode des cheveux de sa sœur et, bien sûr, ce qu'elle avait vu et entendu le soir de sa mort, mais son témoignage fut accueilli avec circonspection. Après tout, elle avait clamé haut et fort qu'Emma était vivante et qu'elle avait donné naissance à un bébé qui n'existait que dans son imagination.

N'y avait-il vraiment rien d'autre ? L'accusation lui avait réclamé avec insistance des anecdotes à propos de leur enfance, n'importe quoi pour que le jury comprenne quel genre de personne était sa mère. Mais Cass avait maintenu qu'elle n'avait rien à ajouter sur le sujet. Le jury était donc demeuré partagé et ne l'avait reconnue coupable que d'entrave à la justice et de délits liés à la dissimulation et à l'enfouissement du corps.

« Il y a autre chose. Je le sais. »

Abby était assise sur un banc du parc, devant le petit tribunal. Les journalistes s'étaient dispersés. Les avocats avaient regagné leur cabinet. Et Judy Martin était en route pour l'établissement pénitentiaire pour femmes d'Aliceville, dans l'Alabama.

Cass avait choisi de ne pas assister au verdict.

« Elle s'en moque. Ce n'était pas la justice qu'elle voulait », dit Leo.

Abby soupira. Le meurtre d'Emma Tanner resterait impuni. Et c'était en partie la faute de Cass. Elle aurait pu faire pencher la balance. Mais elle ne souhaitait pas que toute la vérité sorte au grand jour.

« Elle voulait retrouver sa sœur, Abby. C'est tout. »

Il avait raison, elle le savait. Le témoignage de Cass l'avait exaspérée, au point qu'elle avait hésité à continuer de la protéger. Elle avait quand même menti pour elle. Et avait contraint Leo à mentir aussi.

« Si personne ne fouille dans l'histoire de cette famille, alors personne ne cherche l'enfant. L'un ne va pas sans l'autre, lui rappela Leo. Tu te souviens de ce que Cass a dit ? Les gens croient ce qu'ils ont envie de croire, et personne n'a envie de croire qu'une mère puisse tuer sa propre fille. C'est plus facile d'accepter un beau-père malintentionné prêt à tout pour protéger son fils. Une mère d'une telle malveillance, même si c'est parce qu'elle est malade, personne n'a envie de voir ça. C'est le genre de chose qui t'ébranle jusqu'au plus profond de ton être. »

Abby le regarda.

« Et personne ne l'a vu. Ni Owen Tanner. Ni le tribunal. Ni l'école. Ni ses filles, jusqu'à ce qu'il soit trop tard.

– Tu comprends maintenant ? Pourquoi je ne voulais pas que tu t'impliques autant, il y a trois ans ? Ça t'aurait détruite. »

C'était difficile à avaler. Même une fois la vérité révélée et les ossements retrouvés, l'accusation avait renoncé à faire témoigner un expert et à procéder à une évaluation psychiatrique de Judy Martin. Il n'y avait pas assez d'éléments pour étayer la théorie du narcissisme. C'était trop subjectif. Trop rare. Et, en raison de l'histoire d'Abby et de la thèse qu'elle avait écrite, cela risquait de braquer inutilement l'attention sur le piège qu'ils avaient tendu au couple.

« Je me sens un peu paumée. Je ne suis pas soulagée de savoir que j'avais raison. Je n'ai pas l'impression d'avoir obtenu gain de cause. »

Abby contempla le tribunal. C'était une belle journée d'hiver, froide et ensoleillée. Ciel bleu. Nuages cotonneux. L'air piquant transperçait son manteau de laine. Elle frissonna et Leo passa un bras autour de ses épaules.

Il lui avait épargné une issue désastreuse. S'il avait révélé toute la vérité sur sa décision de mentir aux Martin, s'il avait reconnu que c'était elle qui avait insisté pour leur tendre ce piège, ça aurait pu faire capoter toute l'enquête et mettre un terme à la carrière d'Abby.

Mais ce n'était pas tout.

Quelque part dans le dossier Tanner se trouvait un morceau de papier avec un nom et un numéro de téléphone, bien dissimulé, au cas où il en aurait besoin un jour. C'était un témoin de la gare de Portland. Leo affirmerait qu'il n'avait pas rappelé parce que l'affaire avait été élucidée entre-temps. Il dirait qu'il avait oublié ou qu'il avait cru que c'était encore une cinglée qui était persuadée d'avoir des informations à leur apporter. Après tout, elle prétendait avoir vu une jeune femme correspondant au signalement de Cass Tanner dans le train de New York, qui lui avait emprunté son mobile pour chercher une adresse. Et elle n'était pas seule. Pelotonnée contre elle, dormait une petite fille.

Abby et Leo étaient tous deux convaincus que Cass avait passé les deux jours manquants de son emploi du temps à mettre sa fille en sécurité avant de rentrer chez elle. Et ils étaient prêts à parier que Witt l'avait aidée. Cependant, ils n'avaient pas prononcé un mot à ce sujet et n'avaient pas cherché à en savoir plus.

« Qu'est-ce qu'elle va faire, à présent, à ton avis ? demanda Leo.

– Quoi précisément, je n'en ai aucune idée. Mais je suis sûre que, quoi qu'elle fasse, ce sera pour le bien de sa fille.

– Et le père ? Hunter ? Quand même pas Jonathan ?

– Pitié... Mais je parierais plutôt sur Hunter. C'est ce qu'Emma a dit à sa mère, le soir fatal. Les meilleurs mensonges sont ceux qui sont le plus proches de la vérité.

– Si elle avait raconté ce qui se passait vraiment dans cette famille, ça aurait suffi. Toutes les accusations auraient été maintenues. Elle a aidé sa mère pour protéger sa fille.

– Oui.

– Et tu sais ce que ça signifie ? »

Leo sortit de son sac un paquet de feuilles froissées. C'était le tirage papier d'un document intitulé *Mères et filles narcissiques : le cycle peut-il être brisé ?*

Abby sourit et hocha la tête, luttant contre une soudaine envie de pleurer. Leo étudia son visage. Il lui serra l'épaule et l'attira contre lui.

C'était paradoxal d'avoir autant de connaissances théoriques et d'être toujours affectée à ce point par le passé. Son histoire familiale était une force qui la tirait sans cesse en arrière. Et en même temps, Cass avait montré qu'elle était capable d'aimer de manière désintéressée. Elle avait échappé au cycle. L'amour qu'elle portait à sa fille l'avait emporté sur son désir de vengeance.

Cass n'était pas totalement libre, bien sûr. On ne l'était jamais quand on avait eu une telle enfance. Peut-être continuerait-elle à tout numéroter, comme Meg. Et peut-être s'abritait-elle derrière un bouclier invisible qui compliquerait la tâche à tous ceux qui essaieraient de l'aimer, comme Abby. Abby qui, pourtant, s'autorisait à espérer pour la première fois de sa vie.

« Tu as l'air crevée, jeune fille. »

Elle éclata de rire, et les larmes qu'elle retenait se mirent à couler.

« Je crois que je n'ai pas fermé l'œil depuis presque quatre ans. »

Leo opina lentement.

« Je sais. Saletés de fantômes. Ils viennent toujours la nuit. »

Un ange passa. Puis il se leva et lui prit la main.

« Viens dîner à la maison, ce soir. Susan veut te faire un gâteau.

– Ce n'est pas mon anniversaire, que je sache. »

Leo sourit, inclinant la tête sur le côté.

« Mais si. »

24
Cass

Il a fait très chaud l'été avant que je m'enfuie. Des records de température ont été battus. Tout le monde se plaignait. On parlait de nouveau du réchauffement climatique, même si l'hiver précédent avait aussi battu des records en matière de neige et de froid. Parfois, l'excès d'information nuit. Notre attention est attirée dans un sens et dans l'autre, jusqu'à ce qu'on ait la tête qui tourne et qu'on ne voie plus ce qui se trouve sous notre nez. Nous ne sommes pas des hiboux et nos têtes ne sont pas conçues pour pivoter autant.

Si j'entends des nouvelles qui m'affolent à la télé, comme cet été-là avec la canicule, je me force à penser à quelque chose que j'ai appris en sixième, quand on a étudié le système solaire. La Terre est née il y a environ 4,5 milliards d'années et le Soleil en a sans doute encore autant à vivre. C'est tellement facile de croire qu'on est important et que ce qui nous arrive l'est aussi. Alors que nous sommes minuscules, insignifiants à l'échelle de notre système solaire, qui n'est lui-même rien du tout à l'échelle de l'univers. La vérité, c'est que rien n'est important, sauf si on décide que ça l'est. On pourrait faire exploser toutes les bombes nucléaires du monde et détruire tout ce qui existe sur cette planète, l'univers se contenterait d'étouffer un bâillement. De toute manière, au cours des cinq milliards d'années qu'il reste au Soleil, une nouvelle forme de vie apparaîtra et parlera un jour de nous comme nous parlons aujourd'hui des dinosaures.

Lorsque je me suis échappée de l'île, j'aurais pu aller n'importe où. Ou au moins n'importe où sur le trajet du train jusqu'en

Floride. J'aurais pu ne jamais revenir. Mon père était triste, mais sa tristesse avait trois ans et ce n'était plus une plaie à vif. Pareil pour Witt. Il avait fini ses études de droit et il s'était marié. Je lui manquais, c'est sûr, cependant la vie avait comblé le trou laissé par ma disparition, comme les vagues successives remplissent de sable nos empreintes sur la plage.

Je n'étais pas obligée de rentrer. Je n'étais pas obligée de retrouver Emma. Mon retour a perturbé tout le monde, moi la première, et, à l'échelle de l'univers, ça n'avait ni intérêt ni importance. Mais, quand j'étais sur l'île, je me suis créé ma propre théorie concernant le sens de la vie. J'ai décidé que c'était à moi de choisir ce qui était important, même si ça ne l'était pas et ne le serait jamais. Alors, j'ai commencé à dresser une liste des choses qui compteraient pour moi et auxquelles je voulais demeurer fidèle. Et j'ai décidé que, de temps en temps, je m'arrêterais pour voir si je tenais mes engagements.

Retrouver Emma figurait sur cette liste.

L'année où on a disparu, Emma était partie pour Paris début juin. Mon propre séjour en Angleterre ne démarrait que quinze jours plus tard. Jamais je n'étais restée seule à la maison avec Hunter, M. Martin et ma mère. Normalement j'allais chez mon père quand Emma était absente.

Et j'aurais très bien pu faire comme d'habitude. Mon père ne demandait pas mieux. C'est moi qui ai décidé de rester. Ce n'est pas évident à expliquer, mais, avec la guerre intermittente qui sévissait chez les Martin, j'avais l'impression d'être un oiseau sur le champ de bataille. Je n'étais pas inquiète : je savais que je n'avais qu'à m'envoler à la reprise des combats pour ne pas me retrouver entre les feux croisés. Mais je savais aussi que les soldats ne prêtaient aucune attention à l'oiseau quand ils guettaient l'ennemi. Et c'était dur d'être cet oiseau que personne ne voyait et qui pouvait se faire massacrer dans l'indifférence générale s'il ne s'envolait pas assez vite.

J'avais 15 ans à peine. Ce n'est pas une excuse. Je me sentais faible et invisible au sein de ma famille et dans ma vie. Ce n'est pas une excuse non plus. Il n'y a aucune excuse pour ce que j'ai fait.

L'idée m'est venue au cours d'un dîner. Ma mère voulait aller au country club, alors nous nous sommes tous mis sur notre trente et un et nous sommes sortis : moi, Hunter, sa petite amie, et les Martin. Cet idiot flirtait toujours avec ma mère, qui portait une robe sexy et était trop maquillée. Hunter la lorgnait d'un œil appréciateur dès qu'il sentait le regard de son père sur lui. Il faisait tout ce qu'il fallait pour les empêcher de se réconcilier en l'absence d'Emma. Ça faisait partie de son plan pour la détruire. Ou la récupérer. Ça restera un mystère, car leur relation oscillait constamment entre amour et haine.

Je me suis habillée dans la chambre de ma sœur. J'ai mis une de ses robes, lissé mes cheveux avec son fer et je lui ai piqué du maquillage. Je savais très bien ce que je faisais. Rien n'était inconscient. J'en avais assez d'être faible et invisible.

La petite amie de Hunter était très bavarde à table, et elle était particulièrement sympa avec moi, ce qui était presque aussi irritant que le flirt entre Hunter et ma mère.

Il ne s'est rien passé de spécial, au cours de ce dîner, hormis un regard. Emma m'avait expliqué comment on pouvait savoir si on plaisait à quelqu'un et montrer à cette personne qu'elle nous plaisait. Mais j'avais du mal à la croire, parce que je ne m'étais jamais retrouvée dans cette situation.

C'est très particulier, Cass, m'avait-elle dit un soir dans ma chambre, alors qu'elle me tenait dans ses bras.

C'est un regard un peu différent. À peine plus long qu'un regard normal. Et complètement immobile : on ne sourit pas, on ne parle pas, on ne plisse pas les yeux, on ne hausse pas les sourcils, rien. Il est figé, comme un cerf dans les phares d'une voiture. Il est figé parce qu'une pensée vient de pirater ton cerveau pendant une seconde et c'est pour ça qu'il dure si longtemps. Le temps que ton cerveau se libère de cette pensée pirate.

Je lui ai demandé quel genre de pensée pouvait pirater le cerveau et paralyser le visage.

C'est le moment où tu te rends compte que tu désires l'autre.

Ce soir-là, au dîner, j'ai enfin compris ce qu'elle voulait dire. Ma mère avait remarqué la robe, le maquillage et la coiffure, et elle n'était pas contente du tout. Ça ne lui plaisait pas de voir que j'essayais d'imiter Emma et d'attirer l'attention sur moi. Elle m'avait lancé quelques piques au moment de partir et je les avais ignorées, même si au fond de moi je souriais, parce que ça signifiait que mon plan marchait. Je n'étais plus invisible. Je détenais un pouvoir, moi aussi.

À table, au club, la petite amie de Hunter m'a complimentée. Elle a dit que j'étais très mignonne et que je devenais une femme. Ma mère m'a souri. *Ce n'est pas une robe d'Emma ?* a-t-elle demandé. En effet, ai-je répondu. Mais elle n'en voulait plus et me l'avait donnée. Ce qui était un mensonge, bien sûr. *Très bien, rappelle-moi de t'amener chez le couturier lundi*, a dit Mme Martin, plus mielleuse que jamais. *Il faut la reprendre au niveau du buste. Tu tiens vraiment du côté de ton père pour ça. Toutes les femmes de sa famille sont de vraies planches à pain.*

J'ai senti le sang me monter au visage. Je bouillais intérieurement. La copine de Hunter avait un air horrifié, mais c'était parce qu'elle ne savait pas quel genre de mère était Mme Martin. Elle ne comprenait pas que j'avais déclenché sa furie en essayant de détourner une partie de l'attention qui lui revenait. Elle s'est ressaisie et a répété que j'étais très jolie.

Et c'est à ce moment, dans cette confusion d'émotions, que j'ai senti ce regard sur moi. Le fameux regard dont m'avait parlé Emma. Et c'était la personne assise en face de moi qui me l'adressait. C'était Hunter.

J'ai détourné les yeux aussi vite que possible, mais je n'ai pas été assez rapide, comme je ne tarderais pas à l'apprendre. Je n'avais pas chassé la pensée pirate à temps. J'avais pu voir le cerveau piraté de Hunter et il avait vu le mien.

Je savais ce qui se passait. Je ne vais pas prétendre que je ne m'en suis aperçue que plus tard, avec le recul et la sagesse de l'âge. Je l'ai compris aussitôt, pendant le dîner. Hunter venait de se rendre compte que je pouvais jouer un rôle dans la guerre. Habillée et maquillée, j'étais une arme qu'il pourrait utiliser contre ma mère, puis contre Emma quand elle rentrerait d'Europe. De mon côté, j'ai vu que Hunter voulait faire de moi une arme, et ça me convenait, car personne ne peut ignorer une arme sur le champ de bataille. J'en avais marre d'être un oiseau.

Trois jours plus tard, alors qu'il y avait eu plusieurs regards piratés entre nous, Hunter est monté dans ma chambre. Je dormais. Il était un peu plus de deux heures du matin. Il s'est glissé dans mon lit. Il n'a pas prononcé un mot, et moi non plus. Il m'a touchée, et non seulement je n'ai rien dit, mais je n'ai rien fait. Rien pour l'aider tandis qu'il essayait de me retirer mon bas de pyjama. Et rien pour l'arrêter quand il m'a grimpé dessus. Je suis restée totalement immobile, aussi longtemps que j'ai pu. Niant que je le laissais faire. Me racontant que je voulais qu'il arrête. Alors que c'était faux. Même si je détestais Hunter Martin, il y avait des choses dans ma vie que je détestais encore plus. Lorsqu'il a eu terminé, il s'est endormi à côté de moi. Il avait l'haleine chargée d'alcool. Je n'ai pas fermé l'œil de la nuit. Je suis restée allongée là, à contempler le plafond. À réfléchir.

C'est arrivé trois autres fois, puis Emma est rentrée. C'était tout ce dont il avait besoin. Et moi aussi. Je m'en moquais s'il continuait de voir sa copine. Je m'en moquais s'il n'y avait plus de regards entre nous. Et je m'en moquais si je redevenais l'oiseau après le retour d'Emma. Je m'en moquais, parce que moi, je savais que je n'étais plus l'oiseau. Je savais que j'étais l'arme et que j'avais du pouvoir. Et le savoir me suffisait.

Je savais aussi que j'étais enceinte quand les cours ont repris. Dans un premier temps, j'ai refusé d'y penser, puis nous avons vu notre mère avec Hunter, et Emma a voulu tout balancer à Mme Martin. Alors, j'ai saisi l'occasion de voir ce qui se passerait si elle apprenait ce qu'il avait fait. De voir ce qu'elle ferait si je lui disais que j'attendais un enfant de Hunter. Si elle était prête à aider Emma, elle m'aiderait aussi. Peut-être.

J'ai eu ma réponse.

J'ai accouché sur l'île. C'était horrible, je ne prétendrai pas le contraire. J'ai cru mourir. J'ai voulu mourir. Mais j'ai eu mon bébé, ma petite fille, et elle a pris la première place sur la liste des choses qui comptaient pour moi.

Ils me l'ont volée petit à petit, après les trois premiers mois, pas comme ce que j'ai raconté au sujet d'Emma. Sinon, tout le reste est vrai. Lorsque j'ai résisté et pleuré, ils m'ont autorisée à la voir une fois par jour. Avant, nous étions inséparables. Elle dormait avec moi. Elle passait ses journées dans mes bras. Nous allions nous promener dans les bois. Et je lui chantais des berceuses tirées d'un livre que Lucy nous avait acheté. L'amour jaillissait de mon cœur, de mes mains, et se déversait sur mon bébé. Tout l'amour que j'éprouvais pour Emma. Tout l'amour que j'éprouvais pour mon père et Witt. Et tout l'amour que j'aurais voulu recevoir de ma mère quand j'étais petite fille.

Lorsqu'ils m'ont volé mon enfant, j'ai caché ce livre sous mon matelas. Tous les soirs, je le serrais contre moi et je pleurais. Parfois, je me relevais et je collais l'oreille à leur porte. Si j'étais sûre qu'ils dormaient, je me glissais à l'intérieur et je m'asseyais à côté de son lit. Et, quand j'en avais le courage, je posais une main légère sur son dos et je la laissais monter et descendre au rythme de sa respiration.

Lorsque le sortilège s'est rompu, lorsque je me suis enfin affranchie de leur emprise, j'ai ajouté à ma liste m'enfuir avec ma fille.

J'ai peur, à présent. Peur de moi-même et de ce dont je suis capable. Peur de ce qu'il y a dans ma tête.

Les Pratt étaient malades. Maintenant, je comprends mieux pourquoi ils sont devenus comme ça. Je sais que leur isolement sur l'île n'a fait qu'aggraver les choses, qu'ils ont perdu le sens des réalités et qu'ils ne se rendaient pas compte de ce qu'ils faisaient.

Mme Winter m'a expliqué tout ça, avant qu'elle apprenne que j'avais menti. Pendant quinze ans, ils avaient essayé sans succès d'adopter un enfant et ils avaient perdu celui qu'on leur avait donné. Ils m'ont accueillie chez eux comme leur fille. Puis mon bébé est arrivé. Ils ont cru que c'était un don du ciel, que leur prière avait été exaucée. Et moi j'étais une force maléfique qui cherchait à contrecarrer la volonté de Dieu.

Mais la psy m'a confié autre chose, après la nuit où on a déterré ma sœur. Elle voulait que je sois prête. Quand on retrouverait les Pratt, ou les Peterson, si on les retrouvait un jour, leur version serait très différente de la mienne, m'a-t-elle prévenue. Ils raconteraient qu'ils avaient recueilli une adolescente qui leur avait demandé de l'aide. Une adolescente qui avait échappé à une famille toxique. Ils prétendraient que j'étais libre de partir. Ils se serviraient de ce que j'avais fait dans mes moments de faiblesse, quand je riais avec eux, quand je mangeais avec eux, quand je les laissais me cajoler, m'embrasser sur le front et me dire qu'ils m'aimaient. J'ai tellement menti. Ils l'utiliseraient contre moi.

Mais ça n'a pas d'importance. Je me débrouillerai pour qu'ils paient.

J'ai dû attendre deux longues années avant de pouvoir m'échapper, deux années pendant lesquelles j'ai dû me contenter d'être la sœur de ma propre fille et rêver de rentrer à la maison afin de retrouver ma vraie sœur disparue. C'était dur. Pendant tout ce temps, je me suis repue de leur gentillesse et de leur affection. J'avais tellement faim de tendresse que je m'écœurais moi-même. Je me répétais que ça faisait partie de mon plan, que je devais gagner leur confiance. Mais c'était aussi un mensonge.

Ç'a été encore plus dur d'attirer l'attention de Rick et de le séduire. Quand je faisais semblant de l'aimer, je me gorgeais également de son amour, de ce que je pensais être de l'amour, de ce que je prétendais être de l'amour. Et là encore, je m'en suis gavée jusqu'à la nausée.

Le soir où j'ai donné un somnifère à Bill, j'ai envoyé un SMS à Rick. Je suis allée chercher ma fille. Elle dormait dans son lit, à côté de Lucy qui ronflait, le drap sur son gros ventre s'élevant à chaque respiration. J'ai empoché l'argent qu'il y avait dans le portefeuille de Bill et dans la commode. Au ponton, j'ai caché ma fille au fond de la barque, sous une couverture. Je lui ai dit que si elle restait là, bien sage et silencieuse, si elle ne bougeait pas, je l'emmènerais dans un endroit extraordinaire, un endroit magique. Puis j'ai guetté le bateau. Et quand je l'ai vu, j'ai hélé Rick.

S'il te plaît ! Je dois partir d'ici !

Il a manœuvré pour s'approcher du ponton. Il a remarqué la couverture dans la barque avec ma fille qui gigotait en dessous. *Qu'est-ce qu'il y a là ? C'est la gamine ?*

Je n'ai pas répondu, mais il a compris. Je l'ai vu à la colère sur son visage. Depuis des mois, je plantais des graines dans sa tête et je m'étais persuadée que j'avais détruit la confiance qu'il avait placée dans les Pratt, que je l'avais remplacée par mon amour. Il savait qu'ils m'avaient raconté ce qui s'était passé en Alaska. Et je lui avais fait croire qu'ils le jugeaient immoral.

Je pensais le connaître. Je pensais avoir pris tout le temps nécessaire. Il se rendrait compte que j'étais désespérée et nous conduirait sur le continent. J'avais tort. Quand j'ai sauté à bord, il a refusé de nous aider. Il a réagi exactement comme la première fois. *Tu vas ramener cet enfant à la maison*, a-t-il dit.

J'étais sous le choc. J'étais persuadée d'avoir été une bonne élève : j'avais appliqué les leçons de Mme Martin et d'Emma, j'avais fait tout ce qu'il fallait. J'avais analysé ses désirs et j'étais devenue celle qu'il avait besoin que je sois. J'avais analysé sa relation avec les Pratt et je l'avais dénouée, lentement, patiemment et perfidement. Croyais-je. Lors de ces moments volés, dans le bois ou sur le bateau, quand son corps était sur mon corps, quand nos peaux se touchaient, que nos bras et nos jambes étaient si bien emmêlés qu'ils semblaient ne jamais pouvoir se défaire, je me figurais que j'étais machiavélique. Chaque soupir. Chaque gémissement. Chaque baiser. Chaque caresse. Tout était calculé pour que je sois celle qu'il désirait. La femme à sauver. Je me sentais très intelligente. Je pensais qu'il m'aimait parce qu'il me prenait brutalement et après me serrait tendrement. C'était ce que j'avais envie de croire.

J'étais idiote. J'étais faible. Je n'avais pas la puissance de séduction de Mme Martin et d'Emma. Ce que je lui procurais n'était rien face à sa dette envers Bill et Lucy. Je n'avais pas réussi à détruire sa loyauté. Ni par la ruse ni par le pouvoir du sexe. Ni par mon amour, qui était devenu réel, même s'il se mêlait à la haine.

Je dirai ça très vite et je n'en reparlerai jamais. J'ai perdu la tête. La rage a pris le contrôle. Plus puissante que ma raison et que les courants qui constamment me ramenaient sur l'île. Ma fille m'attendait dans la barque. Et cet homme voulait m'empêcher de la sauver. De nous sauver. Ma colère était une armée. Et elle a grossi en moi. Il y avait des soldats qui venaient de très loin. D'autrefois, du temps où ma mère me repoussait quand je tendais les mains vers elle, du temps où mon père n'avait pas su nous protéger. Du temps de Hunter et Emma, du temps de la femme du tribunal. Et il y avait aussi les soldats de la joie que je m'étais autorisée à éprouver entre les bras de ces monstres : Bill, Lucy et Rick. Un par un, les soldats de ma colère ont formé une armée que rien ne pouvait arrêter.

J'ai ramassé un jerrican de carburant en métal et j'ai frappé Rick à la tête. Il est tombé à l'eau. J'ai jeté le bidon et, sans hésiter, j'ai pris le volant du hors-bord. J'ai mis les gaz pour faire marche arrière, puis avancer. J'ai guidé la proue sur son corps pour l'écraser contre le ponton. J'ai reculé et recommencé. Deux fois, trois fois, les soldats ont chargé. Le dernier assaut l'a laissé immobile, flottant sur le ventre dans l'eau glacée qui avait été impitoyable avec moi.

Je suis allée récupérer ma fille et nous avons filé à bord du *Lucky Lady* – si vite que nous devions nous accrocher au bastingage –, fonçant à travers les ténèbres. Nous avons longé la côte en direction du nord. Je n'avais pas prévu qu'à cause de ça, ce serait plus dur de retrouver l'île. Je ne pensais qu'à fuir très, très loin. Lorsque le réservoir a été vide, le courant nous a entraînées dans une rade, et nous avons échoué sur une rive broussailleuse. Après avoir débarqué, j'ai repoussé le bateau et je l'ai laissé dériver avec le contact allumé, mais sans essence. J'ai porté ma fille jusqu'à une station-service d'où j'ai appelé un taxi qui nous a conduites à Portland. J'avais 400 dollars volés aux Pratt dont je comptais me servir pour rentrer à la maison. J'ai noté le nom de la ville où nous avions échoué pour pouvoir retrouver l'île. Rockland. Mais j'étais remontée trop au nord et le temps qu'on localise l'île, ils s'étaient enfuis.

Nous avons pris le train. De Portland à Yonkers. Puis un train de banlieue pour Rye. Nous sommes allées à pied jusque chez Witt. Je ne l'avais pas prévenu. Il ignorait que j'avais trouvé son adresse grâce à une passagère qui m'avait prêté son téléphone. Il ignorait que je venais mettre ma fille à l'abri chez lui, le temps d'accomplir la tâche qui figurait en tête de ma liste. Le temps de retrouver Emma. C'était un samedi après-midi. Witt arrachait des mauvaises herbes dans son jardin. Alors, j'ai ri. Je ne peux pas décrire ce que j'ai ressenti. Même après avoir vu Rick mourir, même dans le train, alors que je regardais le paysage défiler par la fenêtre, ma fille endormie sur mes genoux, même quand je marchais dans la rue, je n'étais pas réellement libre. Pas encore. Mais à la vue de mon frère, quand il m'a reconnue, quand il m'a prise dans ses bras et soulevée en l'air, le visage ruisselant de larmes, j'ai de nouveau senti la vie couler en moi.

Il m'a écoutée. Au début, il n'était pas d'accord. Sa femme voulait appeler la police pour faire arrêter ma mère et M. Martin. Ils me juraient qu'on retrouverait Emma. D'une manière ou d'une autre, on la retrouverait. C'était obligé, non ? Mais Witt a fini par comprendre que ce n'était pas si simple et que les coupables resteraient impunis. Mme Martin n'avait jamais payé pour quoi que ce soit. C'était une illusionniste accomplie. Même les gens dont c'était le métier, ceux qui savaient quoi chercher, ils ne voyaient pas. Je serais la folle, celle qui avait eu un enfant de son frère par alliance. Hunter essaierait de me prendre mon bébé et je perdrais tout encore une fois : ma fille chérie, ma liberté et ma sœur. Alors, ils ont accepté de la garder. Ils ont menti pour moi et ils ont ravalé leur sentiment de culpabilité.

C'est à ce moment seulement que je me suis rendue chez ma mère. Et j'ai tout fait pour qu'elle doute de M. Martin, qu'elle se demande s'il lui avait raconté des histoires, si Emma était en vie quelque part, s'il avait comploté avec moi pour la cacher. Il m'a fallu du temps. Il a fallu l'enquête du FBI. Les petits indices qu'ils ont recueillis. Le pendentif. Lisa Jennings et sa liaison avec M. Martin. Et surtout il a fallu le cadeau de Mme Winter : il a fallu qu'elle prétende qu'on avait retrouvé Emma vivante pour que l'interrupteur change une dernière fois de position.

Le bureau du procureur a envisagé d'engager des poursuites contre moi, parce que j'avais menti aux autorités et entravé l'exercice de la justice. Mais mon histoire m'avait gagné la sympathie de la ville et il redoutait que cela serve la défense de Mme Martin qui clamait avoir été piégée.

Il n'avait pas tort de vouloir me faire comparaître. J'avais menti à tout le monde, y compris à mon propre père, mon pauvre père qui ne se remettra jamais de la mort d'Emma et se reprochera toujours de nous avoir laissées dans la maison où elle a perdu la vie. J'ai menti à ma mère, à Hunter et à M. Martin. J'ai menti à Mme Winter, à l'agent Strauss et au FBI au sujet de ma sœur et du bébé. J'ai prétendu que j'ignorais qui avait tué Richard Foley. J'ai menti à propos de ma fille. J'ai menti, menti, menti.

Mais dire la vérité ne figure nulle part sur ma liste.

Après le procès, j'ai quitté la maison de mon père, où j'habitais depuis la nuit où on avait retrouvé la tombe d'Emma. Je lui ai expliqué que j'allais vivre chez Witt et étudier à New York. Je ne pouvais pas rester dans la ville où ma sœur était morte. Je lui ai promis que je le verrais tout le temps, aussi souvent qu'il le voudrait. Et un jour, bientôt, je lui parlerai de ma fille. Il faudra bien que je le dise, que j'en parle à tout le monde, car elle ne peut pas vivre éternellement dans l'ombre. Je raconterai que je l'ai eue d'un inconnu, un homme rencontré à New York la première fois que je me suis enfuie. Peu importe. Elle ne sera jamais la fille de Hunter Martin.

Witt m'a serrée très fort quand j'ai franchi la porte de sa maison. Il s'est mis à pleurer et m'a déclaré qu'à compter de ce jour, il ne fallait penser qu'à l'avenir. Nous ne regarderions plus en arrière. J'ai hoché la tête et je l'ai remercié d'avoir gardé mon secret, de s'être occupé de ma fille pendant que je tendais un piège à ma mère. Il a ri et il a dit que j'avais une « mégadette » envers lui. Sa femme avait pris goût à la maternité pendant ces derniers mois, et à présent elle voulait un enfant, alors qu'il avait compté sur quelques années de liberté supplémentaires.

Soudain, on a crié dans l'escalier. Il y a eu un tumulte de petits pas précipités, puis j'ai vu des boucles blondes qui dansaient autour d'une bouille souriante.

J'ai pris ma fille dans mes bras et je l'ai serrée de toutes mes forces. J'ai embrassé son visage, appuyé ma joue contre la sienne, senti la caresse de sa peau et respiré son odeur. Je l'ai laissée me remplir d'un espoir neuf.

Je savais que je devrais apprendre à vivre avec : l'espoir et la peur, jamais l'un sans l'autre.

Espérer, c'est facile. Et je pense que c'est grâce aux enfants. Parce que sinon, est-ce que vous imaginez ? Regarder son enfant sans espoir, ce serait comme sentir le soleil sur son visage dans cinq milliards d'années.

C'est la peur qui est dure. Parce que je sais qu'il est en moi. Le cri que ma mère a mis là, et qui a pris de plus en plus de place. Le cri que ses parents ont mis en elle. Le cri qui, je le crains, est également à l'intérieur de ma fille après tout ce qu'elle a vécu. Le cri que j'ai peut-être mis en elle.

On m'a expliqué que ma mère souffrait d'une forme de narcissisme pathologique. Concrètement, le cri a pris une telle place qu'elle a dû devenir quelqu'un d'autre : la plus jolie fille, la femme la plus intelligente, la meilleure maman. Il fallait que tout le monde l'aime et, pour obtenir ce dont elle avait besoin, elle usait de toutes les armes à sa disposition. Le sexe. La cruauté. La peur. C'est une logique que je comprends, et je compatis. Mais ça ne me procure aucun réconfort.

On dit que les sociopathes se créent dans la petite enfance. On dit que nous sommes tous formés à l'âge de 3 ans. Je veux croire que j'ai emmené ma fille à temps. Je sais ce que j'ai fait à ma sœur. J'étais assoiffée de pouvoir et j'ai participé à l'escalade de violence qui a conduit à sa mort. Je sais ce que j'ai fait à Rick, le pilote du bateau. Je sais ce que j'ai fait à ma mère et à M. Martin. Et je sais ce que j'ai fait à Mme Winter. Elle a menti pour moi, mettant en danger sa carrière, et elle devra vivre toute sa vie avec ce mensonge. Il faudra qu'un jour je répare mes torts envers elle et je l'ai ajouté sur ma liste, car elle m'a vue, elle m'a entendue et elle a fait ce qu'il fallait pour retrouver Emma. C'est un cadeau qui n'a pas de prix.

Je sais tout ce que j'ai fait, je sais ce que j'ai à l'intérieur, et pourquoi c'est là. Alors, quand je regarde ma fille, j'espère et j'ai peur.

« Maman », a-t-elle dit.

Je me suis tournée vers mon frère, surprise. Jusqu'ici, j'avais toujours été Cass, pour elle. Il m'a fait un grand sourire.

« Je lui ai montré ta photo en lui répétant que ton nom, ton vrai nom était maman. »

Je l'ai embrassée encore, en larmes.

Ma liste ne cesse de se rallonger. Il y a toutes les choses que je ferai et ne ferai pas pour la protéger de ce qu'elle a peut-être à l'intérieur et de ce que j'ai en moi. Je vais dédier ma vie à cette liste. Je le ferai pour mon enfant et en mémoire de ma sœur disparue.

« Et toi, comment est-ce qu'on va t'appeler ? » lui ai-je demandé.

Les Pratt l'avaient baptisée Julia et, sur l'île, je ne les contredisais pas, parce que ça m'aurait semblé cruel de faire autrement.

« Emma ! a-t-elle décrété.

– C'est ma faute, a dit Witt. Je lui ai appris ça aussi.

– Emma ! me suis-je écriée. Bien sûr. Tu t'appelles Emma et je m'appelle maman. Avant, on jouait à un jeu. Mais c'est fini. Maintenant, nous sommes rentrées à la maison. »

Mon cœur était sur le point d'éclater.

« Je t'aime ! »

En prononçant ces mots, j'ai su que c'était un sentiment pur et désintéressé. Je l'ai serrée contre moi et j'ai senti ma sœur, ma première Emma, quand elle venait me trouver la nuit, quand nous étions en sécurité et que l'amour semblait possible.

Désormais, je m'accrocherai à ça de toutes mes forces, comme je me suis accrochée au bateau qui m'a finalement ramenée à la maison.

REMERCIEMENTS

C'est une entreprise risquée que d'écrire un roman sur une famille psychologiquement perturbée, car la question qui se pose immédiatement est : le récit s'inspire-t-il de la vie de l'auteur ? Alors, que ce soit dit une bonne fois pour toutes : j'ai une mère généreuse et aimante qui ne ressemble en rien à Judy Martin. Non seulement Terrilynne Walker est ma plus grande fan, mais elle est une cliente assidue des librairies locales où mes livres restent souvent (et mystérieusement) en vitrine bien après leur date de parution. Si ce roman s'inspire d'un élément réel dans ma vie, c'est du lien qui nous unit, mes sœurs, mon frère et moi, dont je me suis servie pour décrire la relation entre Cass et Emma. Comme toujours, je suis profondément reconnaissante à ma famille.

J'ai eu la chance de bénéficier de conseils et de soutiens exceptionnels pendant l'écriture et la réécriture (et la réécriture !) de cet ouvrage. Ma géniale éditrice à St. Martin's Press, Jennifer Enderlin, qui m'a aidée à parfaire l'histoire, lisant et relisant mes différentes versions. Mon agent Wendy Sherman était elle aussi à mes côtés, lectrice critique et fidèle, apaisant les doutes inévitables qui surgissent pendant la rédaction d'un roman. Sans ces deux femmes talentueuses (et patientes), ce livre n'aurait sans doute jamais abouti.

Je remercie toute l'équipe de St. Martin's Press, notamment Lisa Senz, Dori Weintraub, Brant Janeway, Erica Martirano et Anne Marie Tallberg, pour son enthousiasme et son énergie.

Je tiens également à exprimer ma reconnaissance à Jenny Meyer grâce à qui ce roman a été publié dans plusieurs pays et à

Michelle Weiner, de CAA, qui se démène pour faire adapter mon travail à la télévision et au cinéma.

Par ailleurs, j'ai la chance d'avoir reçu l'aide de spécialistes qui m'ont fourni de précieux renseignements sur le trouble de la personnalité narcissique et les aspects criminalistiques du travail du FBI. Comme toujours, j'ai pris certaines libertés pour servir le récit, mais ils m'ont évité bien des erreurs grossières : un immense merci à Felicia Rozek et Daniel Shaw, psychologues, ainsi qu'à Robert et Beth Iorio, agents à la retraite du NCIS.

C'est toujours un plaisir de voyager et de promouvoir mon œuvre en compagnie d'autres auteurs et de professionnels du livre. Je remercie en particulier Carol Fitzgerald de Bookreporter.com pour son énergie inépuisable et ses judicieux conseils concernant les réseaux sociaux et la librairie. Et je tiens à saluer Barbara Shapiro, une fantastique romancière et une amie généreuse. Je suis heureuse de faire partie de la grande famille de l'édition.

Enfin, à Andrew, Ben et Christopher, mes garçons adorés : merci de remplir ma vie de joie jour après jour.

MIXTE
Papier issu de
sources responsables
FSC® C003309
www.fsc.org

Les papiers utilisés dans cet ouvrage
sont issus de forêts responsablement gérées.

Imprimé en France
par CPI
N° d'impression : 3026127